RICHARD WAGAMESE

STARLIGHT

Roman inachevé

Traduit de l'anglais (Canada) par Christine Raguet

ZOE
Poche

Ce livre a bénéficié de l'aide d'une fondation privée genevoise.

Titre original : *Starlight*

Pour la présente édition :
© Éditions Zoé, 46 chemin de la Mousse,
CH-1225 Chêne-Bourg, Genève, 2021
www.editionszoe.ch
Maquette de couverture : Notter + Vigne
Illustration : *Empreinte de tronc,* © Daniel Kunzi
ISBN 978-2-88927-899-2

Les Éditions Zoé bénéficient du soutien de la République et Canton de Genève, et de l'Office fédéral de la culture.

Prologue

Vallée de la Nechako,
Colombie-Britannique

1976

Starlight tenait l'urne à deux mains. En arrivant sur la galerie, il débarrassa les talons de ses bottes de la boue qui y collait, en les raclant sur le nez de la dernière marche. Derrière lui, la lumière était faible. Un brouillard bas, qui s'était formé avec le froid, inondait le champ ; l'indistincte ombre dentelée des cimes des arbres tavelant le flanc de la montagne dessinait la lisière de la forêt. Le soleil, tel un œil jauni, était suspendu derrière un voile de nuages. Pour ouvrir la porte, il dut attraper d'un doigt le bouton, puis il la repoussa de l'épaule pour pouvoir passer. La maison était sombre et fraîche ; il prit soin d'ôter chaque botte en la dégageant à l'aide des orteils du pied opposé, tout en serrant l'urne contre sa poitrine.

Il la porta jusqu'à la table de la cuisine et la posa au centre. L'urne était en laiton. Ses mains épousaient son galbe et ses courbes. « Un luxe pour toi, mais tu le méritais », dit-il.

Il s'approcha de la cheminée et passa un

peu de temps à s'occuper du petit bois et des bûches de bouleau. Quand le feu prit, il tendit ses mains pour les réchauffer. Une bouilloire en fer, noircie par le temps, était suspendue à un trépied, il la secoua pour vérifier la quantité d'eau qu'elle contenait, puis disposa les pieds de manière à la placer au-dessus du feu. Il resta assis à observer l'embrasement orange des flammes. L'humidité du costume noir, trop grand pour lui, s'échappait en volutes de vapeur ; il ôta la veste, la lança par-dessus son épaule en direction du vieux fauteuil à bascule, installé pile devant l'âtre. Il desserra sa cravate, sortit de son pantalon les pans de sa chemise blanche et raide, puis s'assit, poignets sur les genoux, jusqu'à ce que la bouilloire se mette à siffler ; il se leva pour revenir avec des sachets de thé qu'il y plongea. Ensuite il retourna chercher l'urne, un mug, et une poignée de bougies. Quand le thé eut infusé, il prit une fine serviette suspendue à un crochet pour tenir la bouilloire et remplit son mug. Après, il fit le tour de la pièce, disposant des bougies ici et là, les allumant avec une allumette en bois. Satisfait, il revint près de l'âtre et s'assit en tailleur sur le sol, sirotant le thé et regardant la danse de la lumière et de l'ombre sur l'urne. On l'aurait cru agitée de frissons, comme un être vivant.

« Mon Dieu, dit-il, je ne m'étais jamais rendu compte avant ce jour combien cette maison avait besoin de ta présence. »

Des larmes lui brûlaient les yeux et il secoua la tête pour s'en débarrasser. Il avait réussi à les retenir tout le temps des obsèques. Rien que lui, le pasteur, trois fermiers du coin et les cinq femmes formant le chœur de l'église. Le vieil homme se serait insurgé contre ces bondieuseries, mais Starlight avait opté pour cette cérémonie par souci des convenances, sans être trop sûr de ce qu'il fallait faire ni même de ce qui était approprié. Mais cela lui donnait l'impression de se sentir maître de la situation. Comme si, d'une certaine façon, cette seule décision le gratifiait d'une détermination qui lui manquait. Une fois le rituel accompli et les fermiers disparus comme la brume sur un pâturage, il se retrouva dans le parking, appuyé contre le passage de roue du pick-up. Au bout d'un moment, il erra dans la ville. Il n'y avait pas grand-chose à y faire. Mais il trouva des souvenirs dans beaucoup d'endroits, alors il resta là, mains dans les poches, et se sentit un peu mieux au milieu de ces timides évocations du vieil homme et de lui, à reconstituer leurs vies au fil du temps ralenti de ces rues. Devant l'école qui avait été la sienne, ce fut comme s'il entendait les voix des enfants et se voyait courir vers la camionnette, tandis que le vieil homme l'attendait, porte côté passager grande ouverte ; il en retrouvait l'odeur, tout comme il sentait la chemise de travail du vieil homme contre ses joues quand celui-ci le prenait dans ses bras. Partout, semblait-il, il y avait des scènes identiques, alors il prit son temps pour parcourir la ville. Puis, en fin d'après-midi, il retourna au salon funéraire, resta assis dans la camionnette, fuma et attendit qu'on lui apporte l'urne. L'entrepreneur de pompes funèbres, un échalas au teint terreux, aux jambes arquées et aux mouvements rapides de vermine, la lui tendit en hochant la tête.

« Merci pour le service religieux, dit-il. Il était bien.

— C'était simple, répondit l'homme. C'est ce que j'aime.

— Lui aussi l'aurait aimé.

— Oui, sans doute. »

Il avait roulé çà et là, l'urne posée sur le siège à côté de lui. Il avait envisagé de se rendre dans tous les lieux que le vieil homme chérissait, la radio réglée sur la station de country qu'il écoutait le soir sur la galerie. Mais ces choix lui parurent erronés, la musique déplacée. Finalement, il était rentré en silence à la ferme et quand une pluie fine s'était mise à tomber, il était resté dehors à observer les jeux de lumière sur le champ, l'urne glissant entre ses doigts engourdis par le froid. À présent, la chaleur chassait la raideur qu'il avait en lui ; il se frotta les yeux, ramassa l'urne et la serra contre lui, la berçant d'avant en arrière, en chantant d'une voix cassée et rocailleuse l'unique gospel que le vieil homme connaissait, l'histoire d'une maison qu'il n'avait jamais vue, au-delà de la rivière. Il laissa finalement venir les larmes et pleura tout son saoul, puis il se leva, alla dans sa chambre et se changea. Il alimenta le feu, souffla les bougies et, portant l'urne dans ses bras, traversa la cour jusqu'à l'écurie où les chevaux, dans leurs stalles, têtes posées sur les balustrades supérieures, étaient semblables aux tableaux des ancêtres dans un grand corridor, assistant à la procession du défunt. Le vieil homme aimait l'écurie. Parfois, Starlight sortait et l'y retrouvait assis, alors il s'installait à côté de lui. Ils restaient tous deux ainsi, en silence, remarquaient combien elle était délabrée et penchée, en humaient l'odeur, la douce chaleur qui montait des animaux, percevaient cette manière qu'avait la lumière d'en changer les angles en tournant, le vent qui la faisait craquer comme s'il y avait des voix dans les poutres et les solives. Quand il pensait à sa vie à la ferme, il revoyait toujours ces moments paisibles dans l'écurie: le vieil homme, le cou tendu, l'étudiant comme s'il la voyait chaque fois pour la première fois. Il lui semblait que le vieil homme avait voulu s'en imprégner au plus profond de lui-même, et il aimait penser qu'il avait réussi. Il emporta donc l'urne dans la sellerie, nettoya un espace sur l'étagère à laquelle étaient suspendus les mors, les brides et les hackamores. Il la déposa là. Il recula et la regarda, sans savoir où la laisser en attendant de trouver l'endroit approprié pour disperser les cendres. Cela lui parut être un excellent moyen de l'honorer. C'était l'endroit approprié au repos du vieil homme. Il s'essuya le visage de la paume. Il redressa le cou, examina l'écurie. Il y avait des voix dans les poutres.

Il prit son temps pour faire le ménage. Il roula les tapis du séjour et de la chambre, les suspendit à la corde à linge et les battit avec un balai. Il se servit du même balai pour nettoyer les plafonds et les angles des murs. Puis il épousseta et cira chaque surface avant de balayer l'ensemble de la maison, de jeter les saletés et la poussière en bas de la galerie. Ensuite, il passa la serpillière. Pendant que les sols séchaient, il s'assit sur la galerie dans le fauteuil à bascule du vieil homme et fuma. Il se leva au bout d'un moment, lava tous les plats et toutes les marmites de la cuisine, puis les rangea dans les placards. Il y avait un carton de nourriture, qu'il ne prendrait pas le temps de cuisiner, ainsi qu'un autre contenant les vêtements du vieil homme ; il les laissa donc sur la galerie pour que les gens des bonnes œuvres les récupèrent. Il n'y avait pas grand-chose. Il avait appris la frugalité et l'économie auprès du vieil homme ; ils n'avaient toujours eu que le nécessaire. Pas de surplus. Rien n'était perdu. Rien n'était gaspillé. Les cartons contenaient tout ce que le vieil homme avait possédé, à l'exception de ce que Starlight avait choisi de conserver. Sa pipe, qu'il posait sur son support à côté de la table de la cuisine, là où il aimait la mettre. Son hackamore en corde, suspendu à son clou dans le vestiaire d'entrée. Une paire de bottes au cuir usé à force d'être ciré et aux talons très biseautés, rangées sous le pied de son lit, comme si le vieil homme allait se lever et les enfiler. Le long manteau, qu'il portait quand il montait encore à cheval, était plié en travers de la selle posée sur un haut tabouret à côté du feu.

Il fit le tour de la maison pour vérifier que tout était à sa place, puis il s'assit dans le fauteuil à bascule du vieil homme devant la cheminée, jambes allongées devant lui, les yeux fixés sur l'âtre. Cette vieille maison rustique, l'écurie délabrée, les chevaux, le bétail et les quatre-vingts arpents sur lesquels elle était construite étaient tout ce qu'il avait connu au cours des vingt années de sa vie. L'unique bruit était le tic-tac de la pendule sur la cheminée. Elle sonna onze heures. Il se leva, alla jusqu'à la porte d'entrée, l'ouvrit et s'appuya au montant, les yeux rivés sur le pâturage, son chapeau à la main. Il entendit un veau beugler et le bruit de sabots contre une stalle. Il y eut un violent coup de fusil à l'ouest, puis un autre. Silence. Il perçut le craquement des poutres qui bougeaient dans la maison, se retourna pour regarder l'intérieur, en sentir la présence sur son visage. Quand les larmes montèrent, il fit demi-tour, sortit sur la galerie, tirant la porte derrière lui pour la fermer et la verrouilla. Il laisserait la clef chez les voisins.

Ils avaient loué les terres afin de les travailler à leur guise. Ils s'occuperaient des chevaux et veilleraient sur tout pendant son absence. Il n'avait pas idée du temps que ça représenterait. Il repoussa le dossier du fauteuil à bascule du vieil homme et le regarda se balancer. Quand le mouvement cessa, il avança d'un pas résolu jusqu'à la camionnette, le crissement du gravier résonnant en écho dans l'écurie; il ouvrit la portière, grimpa sur le marchepied et, une main sur le toit, il observa les lieux avant de s'installer au volant. Il quitta la cour sans jeter un regard en arrière. Quand il atteignit la route, il y resta un moment, le moteur tournant au ralenti, ses mains serrant le volant. Il y avait des chevaux dans le champ de l'autre côté. Ils étaient alignés à la queue leu leu, face à une brise légère qui soufflait de l'est. La ferme était le seul monde qu'il eût jamais connu. Elle paraissait vide, étrangère, sans le vieil homme. Il y avait un tout autre monde là-bas, derrière la vallée où elle se trouvait. Il y réfléchit. Ce qu'il connaissait du monde au-delà de la ferme, c'était le pays d'en haut, la forêt, les rochers, les rivières. Il ne savait rien des villes, ni des livres, ni des histoires autres que celle qu'il avait construite ici. Il avait été d'humeur à partir voir un peu ce monde extérieur. Se mesurer à ce qu'il était, peut-être serait-ce l'occasion de choisir de donner un tour différent à sa vie. Entre le vrombissement du moteur refait qui donnait un peu de shimmy à la camionnette, l'idée de la petite ferme en toile de fond et l'ombre du temps passé en ce lieu planant sur l'ensemble, quand il amorça un demi-tour pour retourner à la maison, il sut qu'il faisait le bon choix en réintégrant ce monde, et en fut satisfait.

LIVRE I

Les choses sauvages

1980

1

Emmy et la fillette regardèrent la route. Il faisait nuit noire. Les moustiques bourdonnaient autour de leurs visages et elles les chassaient de la main, ne quittant jamais des yeux l'allée gravillonnée qui se détachait à peine de l'obscurité pourpre, comme une tache. Elles comptèrent les voitures qui arrivaient pour s'engager sur la route principale en gravier menant à la ville. Douze. Elles attendirent. Après un long silence ininterrompu, elle fit signe à la fillette de se relever et l'aida à sortir lentement de la forêt. La fillette avançait bien, sans jamais s'accrocher, ni se prendre un pied dans les broussailles; Emmy admirait cette façon de se déplacer furtivement qu'elle avait apprise de l'homme dans la cabane au bout de cette allée. C'était une bonne chose, une force qui lui serait très utile. Elles étaient debout au bord de la route. Méfiantes.

À l'affût de chaque bruit ou mouvement qui les renverraient s'abriter sous les arbres. Il n'y eut rien.

« Tu crois qu'il dort ? demanda la fillette.

— Tais-toi », répliqua-t-elle.

La fillette la regarda en écarquillant les yeux, leur reflet semblable à du vif-argent dans les ténèbres. Elle hocha la tête. L'homme était un chasseur de cerfs. Le moindre souffle le réveillait. Sauf quand il était saoul comme ce devait être actuellement le cas, mais elle savait très bien qu'il ne fallait pas trop compter sur la léthargie totale de l'ivresse. D'un signe de la main, les doigts ouverts en éventail, elle encouragea la fillette à poursuivre son chemin et elles se faufilèrent jusqu'à l'entrée de l'allée. Elle s'arrêta pour écouter. Il n'y avait rien et elles avancèrent sur le bord, où le gravier était moins dense, plus fin, et où le crissement de leurs pas serait atténué. Discrètement. L'imposante bosse d'une chouette dans un arbre. Des chauves-souris. Des moustiques et le tendre murmure de la brise dans les feuilles des trembles. Rien d'autre ne bougeait, n'était audible dans cette quiétude désolée. Elle reprenait son souffle au fond de son ventre, bouche ouverte, chaque expiration longue et silencieuse ; la fillette était une apparition dans l'obscurité derrière elle. Il y avait assez de luminosité pour que le gravier s'avère une vague piste cheminant de plus en plus profondément dans la gueule de la forêt en direction de la cabane située à un demi-mile. Elles avançaient avec précaution.

Finalement, la route s'ouvrit sur la cour et elle aperçut les carcasses des vieilles voitures, des vieilles camionnettes et des vieilles machines agricoles que l'homme gardait pour les revendre, ou des pièces détachées qu'il négociait de temps en temps. Il y avait des outils anciens et du matériel de bûcheron : des haches, des scies et des gaffes empilées contre des caisses qui avaient contenu des tendeurs de câbles ou du matériel, des engrenages, des écheveaux de corde usée ou des petits outils, rongés par la rouille. C'était un triste ramassis. L'air était vicié par les odeurs de cambouis, d'huile de moteur et de pourriture. Même l'herbe ne semblait faire que des percées sporadiques, comme s'il avait fallu la persuader de se montrer sur ce morne marécage. La cabane se trouvait derrière, sombre comme une idée fausse, des vrilles de fumée s'élevaient de la cheminée, seul signe de vie. La camionnette était garée n'importe comment, portes grandes ouvertes depuis que Cadotte et Anderson en étaient descendus en titubant, Anderson portant sans doute le fût de bière et Cadotte trimballant une caisse contenant vodka, rhum et whisky. Elle fit signe à la fillette de l'attendre ; elle baissa la tête et avança en se dandinant jusqu'à la camionnette, s'en servant comme écran. Les clefs étaient sur le contact comme elle l'espérait ; elle les empocha dans la robe-chemise de coton bon marché qu'elle portait par-dessus ses bottes de travail lacées haut sur les tibias. La fillette apparut à ses côtés. Elle plaça un doigt devant ses lèvres et elles se glissèrent plus près de la galerie. Elles percevaient l'odeur du bois devenu braises, ainsi que ce voile de dégueulis, de pisse et de sang qui flottait dans l'air.

Cadotte était l'homme avec lequel elle vivait depuis trois ans. C'était lui qu'elle craignait le plus. Une brute bouillonnant dans un silence et un calme palpables qui pouvaient remplir la pièce de leur infinie méchanceté. Il était grand, costaud, mais comparé à la corpulence d'Anderson, il paraissait minuscule. Anderson n'existait que par la peur que sa taille suscitait, même chez Cadotte. Ensemble, ils étaient redoutables. C'étaient des hommes sauvages. Ceux dont ils s'entouraient étaient frustes et violents, colériques et bornés, toujours prêts à la bagarre, à donner des coups de poing au moindre affront, pour terminer par des rires, des embrassades ; ils établissaient un lien incompréhensible, fait d'emportement et d'interminables conversations à propos des femmes, de l'argent, de vagues rêves et de ragots accumulés qui passaient pour du savoir chez des hommes ne connaissant rien d'autre que la robustesse de leurs dos et l'érudition de leurs poings.

La cour était jonchée de bouteilles abandonnées, de mégots, de tasses en plastique et en s'approchant de la galerie, elle perçut la vibration de leurs ronflements. Elle espérait qu'ils étaient fin saouls et ne se réveilleraient pas pendant qu'elle et la fillette rassemblaient les choses dont elles avaient besoin pour fuir Cadotte et la vie stérile dans laquelle il les maintenait.

La porte s'entrebâilla en silence. Elle avait été ouverte d'un coup de pied de rage ivrogne quelques mois plus tôt et Cadotte avait remplacé les gonds métalliques par des bandes de pneus en caoutchouc. Elle entra dans la pièce principale. Elle occupait la moitié de la cabane. Le poêle à bois était au centre, un divan le long d'un mur. Il servait de lit à la fillette. Anderson y était affalé, à plat ventre, un de ses gros bras retombant sur le côté, sa main agrippant une bouteille. Ses cheveux en bataille étaient longs et recouvraient son visage, la moitié collait à sa joue en sueur. Depuis l'autre côté de la pièce, elle sentait le souffle fécond de son haleine. La chambre était à l'arrière et, par la porte ouverte, elle apercevait Cadotte, bras et jambes écartés, tête rejetée sur un oreiller, bouche grande ouverte, agité d'un profond ronflement saccadé de sorte que le lit grinçait à chaque puissante expiration. Elle fit signe à la fillette de ne pas bouger de la galerie et se fraya furtivement un chemin dans la cabane, ramassant de petits objets et un vêtement de rechange pour chacune, qu'elle fourra dans un sac de toile accroché à un clou au mur. Elle tendit le sac à la fillette dehors, qui le prit et s'empressa de le mettre dans la benne arrière de la camionnette. Emmy prit un autre sac qu'elle remplit avec un crouton de pain, des carottes, deux pommes et de la viande séchée. C'était tout ce qu'il y avait. Ce qu'elle voulait le plus, c'était l'argent.

L'air de la chambre empestait les pets, la sueur et le jus de chique. Elle décrocha l'assommoir à poissons de son clou sur le montant de la porte et le soupesa dans sa main. Il était lourd et épais, et comme la poignée moletée s'adaptait à sa paume, avec ça elle se sentait en sécurité. Jamais il ne mettait d'argent à la banque. Il insistait toujours pour qu'on lui paie en liquide tous les petits boulots qu'il faisait et il gardait l'argent, en rouleau, dans la poche de son pantalon, le distribuant à sa guise pour tout le nécessaire qui ne semblait jamais les inclure, la fillette et elle. Pour l'heure, il était ivre mort et elle voyait le rouleau former une bosse dans la bavette de sa salopette. Elle inspira profondément et avança lentement jusqu'au lit. Cadotte n'eut pas la moindre réaction. Elle fit un pas, souleva l'assommoir à poisson bien au-dessus de sa tête et tendit l'autre main en direction de sa poitrine, la tenant quelques centimètres au-dessus de la salopette. Ses doigts frôlèrent le tissu et elle se sentit trembler, se forçant à rester calme, bien que saisie d'une peur qui la prenait aux tripes. Sa vision s'embua, mais elle avala sa salive ; elle enfonça deux doigts dans la poche et sentit le rouleau de billets. Elle glissa son pouce dans l'ouverture et écarta les doigts lentement en direction du bord du rouleau, quand elle le trouva, elle le fit doucement sortir de la poche, abaissa le gourdin et s'éloigna du lit.

Elle trébucha sur une bouteille et s'effondra contre le mur.

Cadotte grogna et roula sur le côté face à elle ; il replia le bras comme pour la câliner et elle recula pour se redresser le long du mur. Il ouvrit les yeux.

« Emmy, bafouilla-t-il, qu'est-ce que tu fous ? »

Du coin des yeux, elle vit la carcasse d'Anderson bloquer l'entrée.

« Qu'est-ce qui s'passe, Jeff ? »

Ses gros bras étaient levés, les doigts sur le montant supérieur de la porte.

Cadotte tripota ses poches. Il envoya ses pieds par-dessus le bord du lit et lui lança un regard féroce. La lune se réverbérait sur la surface chauve de son crâne. Il releva une main pour se frotter la mâchoire, fixa des yeux l'argent et le gourdin qu'elle tenait dans ses mains.

« Tu me voles, salope ?

— J'ai seulement l'intention de prendre ce qu'il me faut, Jeff, dit-elle en tremblant.

— Ce qu'il te faut, c'est poser cette matraque et me passer ce rouleau.

— J'en ai besoin.

— J't'ai déjà dit de quoi t'avais besoin. Fais-le.

— Non. »

Il rit.

« Non ? Comment t'as prévu de sortir d'ici avec cet argent quand t'as rien d'autre que cette trique contre Jumbo, là-bas, et moi ?

— J'me battrai.

— Ça servira à rien, Emmy, grogna Anderson. Tout c'que veut Jeff, c'est que tu lui rendes son rouleau.

— J'm'en vais, Jeff. Winnie et moi. On part.

— Tu m'laisses pas, salope. Personne me laisse. »

Anderson baissa les bras et continua à bloquer la porte.

« Emmy. »

C'est tout ce qu'il dit et le grondement qu'il émit emplit la pièce ; elle sentit qu'elle tremblait à l'intérieur.

« Ça colle pas entre nous, Jeff. Ça n'a jamais collé. J'en ai marre de m'prendre des coups. J'en ai marre de m'cacher parce que j'ai des coquards. J'en ai juste marre.

— Tu passes pas cette porte. Tu crois qu'tu t'en es déjà pris une, une vraie rouste ? Tu vas tout de suite voir c'que c'est que d's'en prendre une. »

Quand il commença à se lever, elle lui balança de toutes ses forces la matraque en pleine figure et elle entendit l'os de son nez se casser, puis elle fut entièrement aspergée d'une chaude giclée de sang. Anderson se mit à bouger, mais alors une bouteille se brisa derrière lui, il hurla et tomba à genoux, ses mains cherchant à attraper l'arrière de sa jambe. Winnie était debout dans l'embrasure de la porte, une bouteille cassée dans une main. Elle en brisa une autre contre le montant de la porte, avança et l'enfonça à l'arrière de l'autre jambe d'Anderson. Cadotte essaya de se lever, mais Emmy le frappa encore une fois en plein visage et il tomba à la renverse sur le lit. Elle entendit Anderson geindre dans un charabia de colère, de rage et de souffrance ; le balèze tenta de se remettre debout, seulement elle alla jusqu'à lui, leva la matraque à deux mains et la fit retomber à la base de son crâne. Deux fois. Trois fois. Il s'écroula au sol. Lorsqu'il tenta d'attraper Emmy, elle lui donna de toutes ses forces un coup de pied dans la bouche, reconnaissante d'avoir des caps d'acier sur ses bottes de travail. Elle sentit les dents céder. Il y avait une tache de sang sur son tibia. Cadotte s'agrippait aux draps pour essayer de l'atteindre, mais elle le cogna de nouveau à deux mains sur le dessus de la tête et il s'effondra au sol en s'agitant. Elle lui donna aussi des coups de pied. De nombreuses fois jusqu'à ce qu'elle entende la fillette appeler.

« Maman, disait-elle. Partons. »

En regardant les deux hommes à terre, elle sentit la rage monter dans sa gorge tel un lamento funèbre. Elle s'acharna du pied comme une sauvage sur le dos et les épaules de Cadotte, puis se dirigea vers la porte et y alla trois fois de la botte dans le ventre et les côtes d'Anderson avant que la fillette ne la tire par la main. Elle asséna un dernier coup brutal sur la tête d'Anderson, traversa la cabane en trébuchant, puis passa la porte en titubant pour arriver sur la galerie. L'air lui remit les idées en place. Elle resta là, haletante, le gourdin lui échappant des mains pour tournoyer sur les planches avant de tomber dans la terre. Elle les entendait gémir dans la chambre. Le rouleau d'argent avait disparu. Elle regarda dans la cabane et la fillette la tira par ses vêtements. Elle n'avait plus en elle la force de se battre. Elles coururent jusqu'à la camionnette et quand le moteur démarra, elle prit un virage brutal, en faisant crisser le gravier pleins phares sur la cabane, alors elle s'arrêta. Elle la fixa. Puis elle descendit, retourna à l'intérieur. Cadotte et Anderson bougeaient. Elle ouvrit le foyer du poêle, remua les braises à l'aide du tisonnier, et y jeta du bois jusqu'à ce qu'il s'embrase, la lumière orange dessinant des ombres dansantes derrière elle. Elle ajouta encore du bois jusqu'à obtenir une belle flambée dont les craquements et les crépitements faisaient sauter des braises par la grille ouverte du foyer. Elle la laissa comme ça. Elle rejoignit la camionnette, y entra, ferma la portière et s'assit en observant la cabane dans le rétroviseur.

« Maman… ? fit Winnie.

— De bien meilleures chances qu'il ne m'en a jamais données », dit-elle calmement, dans un murmure. Elle pleurait quand elle regarda la fillette ; elle s'essuya la joue et passa une vitesse pour sortir de l'allée. Derrière elle, le feu crachait des braises sur le plancher de bois desséché.

2

Starlight s'assit sur les talons et les regarda courir. Dans le rayon de lune, ils apparaissaient tels des éclats d'ombres entre les arbres. Cette façon de se déplacer à grandes enjambées, de se baisser. Lorsqu'ils arrivèrent dans la clairière, le leader se tapit, avançant lentement, les oreilles rabaissées sur le crâne, le nez tout près du sol. Le reste de la meute demeura à l'abri des arbres. Le plus gros tourna la tête, puis releva le museau, renifla l'air et, pendant un instant, fixa des yeux l'homme sur les rochers, ensuite il baissa la tête comme s'il la hochait et progressa à pas feutrés à découvert. Les autres loups se déversèrent de l'ombre et l'entourèrent. Dans l'attente. Starlight discerna dans le bleu luminescent de la lune les nuages de vapeur que libérait leur souffle. Ils s'assirent sur leur arrière-train, langues pendantes comme des chiens, et quand ils faisaient jouer leurs mâchoires, il entendait le claquement de leurs langues contre leurs canines, aiguisées et cruelles, ainsi que le geignement et le gémissement des paroles des loups. Le mâle alpha était assis comme une pierre, les yeux attentivement fixés sur les rochers. Starlight sentait les muscles de ses cuisses s'échauffer, mais il tint la pose, ne quittant pas du regard l'ombre massive du loup dans la clairière. Starlight respirait par la bouche. Le grand loup releva la tête et la fit pivoter pour renifler le vent; quand il fut satisfait, il s'immobilisa et Starlight fut impressionné par sa taille. Le loup marcha lentement devant les rochers et les autres le suivirent; quand il se mit à trottiner, ils lui emboîtèrent le pas en silence. Starlight attendit que le dernier eût disparu, alors il sortit des rochers et commença à courir derrière eux.

Il courait avec aisance. Comme un loup. Il se courba davantage vers le sol et progressa à grandes enjambées, ses pieds effleurant sans un bruit les broussailles basses et quand il trouva l'allure de la meute, il obliqua vers les arbres et prit un chemin parallèle au leur, les gardant à sa droite tout en évitant sans peine les pins et les sapins, sa vision nocturne avivée par l'habitude. Il courait à leur rythme, aussi alerte qu'eux après les premiers trois cents mètres.

Ils grimpèrent sur le versant d'une crête et il entendait la poussée de leurs pattes arrière labourer l'escarpement; il suivit les éboulis tout au long du raide dévers. C'était une montée difficile, mais il la gravit en courant. Lorsqu'il franchit le sommet, il les vit rassemblés au milieu des arbres. Le grand mâle se retourna pour regarder par-dessus son épaule. Starlight vit le chatoiement de ses yeux et se sentit pétrifié par ce regard. Il s'arrêta et demeura debout, en pleine lumière, dos à la paroi. Le ciel vide derrière lui. Le clair de lune. Il n'avait nulle part où aller, il resta donc là, respira, attendit et observa le loup qui gardait les yeux fixés sur lui, ouvrait la gueule, laissait pendre sa langue et soufflait si fort qu'un instant Starlight eut l'impression qu'il riait, puis il tourna la tête et examina les arbres sur le replat. Les autres étaient patiemment assis. Aucun ne se retourna. Le leader se releva lentement, fit le dos rond, s'étira, et les autres l'imitèrent. Ensuite, ils démarrèrent. De concert. Il s'émerveilla devant cette capacité à communiquer par la pensée, leur langage imperceptible, façonné par le pouvoir de l'intention ; quand ils se furent éloignés d'une vingtaine de mètres, il repartit à grandes enjambées et les suivit.

Le paysage défilait, sans effort, au milieu de la forêt de conifères sur la crête, et sa course n'était pas entravée par les broussailles. À la place, il y avait quelques houx, des spécimens de jonc des montagnes, çà et là les formes inertes des arbres tombés, des troncs pourrissants au-dessus desquels il sautait d'un bond tout en conservant l'allure tranquille des loups en maraude.

Il ne portait rien qu'un petit sac dans le dos. Il n'avait pas de gants malgré le froid et ses vêtements étaient lâches et chauds. Ses chaussures étaient façonnées à partir de peau d'orignal et lacées serrées. Leurs semelles étaient faites d'épais morceaux de feutre et il sentait les moindres aspérités et irrégularités du territoire qu'il traversait; les traces qu'il laissait n'étaient que de simples ébauches. La fonction de ses chaussures était d'envelopper ses pieds, si bien qu'il avait la sensation d'être pieds nus tout en étant protégé. Elles lui permettaient de courir sans bruit. Ses cheveux étaient courts, très ras, une coupe sévère de type militaire. Il ne risquait pas de s'attraper ou de s'accrocher à quoi que ce soit, même les jambes de son pantalon étaient soigneusement enfilées dans le haut de ses chaussures et ses manches boutonnées serrées autour de ses poignets. Il courait parallèlement aux loups sans faire le moindre bruit.

Soudain, ils obliquèrent brusquement et se propulsèrent en décrivant des zigzags étroits pour gravir un à-pic presque dépourvu d'arbres et parsemé de pierres et de rochers aussi gros qu'une huche, de sorte qu'il dut s'agripper et se cramponner à des arbrisseaux pour se hisser vers le sommet tout en courant. Il suivait leur chemin. Ses poumons lui faisaient mal et les muscles de ses mollets protestaient, ses cuisses et ses fesses brûlaient sous l'effort, mais il continua. L'aride mur rocheux était à quelques pouces de son visage et il sentait l'odeur du lichen sur les pierres. Sèche. Poussiéreuse. Presque métallique. Il mit ses pieds en biais afin d'avoir une meilleure prise sur la paroi et lutta plus fort contre la gravité qu'il sentait peser sur lui. Les loups franchirent le faîte et disparurent. Il prit de plus profondes inspirations et força ses muscles à travailler ; il sentait la tension dans son cou et ses épaules. Quand, tout tremblant, il finit par atteindre l'arête de la crête, il était épuisé ; il se pencha en avant, les mains sur les genoux, respira par la bouche et leva les yeux pour essayer de localiser les loups.

Ils étaient couchés sur un rocher pentu qui dépassait de l'extrémité de la saillie. Derrière eux, la lune étincelait comme un œil gigantesque. Le mâle alpha était le seul à être assis, face au disque lunaire scintillant, la tête légèrement relevée, semblable à un enfant empli d'émerveillement. Starlight reprit son souffle rapidement et se releva de toute sa hauteur. Le loup tourna la tête. Ils s'observèrent : l'homme se sentit percé à jour, vu dans son intégrité ; il n'y avait pas de peur en lui, seulement du calme, le même que dans le regard résolu du meneur de la meute. Le loup se dressa. Il balayait du regard l'ensemble du tapis céleste moucheté d'étoiles et Starlight suivit ses yeux.

L'univers, profond et éternel, était suspendu au-dessus d'eux : solennel et franc comme une prière.

Le loup se rassit et sembla étudier le panorama. Puis il souleva son nez et lança un hurlement glaçant face à la lune et aux étoiles éparpillées autour. C'était un cri aigu et perçant qui amena tous les autres à s'asseoir, les yeux rivés sur le grand disque argenté. Starlight fit glisser le sac de son dos, en sortit un appareil photo et un téléobjectif, qu'il s'empressa de visser sur le boîtier. Il se dégagea sur le côté de façon à voir les loups de profil. Ils restèrent parfaitement immobiles. La douzaine qu'ils étaient, comme des condisciples réunis devant un sanctuaire. Il s'agenouilla, fit le point sur le leader, respira, doigt sur le bouton de l'obturateur. Il avait cadré sur la face grêlée de la lune et la tête du loup dominant. Quand celui-ci releva le museau Starlight ajusta la mise au point, et quand il ouvrit sa gueule pour hurler, il le laissa japper les premières syllabes, puis appuya sur le déclencheur en cet instant rare et singulier. Les loups se retournèrent au bruit émis par l'appareil. Ils étudièrent Starlight. Il les surprit dans le viseur avec la pleine lune en arrière-plan et fit une autre photo. Ils l'observèrent. Puis ils tournèrent de nouveau leur attention vers le ciel et se mirent à hurler. Il le ressentit dans sa colonne vertébrale. Il le ressentit dans son ventre. Il démonta l'appareil et le remit dans le sac qu'il rejeta sur son dos avant de faire demi-tour, et de longer une nouvelle fois la lèvre de la crête, puis de redescendre sans se retourner. Leur hurlement, ancien, puissant. Les loups suivirent Starlight jusqu'au plus profond de la nuit.

3

La camionnette était vieille et déglinguée, car mal entretenue. Malgré tout, Emmy conduisait dans la nuit, satisfaite que Cadotte ait touché un salaire et soit resté sobre assez longtemps pour faire le plein. La fillette s'endormit rapidement ; elle était assise, appuyée contre la portière, jambes allongées sur le siège, menton posé sur la clavicule si bien qu'elle paraissait aussi décharnée et chétive qu'une enfant de la guerre, précisément ce qu'elle était aux yeux d'Emmy. La vie avec Cadotte avait été brutale. Une guerre d'usure. Elle pinça les lèvres pour retenir ses larmes et roula sans discontinuer, les deux mains en haut du volant, fixant les vagues et les méandres de la route. Elle conduisait sans but. Elle n'avait pas d'autre plan que de les sortir toutes les deux de là. Maintenant qu'elle l'avait fait, l'air semblait presque plus vif, plus propre qu'il ne l'était dans son souvenir, et elle en but de longues gorgées par la fenêtre légèrement entrouverte. Les actes de violence l'avaient bouleversée. Le visage de cette ancienne rage, qu'elle avait portée en elle si longtemps, la hantait; la sentir vibrer dans ses mains et ses pieds l'effrayait et elle se demandait si elle serait capable de lui échapper, de la distancer peut-être, comme elle aurait à le faire si Cadotte survivait au feu. L'esprit de vengeance qui animait Cadotte était une balafre couvrant tout son être. S'il survivait, il se mettrait à sa recherche, elle en était sûre. Il faudrait plus d'un seul réservoir d'essence pour mettre entre elle et cette cabane délabrée la distance lui permettant de se sentir en sécurité, pour elle-même, pour la petite. La seule chose dont elle était convaincue, c'est que cette rage était sa seule défense et qu'elle la nourrirait, la porterait comme un tison sacré, l'aviverait, l'entretiendrait, en maintiendrait l'ardeur et la garderait prête pour la prochaine fois si Cadotte était en vie. Si ce n'était pas le cas, elle lui serait toujours utile. Il y avait des hommes partout dans le monde.

Elle n'avait jamais eu de difficulté pour les attirer. Elle ne pouvait se remémorer une seule fois dans sa vie où des hommes n'aient pas voulu la toucher, la tenir dans leurs bras, la caresser, et pendant un moment elle avait laissé faire parce que ça comblait le vide de solitude qu'elle portait en elle, orpheline placée dans une famille. Elle avait laissé faire jusqu'à ce qu'elle commence à en souffrir. Elle ne voulait pas penser à cette époque-là. Elle avait, une bonne fois pour toutes, claqué la porte sur cette noirceur d'une nature particulière. Il y avait là des monstres, à l'affût, furtifs, en embuscade, attendant leur heure avant de se montrer et de s'emparer d'elle de sang-froid, avec leurs sauvages mâchoires hargneuses. Elle avait senti leur présence toute sa vie. Il n'y avait jamais eu assez de lumière pour les chasser ou s'il y en avait eu, elle n'avait lui que brièvement avant de devenir l'ombre qu'elle avait connue et à laquelle elle s'était habituée depuis un temps bien trop long. Ce n'est que l'impitoyable cruauté de Cadotte qui avait précipité à la surface la vieille rage couvant en elle. Elle l'avait submergée. Elle avait déferlé sur elle comme une incontrôlable vague de peur, de négligence, d'abandon, d'aspirations, de néant, de faim, de besoin et de haine ; une haine d'un violet pur, insidieuse, furieuse, pour les hommes, pour la vie, pour elle-même, pour avoir toléré ce qu'elle avait toléré qu'il lui arrive.

Elle avait choisi Cadotte. Cette nuit-là, dans le bar de la ville qu'elle avait seulement eu l'intention de traverser, c'est lui qu'elle avait en fait choisi. La petite avait été contente de rester dans le motel avec une pizza et la télévision. Elle avait alors six ans. Elle était née en un autre temps où Emmy pensait que la roue du destin s'était arrêtée sur une situation durable. Mais cet homme était parti, comme tous les autres. Elle jeta un coup d'œil vers la fillette. Elle s'émerveilla de l'innocence dans laquelle sombrent les enfants quand ils dorment. Elle lui souhaitait de pouvoir demeurer en plein jour, mais Winnie n'avait jamais connu la paix, ni de port d'attache, ni aucune des choses qu'un foyer était censé offrir, comme dans tout ce qu'elle avait lu. Au moins, elle n'était pas orpheline. Du moins pas encore. L'ironie c'est qu'elle se savait prête à mourir pour empêcher une telle chose de se produire. Elle secoua la tête en y pensant et se concentra avec plus d'attention sur la route. Cadotte. Il était costaud, fort, agile, charmeur avec un côté bourru, canaille, et sans détours en ce qui concernait son corps, ses besoins, ses désirs, ses faims et ses intentions. Elle s'était laissée emporter par cela, croyant en quelque sorte qu'un homme sans secrets à propos de ce qu'il cherche était mieux qu'un type du genre cajoleur, mièvre et sensible. Elle avait cru qu'il y avait de l'honnêteté là-dedans. Elle avait fait erreur. Une erreur presque mortelle.

Son monde était circonscrit par la picole. Il buvait constamment. Mais elle aussi avait sa propre alliance avec l'alcool, qui semblait en accord avec celle de Cadotte. La picole permettait aux monstres et à l'obscurité de disparaître. Elle lui permettait presque d'arriver à éprouver un sentiment de joie, de liberté, et

Emmy la laissait entrer dans son monde aussi souvent que s'en présentait l'opportunité. Avec Cadotte, elle se présentait tous les jours. Elle fut ivre six semaines d'affilée. Elle refit surface, pâle et tremblante, avec la petite et Cadotte et un infâme fouillis dans cette cabane calamiteuse. C'était un jour gris, lugubre sous la pluie torrentielle et dans le froid, si bien qu'elle grelottait tout autant à cause de cela que du manque. La fillette l'avait timidement dévisagée depuis le coin du canapé et Emmy avait tendu les bras vers elle pendant plusieurs minutes avant qu'elle ne bouge, n'avance jusqu'à elle et ne pose sa tête sur son épaule. Elle avait senti le contact chaud d'une seule larme coulant dans son dos nu. Son intention était de rester jusqu'à ce qu'elle trouve du travail et économise assez pour partir. Ce n'était jamais arrivé. Cadotte bloquait toute issue. Il faisait d'elles des prisonnières par indigence. Elle avait tout simplement été trop fauchée pour partir.

Il la prenait quand il voulait, de la façon qu'il voulait. Il permettait à Anderson et aux autres de l'avoir au cours de parties de débauche qui avaient lieu bien trop souvent. Il la frappait. Il menaçait de frapper la petite, de la prendre, elle aussi. C'est pour cette raison qu'elle laissait faire – afin de préserver Winnie. À la fin, c'est aussi pour cette raison qu'elle avait lutté avec tant d'acharnement pour s'enfuir. Cela durait depuis trois ans.

Quand elle jeta un nouveau coup d'œil, la fillette était éveillée et la dévisageait.

« Où sommes-nous, maman ?

— Je ne sais pas. Quelque part près de 100 Mile House.

— Il reste encore combien à faire ?

— Je ne sais pas.

— J'ai faim.

— Mange cette pomme. »

Elle l'entendit croquer et mâcher ; elle se passa la main sur le front pour en effacer la fatigue. Le réservoir était plus qu'aux trois quarts vide.

« Tu te souviens comment on fait pour siphonner ?

— Hum-hum.

— On va s'arrêter près d'une ferme ; je veux que tu prennes le jerrycan dans le coffre et que tu nous siphonnes de l'essence.

— D'accord », dit-elle d'un ton morne, indifférent, comme si elle lui avait demandé de sortir la poubelle.

C'est Cadotte qui lui avait appris ces choses-là. Il avait appris à Winnie à voler des poulets, des œufs, des fruits, des légumes. Il lui avait appris à piquer des enjoliveurs, tout ce qui était en métal, et les fils de cuivre dans les câbles. Tout ce qui pouvait être transformé en argent liquide. Demander à Winnie de faire cela pour elles causait à Emmy une honte insondable. Elle sourit à la fillette, plus dans le but de réprimer son chagrin que de lui transmettre du courage pour son larcin.

Elles passèrent un virage et elle vit la silhouette sombre d'une habitation rurale. Il n'y avait pas de grange, mais il y avait une camionnette. Elle ralentit en approchant du bas-côté, la fillette sauta du véhicule et elle l'entendit tirer en vitesse le jerrycan du coffre. Elle descendit de la camionnette et se tint auprès d'elle. Il n'y avait pas de chien. Il aurait déjà aboyé. À la place, elles entendirent les grillons dans les champs, le bourdonnement des moustiques autour de leurs visages et le léger meuglement du bétail. Elle toucha l'épaule de la fillette et elles avancèrent ensemble. Elles marchèrent dans le petit caniveau au bord de l'allée, là où l'herbe étouffait le bruit de leurs pas. Rien ne bougeait. Quand elles arrivèrent dans la cour, elle fit signe à la fillette d'aller vers la camionnette et pointa un doigt sur elle-même, puis sur la maison. Winnie acquiesça de la tête et courut à toute vitesse en direction de la camionnette garée à une dizaine de mètres de la maison. Emmy se faufila vers la galerie qui, visiblement, entourait la bâtisse. Elle sentait son cœur battre à tout rompre dans sa poitrine et son souffle était court. Rien ne bougeait. Elle avança à pas glissés jusqu'à une fenêtre, se fit une visière de ses mains et regarda par la vitre. Quand elle eut repéré comment rejoindre la cuisine, elle se déplaça le long de la galerie jusqu'à la porte de derrière, qui permettait d'en sortir. Elle attendit. Comme elle n'entendait toujours pas de bruit, elle tourna la poignée de la porte. Elle était verrouillée. Elle voyait la fillette emporter avec peine le jerrycan le long du caniveau depuis la camionnette. Quand elle eut la certitude qu'elle était loin, elle tirebouchonna sa jupe autour de son poing et brisa l'une des petites vitres. Elle se cassa sans difficulté. Le fracas du verre fut étouffé par le tissu, mais elle perçut l'écho lui revenir depuis la remise derrière elle. Elle fit un pas de côté, dos contre le mur, mais comme il n'y avait pas un seul bruit dans la maison, elle retourna à la porte, passa la main par la fenêtre cassée, trouva le bouton de porte et entra dans la cuisine. C'était une belle pièce spacieuse, dont le sol était en bois – une modeste cuisine, mais propre et bien tenue. Au-dessus des larges plans de travail vernis se trouvaient de hauts placards ; il y avait un vieux poêle en fonte et un réfrigérateur de la même époque. L'évier était grand, émaillé, avec un garde-manger juste à côté. Elle s'y rendit à pas de loup. Les étagères étaient remplies du sol au plafond ; assurée à présent qu'il n'y avait personne dans la maison, elle tira la chaîne qu'elle sentit contre sa joue et sourit.

Il y avait des sacs de toile suspendus à un clou près de la porte et elle les remplit rapidement de choses qu'elles pourraient manger en route. Des confitures, des conserves, des biscuits, des noix et des fruits secs. Elle prit un autre sac et alla au réfrigérateur. Celui-là, elle le remplit de fromage, de lait, de carottes, de quelques œufs durs posés sur une soucoupe et de plusieurs branches de céleri. Sur le plan de travail, elle trouva une boîte à gâteaux. En soulevant le couvercle, elle découvrit un gâteau au chocolat ; elle y enfonça les doigts et mangea en s'appuyant au plan de travail. Quand elle vit la fillette monter sur la galerie, elle lui fit signe de la main, et elles attaquèrent le gâteau toutes les deux, le faisant descendre avec des gorgées de lait. Lorsqu'elles eurent terminé, Emmy s'essuya les mains et le visage avec un torchon, fit signe à la fillette d'attraper l'un des sacs. Elle ouvrit quelques tiroirs.

« Que fais-tu ? chuchota Winnie.

— Nous ne sommes pas des vraies voleuses, répondit-elle à voix basse. Je vais laisser un mot pour dire merci. »

Elle la regarda d'un air bizarre.

« Pourquoi ?

— Ils sont juste comme nous, voilà pourquoi. »

Winnie hocha la tête et sortit sur la galerie, le sac à la main.

Emmy trouva un petit bout de crayon et un sac en papier kraft, sur lequel elle griffonna un mot.

« On est désolées pour les dégâts. On avait juste faim, c'est tout, et on a pris que de la nourriture. Pardon. »

Elle envisagea de signer par son nom, mais pensa que Cadotte pourrait venir jusque-là et elle se ravisa. Elle laissa le mot contre le couvercle de la boîte à gâteaux, prit le sac qui restait et sortit sur la galerie. Elle posa sa main libre entre les omoplates de la fillette, et elles descendirent nonchalamment l'allée jusqu'à leur camionnette. La fillette posa ses pieds sur le tableau de bord, Emmy démarra le véhicule et rejoignit la route sans se presser. Elle entendait la petite mâcher des carottes dans le noir.

4

Starlight essuya la vitre de la main et la condensation se décolla de la fenêtre comme la peau d'un fruit tourné. Il observa l'autre côté de la cour froide et humide, et il les aperçut en train de traverser le champ en direction de la grange, le tintement des cloches des vaches assourdi par le brouillard dans lequel elles avançaient. On aurait dit des apparitions dans la lumière pâle. La pluie n'avait pas cessé de la nuit. Quand il enfila ses vêtements, ils étaient encore trempés. Ils avaient travaillé tard hier soir et il était trop fatigué pour les suspendre correctement. Il s'habilla lentement. Le contact pénétrant de ses affaires le faisait frissonner ; il s'entoura de ses bras et fit des petits sauts à pieds joints pour se réchauffer. La pièce était glaciale et à ses pieds, le plancher claquait comme sous l'effet du gel. Il mit ses chaussettes et un vieux pull en laine, qu'il gardait accroché à l'arrière d'une porte pour les matins comme celui-ci. La maison était silencieuse ; il descendit doucement l'escalier, puis entra dans le séjour.

Roth était assis dans l'obscurité, sur une chaise à dossier droit, regardant repartir le feu qu'il avait attisé ; le lent mouvement des flammes projetait tout dans l'ombre derrière lui.

« C'est plus froid et plus humide que le trou du cul d'une sorcière, dehors, Frank.

— Alors la terre sera plus facile à piocher, répliqua Starlight.

— On a passé toute la journée d'hier à creuser cette tranchée. Ça a pas été facile.

— Ça le sera peut-être maintenant. »

Roth se leva de la chaise, alla à la cuisine et revint avec deux tasses de café.

« Il va falloir remercier la vieille Gramm de nous avoir préparé nos déjeuners. Mais si j'ai encore une fois du simili-poulet, j'te jure que je gueule.

— C'est mieux que le fromage de tête qu'on a goûté la semaine dernière.

— Ça c'est vrai, répondit Roth.

— Qui a jamais eu l'idée de manger un truc pareil ?

— Un pauvre plouc dans son fossé, j'imagine. C'est le genre de truc qui te vient à l'idée quand t'es dans la mouise jusqu'à la ceinture.

— C'est à ça que tu penses ? »

Roth rit. Dans la faible lumière, il apercevait sa bouche édentée.

« Même pas. Moi, je pense aux femmes et à la bonne chaleur du whisky, et à l'amour qu'est encore meilleur. Et toi ? »

Il haussa les épaules. Il détestait les conversations de ce type. Elles ne menaient nulle part, et il n'aimait pas discuter de choses qui restaient sans effet.

« Les chevaux, je crois, dit-il. Et l'odeur de la terre après une pluie comme celle-ci.

— Ouais, bon, tu vas t'en prendre plein le pif de l'odeur de la terre, aujourd'hui. Tu sais qu'il existe des pelleteuses pour cette espèce de merde ?

— J'me suis toujours dit qu'un homme éprouve plus de satisfaction à travailler avec son dos.

— Ouais, bon, toi et moi, on a apparemment pas du tout la même idée de la satisfaction.

— Tu me connais depuis assez longtemps pour savoir comment je travaille.

— Ça, c'est sûr, mon gars. T'es pas non plus sans savoir qu'il existe des chaudières qui chaufferaient mieux cette baraque que ta fichue cheminée, hein ?

— Le feu, c'est bon pour le moral.

— La chaleur, c'est mieux.

— On ferait bien de sortir traire ces pauvres vaches. »

Roth secoua tristement la tête.

« Tu vois, ce qui se passe avec toi, c'est que tu refuses tout net de faire face au progrès.

C'est pas que ça me dérange de tirer sur une mamelle de temps à autre, et j'aime bien un bon verre de lait frais à l'occasion, mais bon sang, Frank, comment ça se fait qu'on traie encore à la main ?

— "Progrès" c'est rien d'autre qu'un mot de paresseux pour "facile". On doit ressentir le travail comme tel. C'était comme ça dans l'ancien temps.

— Donc c'est un état de fait ? Alors pourquoi tu cours pas avec les loups pour ensuite t'asseoir et les peindre au lieu de te servir de cet appareil photo ? Il me semble qu'en peinture et en dessin, c'est comme ça qu'on faisait dans l'ancien temps. »

Starlight sourit en soulevant sa tasse. Il apprécia cette répartie. Voilà trois ans qu'Eugene Roth travaillait avec lui et il y avait longtemps qu'il était impossible de le définir comme garçon de ferme. C'était un ami à présent, et un bon ; Starlight ne se voyait pas s'occuper de l'exploitation sans lui.

« Tu n'as pas tort, dit-il. Sauf que je ne suis pas un artiste.

— Tu as pourtant l'œil. Les clichés que t'as rapportés sont absolument incroyables. Comment est-ce que t'arrives à faire ça, en tout cas ? Tu les fais poser, les bestioles, ou quoi ?

— Ils ne posent pas. Ils me laissent tout simplement les voir tels qu'ils sont au naturel.

— Ouais. Mais comment ? »

Starlight se cala dans le fauteuil à bascule

et étendit ses jambes devant lui. Il sirotait le café et hochait la tête quand les flammes se déchaînèrent pour former un large éventail orange et que la chaleur de la flambée vint assaillir sa poitrine. Il tendit une main sur sa gauche et la fit courir le long du bord de la selle du vieil homme.

« La terre te traite en égal, finit-il par dire. Si tu passes un peu de temps seul ici, comme je l'ai fait toute ma vie, elle te parle, elle te livre des secrets auxquels la plupart des gens n'ont jamais accès.

— T'as de la chance que j'te connaisse, mon vieux. Si quelqu'un entend un homme raconter qu'il entend des voix dans la nature sauvage, il va dire que c'est un dingue.

— Elle ne parle pas avec des mots, Eugene. Elle parle avec des sensations.

— Tu vois ? Dans ce cas, ils vont te réserver une place permanente dans une cellule capitonnée. »

Starlight rit.

« C'est pas aussi dingue que ça en a l'air. Tu apprends à écouter comme il faut là-bas, c'est tout.

— Peut-être que j'ai jamais appris à avoir confiance en la nature comme toi, Frank. C'est pour ça que je m'y aventure pas tout seul.

— Tu devrais peut-être un jour.

— Je peux traquer un chevreuil et prendre un lapin au piège, pour sûr. Mais ce que tu fais ? Disparaître tout seul pendant des jours ou simplement te balader dans le noir ? Moi, je m'y reconnais pas.

— Peut-être que si.

— Possible. Mais moi, ce que je désire, c'est bien plus facile d'en rêver.

— Je sais. Je sais. La chaleur des femmes, la chaleur du whisky, la country pure et dure.

— Alors, en voilà une définition pratique, de la vie.

— Ben, on s'échine assez au travail pour pouvoir transformer ça en réalité.

— Ce qui me rappelle, dit Roth, qu'on te paie un paquet pour ces photos. Pourquoi tu laisses pas tout simplement tomber et que tu gagnes pas ta vie comme ça au lieu de te crever le cul comme on faisait dans l'ancien temps ? Ou, au moins, achète une fichue trayeuse et une maudite pelleteuse !

— On ferait mieux de s'y mettre si on veut la creuser, cette tranchée.

— T'es sacrément impatient d'avoir mal, hein ? demanda Roth.

— C'est exactement ça.

— J'ai encore jamais rencontré un pareil fanatique de mouise et de boue avant toi. Qui occupe une drôle de place dans mes… comment on appelle ça ? Sensibilités.

— J'ai été élevé comme ça.

— Dommage pour toi », dit Roth.

Ils se levèrent, traversèrent la cuisine pour aller au vestiaire d'entrée, enfilèrent leurs bottes et leurs cirés, puis sortirent par la porte donnant sur la galerie et observèrent la pluie, regardant le relief opalescent de la montagne à travers le brouillard. La tranchée qu'ils creusaient dans la cour mesurait quatre pieds de profondeur et moins d'un yard de large. Ils en avaient creusé vingt yards.

« Une pelleteuse aurait pu dégager tout ça et on ne se serait pas épuisés à la tâche, lâcha Roth. De toute façon, il y a des professionnels des champs d'épuration et des fosses septiques.

— On pourrait difficilement faire plus professionnels que nous.

— Y a sacrément pas d'honneur à creuser, Frank. J'ai l'impression d'être un fichu blaireau ou quelque chose du genre.

— Des satanés bons terrassiers, les blaireaux.

— Des nuisibles, voilà ce qu'ils sont.

— Une fois qu'on en aura fini avec les corvées, on s'y mettra. Je défoncerai le sol. » Il regarda Roth. Le maigrichon se gratta la tête. « Tu me suivras avec la brouette et une pelle.

— Ça me laisse avec deux boulots. Charger et dégager.

— Alors, choisis. »

Roth se tripota la mâchoire.

« L'un est aussi pénible que l'autre, je présume. Si tu veux bien, on échangera quand on en sera à déterrer la vieille cuve.

— C'est ça, dit Starlight. Crie si je vais trop vite pour toi.

— Ce foutu jour est pas encore arrivé. »

Il entra dans la tranchée et donna un coup de pioche qui entama la masse compacte. Les pierres et la terre tombèrent en cascade avant qu'il rejette la tête de pioche vers l'arrière et qu'un ventre de gravats se déverse sur la planche sous ses pieds avec fracas comme si on avait tiré au fusil dans un seau. Il repoussait d'un pied ce qui tombait après chaque impact. Le reflet de l'outil dans la pénombre faisait penser à la trotteuse d'une pendule, ce qui le poussait à accélérer. Ses muscles se relâchèrent. Il sentit monter la chaleur de son corps et des gouttes de sueur perlèrent devant ses yeux ; il les essuya du revers du poignet avant d'enfoncer la tête de pioche plus profondément dans la terre. Il entendait derrière lui Roth bougonner et jurer, la pelle racler les planches alors qu'il chargeait la brouette pour la pousser péniblement jusqu'au bout de la tranchée, près de la maison, d'où ils l'emporteraient avec un tracteur. Il fit quatre yards en un peu plus d'une heure ; il n'était plus que dans l'effort et la sensation du travail dans ses bras et ses épaules.

« Bon Dieu, Frank, ça suffit, non ? J'ai une maudite envie d'me fumer une clope », dit Roth.

Il posa le pic. Ils retournèrent la brouette sur le côté, s'assirent dessus et il roula une cigarette pour chacun. La lumière avait pris un gris de linceul.

« Je me souviens comme il a d'abord été difficile de convaincre le vieil homme d'installer une fosse septique. Il se contentait très bien des toilettes extérieures. J'ai fini par préférer les avoir à l'intérieur.

— Tu parles de progrès ? »

Roth ferma un œil à cause la fumée de cigarette et le dévisagea.

Starlight sourit.

« Ouais. D'accord. De progrès.

— Punaise. Il l'a dit. Peut-être bien qu'il y aura des machines dans notre futur après tout.

— Je ne parierais pas ton salaire là-dessus.

— On sait jamais, mon vieux. On laisse entrer un peu de progrès et le reste va arriver par la suite. Pourquoi es-tu tellement opposé à la modernité, hein ? »

Starlight se leva, écrasa le mégot du bout de sa botte et laissa le dernier nuage de fumée s'échapper de ses poumons. Roth se leva et ils remirent la brouette sur ses roues.

« Garder la vieille ferme telle quelle, dans ma tête, c'est juste ce qui me paraît bien. Les traditions, quoi. Comme le vieil homme aurait voulu qu'elle soit. »

Starlight regarda devant lui le bout du trou. Il voyait les têtes chauves et luisantes des pierres amassées dans la terre, alors il rejeta la pioche vers l'arrière et recommença. Roth reprit son bougonnement, et ils se retrouvèrent bientôt tous deux emportés par le rythme mécanique de leur travail.

5

Elles dormirent dans la camionnette. Emmy se gara sur une aire de repos au milieu de l'après-midi ; elles appuyèrent leurs têtes sur les montants des portières et s'endormirent presque instantanément. Le crépitement de la pluie sur le toit les réveilla. La fillette se frotta les yeux avec l'articulation d'un de ses doigts et attrapa le sac de nourriture à ses pieds. Elle fouilla à l'intérieur, trouva une carotte qu'elle grignota et regarda sa mère du coin de l'œil.

« T'as faim, maman ?

— Pas encore. J'ai une soif terrible, par contre.

— Je peux courir jusqu'au ruisseau pour te rapporter de l'eau.

— D'accord. J'ai juste besoin de rester un peu assise. »

La fillette descendit de la camionnette et

Emmy la regarda traverser pour aller au ruisseau qui coulait à l'arrière de l'aire de jeux. Elle paraissait si petite. Emmy sentit une boule se former dans sa gorge et la brûlure des larmes dans ses yeux ; elle secoua la tête pour les chasser. Ce n'était pas bon que Winnie la voie pleurer. Pour désespérée que fût la situation, il n'était pas nécessaire de lui montrer autre chose que de la force, de l'endurance, du jeu. Il lui fallait agir comme si Cadotte était vivant et déterminé à la retrouver. Winnie. S'il la trouvait elle, il trouverait Winnie, et quand elle pensait à sa méchanceté, sa noirceur, elle sentait la chaude bile de la colère dans son ventre. Elle frappa le volant du poing.

« Maman ? » appela Winnie devant la porte.

Elle descendit la vitre, prit la tasse de plastique que lui tendait la fillette et but ; le soulagement de l'eau froide comme la neige la revigora. Elle sortit de la camionnette, s'étira et ébouriffa les cheveux de la fillette. La bruine était joyeuse, elle lui offrit son visage, se laissant tremper, et la fillette l'imita. Elles restèrent ainsi ensemble. Winnie rit. Emmy avança vers la camionnette, elles s'installèrent et elle démarra. Il y avait une carte froissée dans la boîte à gants, elle se pencha en travers des cuisses de la petite pour l'attraper. Elle la déplia et Winnie se glissa jusqu'au bord du siège pour la regarder, elle aussi. Elle pointa du doigt le lieu où elle pensait qu'elles étaient et celui d'où elles étaient parties.

« Tu crois qu'on est assez loin ? demanda Winnie.

— Je ne sais pas. Je crois qu'on devrait s'éloigner davantage.

— Il n'y a pas l'air d'y avoir grand-chose par ici.

— C'est bien ce que j'espère.

— Qu'est-ce que tu veux dire ?

— Je crois que Jeff va s'imaginer qu'on va aller dans une grande ville. Comme Vancouver, peut-être, ou Calgary. Un endroit où on peut se perdre dans la foule.

— Je me suis perdue dans les bois une fois. Tu te souviens ?

— Oui. Et c'est là qu'on va. Dans un lieu où il n'y a rien que des miles et des miles de terres autour de nous.

— Comme où ?

— On le saura quand on le verra.

— Je ferais bien d'ouvrir l'œil, alors. »

Elle sourit.

« Je crois que oui. »

Elle passa une vitesse et elles rejoignirent la route. Le réservoir à essence s'affichait à moitié vide. Elle serra les dents et conduisit pendant que la fillette était assise à genoux, en train de regarder le paysage défiler par la vitre latérale. Selon la carte, elle conclut qu'elles avaient assez de carburant pour arriver juste après Williams Lake. Elle l'espérait. Quand elles seraient à sec, il lui faudrait trouver un moyen de continuer. Elle prit une profonde inspiration et se mit à y réfléchir. La nécessité. Elle ferait ce que la nécessité lui demanderait de faire et elle ne laisserait rien l'empêcher d'assurer la sécurité de sa fille. Cela étant acquis, elle s'adossa à son siège et conduisit sans discontinuer.

Elles traversèrent Williams Lake, firent encore trente miles et la situation devint critique côté carburant. C'était le début de la soirée et elles avaient dépassé la pluie. À présent le monde était vêtu de gris et elle avait faim. La fillette s'était un peu restaurée avec la nourriture du sac et Emmy était heureuse de l'avoir laissée faire. Maintenant, c'était à son tour d'avoir besoin de manger. Mais elle tiendrait le coup jusqu'à ce qu'elle trouve les moyens ou l'occasion de leur en procurer davantage. Elle vit une femme faire travailler un cheval dans un enclos circulaire sur le devant d'un champ de petite superficie ; elle se gara sur le bord de la route.

« Reste là. Je vais aller discuter avec cette femme. »

Elle descendit de la camionnette et avança jusqu'à la clôture contre laquelle elle s'appuya en posant un pied sur la perche du bas. La femme préparait un terrain avec un jeune cheval, le conduisant d'une main et l'amenant à la suivre derrière son épaule. Quand elle lui fit prendre un virage serré, elle vit Emmy appuyée à la clôture.

« Je peux quelque chose pour vous ? » brailla-t-elle ; le cheval fit quelques pas de côté, mais ne s'emballa pas.

« Je l'espère. »

La femme laissa le cheval sur place et avança jusqu'à la clôture. Elle était grande, avait une solide carrure, des bouclettes de cheveux bruns dépassaient du chapeau à larges bords qu'elle portait. La couleur de sa salopette en toile élimée était passée et sa chemise était en flanelle bleue à carreaux.

« Viv Anders, dit-elle en tendant une main.

— Emma Strong. Emmy, on m'appelle.

— Bon, Emmy, qu'est-ce que je peux faire pour vous ?

— Je voyage avec ma fille et on a eu un peu de malchance.

— Ah oui ? Quel genre de problème avez-vous rencontré ?

— On m'a volé mon sac dans un routier. On m'a pris tout mon argent.

— Eh oui, vous savez, ce monde devient de plus en plus fou, et on peut faire de moins en moins confiance. Ce type d'histoire ne me surprend plus du tout. »

Emmy sourit à ces mots.

« Je me demandais si vous n'auriez pas un peu de travail que je pourrais faire. Je suis prête à faire n'importe quoi en échange d'un repas ou même d'essence pour nous remettre en route.

— Vous allez où, Emmy ?

— Vanderhoof, répondit-elle, se souvenant du nom aperçu sur la carte. Dans ce coin-là en tout cas. Je peux nettoyer les écuries. Je travaillais à la ferme quand j'étais enfant. Je sais encore bien me servir d'une hache aussi, si vous avez besoin que je fende du bois. »

Viv rit.

« Disons que je ne sais pas comment Cliff réagirait en voyant une femme fendre une corde de bois, mais il ne me paraît pas vraiment utile que vous fassiez ça. La petite a quel âge ?

— Huit ans, bientôt neuf. Winnie. Winifred. Elle s'appelle Winifred.

— Bien. Pourquoi est-ce que vous n'avancez pas la camionnette jusqu'à la maison. Je m'en vais remettre Cash à l'écurie et je vous retrouve là-bas. Je suis presque sûre de vous trouver quelque chose à faire.

— Merci, Viv.

— Bon, à dire vrai, Emmy, il n'y a plus beaucoup de gens qui sont prêts à travailler en échange d'un service. Ça me rappelle quand j'étais petite, le troc, c'était comme ça qu'on s'arrangeait. J'aime entendre ce genre de discours. Il me manque, vraiment. »

Elle alla rejoindre le cheval et Emmy retourna à la camionnette.

« On va devoir faire un peu de travail pour cette femme, mais elle va nous donner à manger et de l'essence.

— D'accord », répondit tranquillement Winnie.

Elle remonta l'allée, se gara et attendit que la femme leur montre quoi faire.

Elles portèrent à la fourche de la paille fraîche dans les huit stalles qu'occupaient les chevaux de Viv. Puis elles déplacèrent un sac d'avoine du grenier à foin jusqu'au niveau inférieur de la grange, ensuite elles passèrent à la chaux les balustrades de trois cloisons dans la partie où étaient parquées les bêtes et finirent en remplissant d'eau les auges du bétail et des poulets. C'était du bon travail et Emmy s'en trouva satisfaite. Quand elles eurent terminé, Viv les accompagna jusqu'à la citerne à essence et elles firent le plein de la camionnette pendant que la femme allait à la maison, pour revenir avec une boîte pleine de nourriture. Emmy la prit et la posa sur le banc de la camionnette où elles pourraient l'une et l'autre atteindre la boîte pendant qu'elle conduisait. D'un de ses pieds, Winnie gribouillait des cercles dans la terre.

« Ça nous rend vraiment service, Viv, je vous remercie.

— Vous l'avez gagné.

— Alors, on va reprendre la route.

— J'aimerais vous donner un petit conseil, si vous permettez ?

— Oui. Je vous en prie. Allez-y.

— Quelle que soit la chose que vous fuyez, vous ne vous en débarrasserez jamais complètement.

— Qu'est-ce qui vous fait penser que je fuis quelque chose ?

— Vous n'avez pas de valise, pas de bagages, sauf un sac de vêtements dans le coffre de cette camionnette. Vous vous déplacez comme si vous aviez peur de déraper et la petite est inquiète comme un chat sauvage.

— J'imagine que ça se voit sur nous.

— C'est exactement le cas. Voilà ce que je peux vous donner comme argent. Mais c'est pour la petite surtout. Faites ce qu'il faut pour qu'elle soit en sécurité, qu'elle ait chaud et à manger.

— Je le ferai. Et merci, Viv.

— Remerciez-moi en vous fixant bientôt quelque part. Ne trimballez pas cette gamine à travers le pays. Il faut qu'elle aille à l'école, qu'elle se fasse des amis. Elle a besoin d'une maison. Débrouillez-vous pour y arriver, et ça me suffira comme remerciement. »

Elle tendit à Emmy un rouleau de billets que celle-ci coinça contre le soufflet du levier de vitesses, puis Viv ouvrit grand ses bras et l'enlaça. Emmy se tenait gauchement, mal à l'aise et déroutée par cette intimité soudaine. Quand elle la relâcha, d'une main, Emmy remit tant bien que mal en place ses cheveux aplatis. Viv contourna l'avant de la camionnette jusqu'au côté passager et regarda Winnie, tranquillement assise sur le siège, portière ouverte.

« Prends soin de toi, ma fille. Veille sur ta mère.

— Promis », répondit Winnie.

Emmy s'installa au volant et plaça le rouleau de billets à côté de sa hanche. Les femmes échangèrent un long regard. Elle fit démarrer la camionnette pendant que Viv fermait la portière côté passager et elles descendirent l'allée pour reprendre la route. Elle jeta un regard derrière elle pour observer le chemin par lequel elles étaient arrivées et se demanda si la distance seule leur assurerait la sécurité. Elle se mordit la lèvre inférieure et frissonna brièvement, intensément. Puis elle tendit le rouleau de billets à Winnie.

« Compte ça », dit-elle, puis déboîta et prit la direction du nord-ouest, s'éloignant un peu plus de Cadotte et de la sinistre vie qu'elle avait laissée derrière elle.

6

La chaleur le réveilla. Puis la fumée. Puis une frayeur mue par la rage, qui fournit à Cadotte la force de ramper depuis le mur et d'attraper d'une main le pied du lit afin de se mettre debout. Il entendit Anderson gémir au milieu des tourbillons de fumée. Il suivit ce bruit jusqu'à la porte de la chambre où Anderson gisait immobile sur le sol, une main agrippant derrière lui la blessure suintante de sa jambe.

« La gamine, s'exclama Anderson, j'avais complètement oublié la gamine ! »

Cadotte aida le grand balèze à se relever, Anderson passa un bras autour des épaules de Cadotte et ensemble ils sortirent de la chambre en titubant. La pièce principale était un enfer, mais les flammes avalaient la fumée la plus lourde et ils voyaient assez clair pour se diriger jusqu'à la porte d'entrée qui penchait sur ses gonds en pneu, laissant passer des courants d'air qui n'avaient d'autre effet que d'alimenter les flammes. Des quintes de toux secouaient les deux hommes. Leurs yeux les brûlaient, mais ils parvinrent à la porte, sortirent ensemble sur la galerie en chancelant; leur élan les emporta jusqu'aux marches d'où ils furent éjectés et ils atterrirent lourdement dans la terre et le chiendent. La camionnette avait disparu. Cadotte roula sur le ventre, prit une inspiration et regarda la cour. À côté de lui, Anderson geignait et s'accrochait au genou de Cadotte, ce dernier saisit alors le poignet d'Anderson, cala ses talons dans la terre et traîna l'homme le plus loin possible de la maison qui crépitait et crachait et rugissait alors que des rideaux de flammes jaillissaient plus haut dans la nuit.

« Salope, bougonna Anderson.

— Faut que j'aille chercher le rouleau, ronchonna Cadotte.

— Elle l'a pas pris ?

— J'l'ai vue l'faire tomber.

— Y doit déjà être brûlé, alors.

— J'sais pas s'il est pas encore quelque part par terre. »

Cadotte, debout et flageolant, étira son cou plusieurs fois afin de se remettre les idées en place et s'essuya le visage de sa large paume. Il avança péniblement jusqu'à la galerie, franchit la porte et Anderson entendit sa forte toux sèche. Les sirènes se rapprochaient. Anderson avait envie de boire. Les jurons de Cadotte s'élevaient au milieu des plaintes du brasier. Des phares balayèrent Anderson qui leva une main. Le camion des pompiers. L'ambulance. Le bruit des hommes qui couraient en hurlant, affolés et pressés par l'urgence. Il perçut des mains sur lui au moment précis où il se sentit sombrer en apesanteur dans l'obscurité. Il lutta contre ce phénomène, cramponnant la terre de ses doigts, et laissa son visage s'y affaler, la sensation granuleuse le réveillant un peu, si bien qu'il entendit plus qu'il ne sentit Cadotte s'effondrer à côté de lui.

«J'l'ai trouvé.

— Maudit chanceux.

— On va en avoir besoin», répliqua Cadotte.

Ce furent les derniers mots qu'Anderson perçut avant que le rideau d'obscurité ne s'abatte sur lui.

7

Ils achevèrent la tranchée, puis en deux jours dégagèrent le sol autour de la vieille fosse septique. Ils remplacèrent les conduites en commençant par le vide sanitaire sous la maison, sortirent la fosse à l'aide d'un treuil fixé sur un tracteur, et mirent en place la nouvelle. C'était une besogne répugnante. Mais le temps se dégagea et il fit beau et doux pour leur dernier jour de travail ; ils eurent terminé en milieu d'après-midi ; une fois douchés, rasés et habillés de propre, ils montèrent dans la camionnette et partirent en ville. Starlight avait les tirages des loups dans une enveloppe. Il aimait traiter chaque film jusqu'au bout. Au premier étage, il y avait une petite pièce qu'il avait transformée en chambre noire et il avait fini par aimer voir les formes prendre vie dans les bains successifs. C'était un homme économe. Son éducation lui avait appris à connaître la valeur des choses, mais aussi à la relativiser en l'aidant à comprendre ce qu'est l'application et à avoir conscience que son propre travail lui assurait l'essentiel et le nécessaire. C'était du bon sens paysan et il en était fier. S'il était taciturne, c'était dû aux mots qu'il trouvait en général inadéquats et embarrassants, alors il préférait la réserve aux discours maladroits que les autres lui infligeaient. Roth était une personne sociable. Starlight appréciait les diatribes de cet homme maigre et se permettait, au cours des vives discussions que Roth pouvait déclencher, de lui tenir tête seulement parce qu'il aimait voir l'énergie de Roth remplir une pièce. À cet instant précis, ils étaient assis en silence et admiraient le paysage : la longue vallée posée entre deux lignes de montagnes, le vert et la luxuriance des fermes au début de l'été, l'odeur du foin, du fumier et des chevaux qui pénétrait par les fenêtres ouvertes. Il aimait ce pays. Il l'aimait d'une façon tranquille exprimée par un léger plissement au coin des yeux quand il l'observait, et par une sensation de calme, comme un silence au plus profond de son être. Il n'avait besoin de rien de plus que de la ferme et du temps solitaire qu'il passait dans la campagne à cheval ou à pied. Il ne connaissait pas de mot pour nommer cette nature sauvage. Pour Starlight, le pays d'en haut était comme une prière ou un cantique, et un homme devait l'approcher de cette façon : avec révérence, réserve, en pleine conscience de la crainte, de l'émerveillement et du respect qu'il éveillait en lui. Il vivait pour cela et en avait envie comme d'un plat préféré.

La ville était petite. Il y avait une artère principale, cinq rues parallèles et six avenues qui les coupaient. Autrefois, lorsque le vieil homme était en vie, les pères de la cité avaient décidé d'imposer des restrictions de hauteur et pas un seul bâtiment ne dépassait trois étages. La majorité des maisons avaient été construites au tournant du siècle, tandis que les nouvelles demeures, plus modernes, avaient été érigées à la périphérie, de sorte qu'entrer en ville c'était comme remonter le temps; Starlight se retrouvait toujours à ralentir en dessous de la vitesse limite quand il approchait, se laissant ainsi pénétrer de cette atmosphère à la fois immuable et rustique. Il aimait venir en ville. Il se réjouissait de connaître les gens avec lesquels il traitait, leurs histoires, leurs familles, leurs visages apparemment taillés dans la même étoffe que la ville elle-même: rougeauds, honnêtes, pas corrompus par des choses comme le temps et le progrès. Les quelques fois où il se rendait à l'église, le dimanche, étaient des moments d'échanges et il se sentait fier d'être connu et reconnu. Depuis que le vieil homme était mort et qu'il avait fait ce demi-tour au bout du chemin, l'idée d'aller vivre ailleurs ne l'avait plus jamais effleuré. C'était ici chez lui et tous ces gens étaient sa famille. Il se disait qu'il était vieux jeu. Si c'était le cas, il pouvait s'en accommoder. Son statut de célibataire lui accordait plus de crédit qu'il ne suscitait de commérages. Même le fait qu'il fût Indien n'était qu'un des ingrédients du riche salmigondis qui constituaient le mot « ville natale ». Il n'avait pas envie d'en savoir plus à ce sujet. Pour Starlight, la ferme était son héritage et sa culture, la sincérité sans détours de ses voisins était le seul langage dont il avait besoin, et fouler la terre de ce pays représentait toute la philosophie et la conception du monde qui nourrissaient sa détermination. Un ciel nocturne rempli d'étoiles, le craquement et le crépitement d'un feu derrière lui dans l'obscurité, le hurlement des loups au loin dans les montagnes étaient toute la spiritualité dont il avait jamais eu besoin. Il n'était ni déplacé ni dépossédé. Il était chez lui. Dans tout cela, il se sentait profondément vivant. La couleur de sa peau et sa différence détonnaient avec sa perception du lieu. Il était tout simplement membre d'une communauté comme il l'avait toujours été et il y occupait sa petite place avec dignité, application et d'affables rapports de bon voisinage grâce auxquels il s'était fait une réputation. Frank, l'homme tranquille. C'est ainsi qu'on l'appelait. Frank, le colosse, aussi parfois, mais sa taille n'était pas ce qui comptait. C'était la qualité de sa sérénité.

« Te voilà reparti, dit Roth.

— Reparti où ?

— Dans cet endroit où tu vas. Tu deviens tout à fait calme et tu pars pour de bon.

— Désolé, Eugene.

— Aucune raison d'être désolé. C'est juste que j'aimerais bien savoir où tu t'en vas.

— Je sais pas. Tout ce que je sais c'est que je me vois faire ce que je fais, je m'entends penser ce que je pense, je me sens ressentir ce que je ressens.

— Mais tu n'es pas là ? Tu ne fais que t'observer toi-même.

— Ouais. C'est à peu près la meilleure façon dont je pourrais l'exprimer.

— C'est une espèce de truc d'Injun ?

— Je ne crois pas. Si c'est le cas, je ne sais pas comment j'y suis arrivé. Je présume que c'est cette terre.

— Il va falloir que tu, comment dire… que tu entres dans les détails, mon gars.

— Je ne sais pas. Écoute, quand on est perdu là-bas à des miles de tout, on peut rester assis ou debout dans un silence absolu et ne pas se croire obligé de bouger ni même le vouloir.

— Ouais. Comme l'automne dernier quand on est partis avec des chevaux de somme jusqu'à un lac.

— Comme ça, ouais.

— Ça, je peux le comprendre. Donc, tu dis que c'est là que tu vas ? Dans cette espèce de calme ?

— Ouais. Il me tombe tout simplement dessus parfois. C'est ce que j'éprouve quand je suis seul dans la nature. C'est comme ça que je fais ces photos que tu aimes.

— Ça, c'est de l'art, et sacrément bon. Si c'est la récompense de tout ça, Frank, je suis pour. »

Ils entrèrent doucement sur le parking du Safeway. Starlight ramassa l'enveloppe avec les photos et les négatifs, Roth rajusta sa chemise et sa veste, puis ils sortirent et observèrent la ville. C'était une après-midi plaisante et beaucoup de gens s'activaient.

« J'vais chez Deacon's, dit Starlight en brandissant l'enveloppe. Environ une heure, une heure et demie, j'imagine.

— Pour moi, c'est bon. J'ai rendez-vous chez le coiffeur, puis au Regal pour m'en descendre une bien fraîche et me faire une partie de billard. J'te retrouve ici plus tard », répondit Roth.

Chacun partit dans sa direction. Starlight marchait avec décontraction et élégance pour un homme costaud, comme un cheval qui n'a jamais eu conscience de sa taille ni de sa puissance. Mais il saluait de la tête ou en portant un doigt au bord de son chapeau tous les gens qu'il croisait et il s'écartait pour laisser passer les personnes âgées ou celles de plus petite corpulence, ou encore les gens encombrés de paquets ou de sacs. Il n'était pas du genre à s'imposer. Marcher était un plaisir pour lui.

Il traversait la ville d'un air détaché et était salué par son nom, par des cris ou des signes de main qu'il rendait en retour. Quand il atteignit Telegraph Avenue, il tourna à gauche pour s'engager sur cette voie bordée d'arbres et aller jusqu'au studio de photo qu'Elmer Deacon avait installé au rez-de-chaussée de sa maison. Deacon était la première personne à qui il avait montré ses photos.

« Comment as-tu fait pour prendre ces clichés, Frank ? lui avait-il alors demandé.

— Je ne sais pas trop. Je sais seulement que j'étais de plus en plus mal à l'aise de tirer au fusil sur des animaux, sauf pour me nourrir, et peut-être qu'ils ont perçu que mon énergie avait changé », avait-il dit, et l'idée lui avait alors paru bizarre et étrangère. Il la trouvait plus naturelle à présent.

« Bon, je ne sais pas comment tu t'y prends, mais ça fonctionne. Je n'ai jamais vu de clichés aussi intimes. »

Depuis que Deacon était devenu son agent, son talent avait grandi. Il lui avait enseigné le maniement du téléobjectif, les secrets de l'ouverture et de la vitesse d'obturation, comment utiliser la lumière naturelle de façon à ne pas effrayer les animaux. Il avait envoyé les portraits de Starlight à des magazines, des galeries et des expositions. Au cours des quatre dernières années, Starlight avait pris des photos de plongeons huards et d'aigles, d'ours et de couguars, de loups, de wapitis et d'orignaux, les saisissant toujours dans des attitudes inattendues, émouvantes, qui reflétaient des caractéristiques invisibles. Ses photos étaient maintenant très appréciées, avaient reçu des éloges et lui avaient apporté une bonne source de revenus.

La sonnette retentit quand il entra et Deacon arriva rapidement de la pièce de derrière.

« Frank, dit-il, est-ce que tu m'as fait des loups ?

— Je t'ai fait des loups. »

Il tendit l'enveloppe, Deacon en sortit les clichés qu'il disposa sur une table lumineuse. Il s'en approcha de près et les examina minutieusement.

« Merveilleux. Magnifiques », marmonna-t-il, en faisant courir ses doigts sur les bordures des quatre portraits. Il se redressa, posa ses deux mains sur ses hanches et étudia les photos avec du recul.

« Ces photos vont s'agrandir à la perfection. McNulty du magazine *Nature* sera prêt à n'importe quoi pour les avoir. Je crois qu'on peut s'attendre à une couverture. J'aurais vraiment aimé que tu fasses des textes, Frank.

— Les mots et moi, on s'entend pas vraiment bien sur le papier.

— Je sais. J'exprimais seulement un désir qui m'est cher. Si tu pouvais mettre en mots ce que tu as saisi sur ces clichés... Disons que ce serait fabuleux.

— Alors ils te plaisent ? »

Deacon rit.

« S'ils me plaisent ? Je les aime sans aucune restriction et ce sera pareil pour McNulty. Je vais les envoyer aujourd'hui même, mais il y a quelque chose dont je veux discuter avec toi.

— D'accord.

— J'aimerais vraiment que tu ailles à Vancouver. Il y a là-bas une grande galerie qui veut monter une exposition de ton travail et ils seraient contents de t'avoir là-bas. Moi aussi. Ce serait une incroyable publicité pour toi et ta carrière.

— Je suis fermier. C'est ça ma carrière.

— Tu es aussi un artiste. Un artiste exemplaire. Personne, et je dis bien personne, ne réalise de tels clichés, Frank. Ils sont spéciaux. Magiques. Captivants. On a fait de belles choses ensemble, non ?

— C'est sûr. Mais c'est grâce à toi. Pour moi, une bonne semaine de travail, c'est installer la nouvelle fosse septique. »

Deacon rit encore une fois et donna une tape sur l'épaule du colosse.

« Effectivement, faire une telle chose, ça prend une bonne semaine. Mais tu pourrais gagner tellement plus si tu me laissais t'arranger des présentations publiques.

— Je me montre en public, répondit Starlight, et ce que j'ai couvre mes besoins.

— Je sais. As-tu déjà entendu le mot "transcender" ?

— Non, désolé.

— Eh bien transcender signifie surpasser, s'élever au-dessus. Ton travail aide les gens à transcender la qualité de leur vie. Ton travail les élève, les transporte et les emmène littéralement au-delà de ce qu'ils croient reconnaître. C'est la marque d'un véritable artiste.

— Qu'est-ce que tout cela veut dire ?

— Cela veut dire que tu es spécial. Ton talent est spécial. Les gens veulent pouvoir s'en approcher, s'approcher de toi. T'entendre leur en parler. »

Starlight fit une grimace et scruta les murs du studio de Deacon. Plusieurs grands tirages de ses créatures y étaient accrochés. Il se souvenait combien il avait été proche de chacun de ces animaux.

« Quand j'ai saisi ces loups, dit-il lentement, il n'y avait pas de mots dans ma tête. Il n'y avait pas d'idées quant à la façon dont je les saisirais. J'ai couru avec eux, c'est tout. Je ne sais pas comment je fais cela. Je ne sais pas pourquoi. C'est ce que je fais, c'est tout. J'imagine que si jamais j'arrivais à l'expliquer à quelqu'un, je perdrais ce don, car ça se réalise sans mots et sans idées. »

Deacon hocha la tête. C'était un long discours pour Starlight, et il mesura l'effort que cela avait impliqué.

« Ça pourrait devenir trop réel, concéda Deacon. Tu pourrais en faire disparaître tout le mystère. »

Starlight le regarda posément.

« Quelque chose comme ça », reconnut-il tranquillement.

Il retrouva Roth au Regal, une queue de billard dans une main et une bière dans l'autre. Quand le maigrichon le vit entrer, il leva son verre en guise de salut et sourit. Roth était de ces jeunes hommes qui semblent naturellement graviter vers leurs aînés plutôt que de chercher des copains de leur âge. Le Regal dans l'après-midi et la filiale locale de la Légion royale canadienne le soir, où il pouvait toujours être sûr d'être entouré de vieux messieurs bavards et volubiles qui étaient des mines d'histoires de guerres étrangères, de temps plus simples, de vertus perdues et d'aventures hautes en couleurs de leur jeunesse dévoyée. Roth était l'un de leurs préférés. Il avait des histoires insensées bien à lui et se délectait de prendre la parole quand l'occasion se présentait. Ce qu'il racontait était à la hauteur des meilleurs d'entre eux, affichant un large sourire, les mains occupées à construire un langage parallèle dans les airs, ponctuant le tout d'un verre levé, accompagné d'un hochement de tête ou d'un clin d'œil. Starlight pensait qu'il avait une âme d'homme vieux dans un corps d'homme jeune, et que son ami reste plus longtemps que prévu avec les anciens ne l'avait jamais dérangé. Il avança nonchalamment jusqu'à la table de Roth et s'assit.

« Alors me voilà, disait Roth, transporté

encore plus haut que le trou du cul d'un aigle, en train d'essayer de comprendre ce qu'elle cherchait à me faire passer. »

Les quatre anciens avec lesquels il était rirent et quand Starlight s'assit, ils le regardèrent en souriant.

« Il s'avère donc, continua Roth, qu'elle avait été strip-teaseuse. Cette agile petite chose avait fait plus de mouvements tournants que la défense des Lions de la Colombie-Britannique.

— Il va falloir que toi aussi, mon ami, tu te mettes en mouvement », dit Starlight.

Roth le dévisagea, bouche bée, feignant la surprise.

« Tu serais prêt à priver ces messieurs de la fin de cette histoire particulièrement croustillante ? »

Starlight afficha un grand sourire.

« Je le crains. Mais il y aura toujours une autre occasion.

— C'est exact, dit Roth. Messieurs, vous allez devoir attendre une autre fois pour connaître la fin de cette aventure. Le grand costaud et moi, on a des courses à faire. »

Ils serrèrent des mains autour d'eux, tournèrent les talons et sortirent du Regal dans le soleil de la fin d'après-midi.

« Tu sais bien que j'étais sur le point de décrire à ces types les postures et les poses stupéfiantes et complexes qu'une fille comme ça peut prendre, hein ?

— C'est très bien que je sois arrivé à ce moment-là alors. Tu aurais sûrement provoqué des crises cardiaques chez ces vieux.

— Ruth Ann, soupira Roth d'un ton mélancolique. Son nom de scène était Casey Fox. J'te l'ai jamais dit ?

— Si. Depuis, je ne suis plus le même. »

Roth ricana.

« C'est pitié qu'un gars ne puisse pas continuer à vivre des aventures comme ça.

— Ça m'a stupéfié que tu aies pu continuer à vivre quand c'est arrivé. »

Roth explosa de rire et ils poursuivirent leur chemin en direction du supermarché.

8

Elle paraissait d'une taille convenable, Endako. Cette ville était un mélange d'ancien et de neuf, les maisons plus récentes, plus grandes et plus à la mode formaient un cercle à la périphérie de la ville, tandis que les bâtiments plus petits, plus rustiques et chargés d'histoire se répartissaient au centre. Emmy l'aima aussitôt. Elle se situait dans une vallée luxuriante qui semblait avoir été déposée entre les lignes de crêtes, de falaises, de montagnes et au cœur du puissant pouvoir de fascination de la forêt. Elle se trouvait à des miles de toute agglomération importante. S'il y avait du travail ici, il serait bon et honnête. Emmy conduisit lentement dans les rues et suivit la route qui sortait de la ville pour pénétrer dans la zone rurale au nord-ouest. Elle cherchait quelque chose en particulier. Elle ne savait pas où le trouver, espérant seulement en dépit de tout que cette chose existait bien. La fillette avait abaissé sa vitre et passé le visage par la fenêtre pour recevoir le souffle d'air frais. Elles progressaient sur la grille que dessinaient les routes séparant les propriétés pour pénétrer dans la forêt, et quelques miles plus loin, elle découvrit ce qu'elle recherchait.

C'était une longue allée, pleine d'ornières, couverte d'herbe et de chiendent, et masquée à la vue depuis la route sur toute une longueur par une rangée de peupliers brise-vent et de lilas devenus sauvages. Personne n'y était venu depuis longtemps. La maison était un modeste bâtiment bas, en bois, avec une petite galerie en façade. À l'arrière se trouvait une remise, occupée à s'effondrer sur elle-même. La maison était devenue grise avec l'âge, mais les fenêtres paraissaient intactes et même si des touffes d'herbe pointaient entre les planches de la galerie, il y avait une cheminée et une porte qui avait l'air solide. Des toilettes se trouvaient à une trentaine de yards en face de la remise. Il y avait une pompe à eau rouillée fixée dans une plaque de béton au-dessus d'un puits. Une clôture en fil de fer distendu encerclait la maison et côté sud, il y avait un grand jardin à l'abandon. Du papier et diverses cochonneries apportés par le vent s'accrochaient aux murs. Elle gara la camionnette à l'écart de la maison et resta là, les deux mains agrippées au volant, à tout observer.

« Voilà ce qu'il nous faut, dit-elle.

— C'est là qu'on va vivre ? demanda Winnie.

— Oui. Personne ne viendra ici. Elle est inoccupée.

— Mon Dieu, c'est pas surprenant.

— Ça devait être un gentil petit endroit en son temps.

— Certainement pas si les gens en sont partis.

— Tous les lieux ont leur propre histoire, Winnie. On ne sait pas ce que raconterait cette maison si elle pouvait parler.

— Elle dirait sans doute : "Oh, c'est nul." »

Emmy rit.

« Allez, faisons le tour du propriétaire. »

Elles descendirent de la camionnette et se promenèrent dans la cour. Winnie donna des coups de pied dans des touffes de chiendent qui lui arrivaient au tibia jusqu'à ce qu'elle trouve une branche tombée qu'elle agita devant elle en marchant. Emmy laissait son regard se promener partout. Le temps était ensoleillé et calme, la brise était fraîche sur sa peau. Elle ferma les yeux, tourna sur elle-même en décrivant un cercle paresseux, bras grand ouverts et entendit Winnie rire nerveusement ; alors toutes deux se mirent à tournoyer en sentant le chatouillis de l'herbe sur leur peau.

« Est-ce qu'on peut la garder comme ça si on vit ici ? demanda Winnie quand elles s'arrêtèrent de tourner.

— Ben, il va bien falloir, répondit Emmy. Pour le moment en tout cas. Une fois que j'aurai trouvé du travail et commencé à rapporter un salaire, on pourra économiser pour avoir un endroit normal. Allons voir à l'intérieur. »

Elles marchèrent jusqu'au triste perron déjeté à l'arrière de la maison. Les planches des marches étaient pourries, donc elles grimpèrent sur un côté en s'appuyant sur la poutre porteuse. Lorsqu'elle s'appuya sur la porte, celle-ci s'ouvrit aisément. L'air sec et chaud dégageait une odeur de poussière et, imaginait-elle, de solitude. Mais les murs étaient en bon état, hormis quelques morceaux de papier peint qui se décollaient par endroits, la peinture était défraîchie et, bien que le plancher craquât, il était résistant. Elle reconnut le travail soigneux et attentif des vieux outils ainsi que la précision et l'assurance des mains calleuses sur le bois brut, un retour vers des jours anciens, flous, dont elle se souvenait à peine et qu'elle revivait encore moins. C'était une maison de travailleur. Elle admira les lambris, les moulures et les angles sculptés des montants des portes et des fenêtres. Le pilastre au bas de l'escalier était couvert de poussière qu'elle enleva de la paume de la main afin de voir le grain du bois ; elle s'émerveilla du lustre qu'avaient laissé une ou deux générations d'enfants, d'aînés et de proches au cours de leurs passages quotidiens dans l'escalier et dans cette maison perchée en bordure d'un pâturage, au creux d'une vallée bordée de montagnes. C'était une maison sortie du sol avec une vision juste et patiente. Une maison bâtie en communauté. Emmy était sensible à l'énergie de son édification, à la vibration des impulsions et des trajectoires des vies qu'elle tenait sous sa coupe, les nourrissant jusqu'à ce qu'elles prennent leur envol, enfermant pour toujours leurs cris, leurs appels, leurs rires, leurs murmures et leurs paroles dans le bois, les poutres et les murs. Il y avait dans cette vieille maison une part d'elle-même qu'elle reconnaissait et une part qu'elle ne reconnaissait pas du tout. Ça la rendait mélancolique et lui donnait envie de pleurer. Finalement, elle s'essuya les yeux et monta l'escalier, sa fille traînassant derrière elle.

Il y avait trois petites chambres. Une en haut à gauche de l'escalier, une autre à droite. Au bout d'un étroit couloir, une troisième donnait sur la cour arrière. Les fenêtres étaient couvertes de poussière et, de la manche, elle dégagea un cercle par lequel elle regarda les champs voisins de la cour, puis elle souleva sa fille pour lui permettre de voir, elle aussi. Ici, aucun des planchers ne craquait. Winnie se mit à quatre pattes pour observer le rez-de-chaussée par la grille dans le plancher.

« Comment se fait-il qu'on voie jusqu'en bas, maman ? demanda-t-elle.

— C'est une vieille maison, répondit Emmy. Il y a un grand poêle en bas dans lequel les gens faisaient brûler du bois et les grilles permettaient à l'air chaud de monter pour chauffer ces pièces.

— On pouvait espionner les gens et ils ne s'en rendaient même pas compte.

— Oui. Mais espionner n'était qu'un avantage mineur. Retournons dehors pour vérifier la pompe à eau. »

Winnie courut devant elle et Emmy l'entendit ouvrir brusquement la porte d'entrée. Elle sortit lentement de la maison, admirant le charme suranné et discret que les années lui avaient conféré. Quand elle arriva à la pompe à main, Winnie était occupée à s'efforcer de la baisser. Elle passa devant elle et en saisit le bras. Il était râpeux de rouille. Il bougeait à peine, même quand elle appuyait dessus de tout son poids. Elle dut rebondir sur ses pointes de pieds pour rassembler assez de puissance d'appui et la faire bouger de quelques pouces, puis sauter à pieds joints un certain nombre de fois avant que le bras n'atteigne son point le plus bas. Elle se démena pour le relever. Enfin, après une autre série d'efforts acharnés, elle sentit l'oxydation céder et le bras devint plus facile à actionner. Elle pompa et pompa. Elle se mit à transpirer sous l'effort. Winnie l'observait, lèvres serrées, son visage affichant un air résolu. Un filet écumeux d'eau brun foncé s'écoula du bec et noircit la plaque d'acier scellée dans le béton.

« Youpi ! cria Winnie.

— Pas encore », protesta Emmy qui pompa plus furieusement. Enfin, la teinte brune s'estompa, puis disparut et elle réussit à faire sortir de l'eau claire du puits. Elle mit ses mains en coupe, les porta à son visage pour humer l'eau. Il n'y avait pas de forte odeur minérale. Elle en prit une petite gorgée et sourit.

« On a de l'eau, dit-elle.

— Youpi ! s'exclama de nouveau Winnie.

— C'est la chose la plus importante. Mais on va avoir besoin de quelques trucs pour nettoyer à fond cette maison. Il me reste assez d'argent pour ça et un peu de nourriture. Il n'y a pas d'électricité, il va donc falloir n'acheter que des choses qu'on pourra manger avant qu'elles se gâtent. Il faut aussi que je trouve du travail tout de suite.

— Mais on va rester ici ?

— On va rester. On va se débrouiller pour que tout ça marche. Toi et moi. On peut y arriver.

— Et je peux choisir ma chambre, d'accord ?

— D'accord. Mais peut-être que pour commencer, on dormira ensemble. Je vais acheter des couvertures en ville.

— Endako. C'est là qu'on habite maintenant.

— Endako, répéta Emmy. Elle fit le tour de la propriété des yeux et suivit la longueur de l'allée.

— Qui l'aurait jamais cru ? »

Elle acheta des lave-ponts à l'ancienne, un grand avec un seau à roulettes muni d'un dispositif d'essorage pour pouvoir rincer, et un plus petit, plus léger pour laver les murs. Elle acheta différentes sortes de savons pour les sols, les fenêtres et les murs et un solide balai. Il y avait des couvertures en solde sur un marché, elle en prit quatre, plus deux oreillers et un matelas en mousse à deux places sur lequel dormir. Avec le peu d'argent qu'il lui restait, elle acheta du pain, de la confiture, des biscuits, des fruits, des légumes qu'elles pourraient manger crus et un couteau aiguisé pour couper du fromage, un ouvre-boîte pour les conserves de haricots, le thon, les sardines et les desserts pour la petite. Les habitants de la ville lui souriaient et prenaient sa réserve pour de la timidité ; elle sentait émaner d'eux une sorte de gentillesse paysanne et elle fut heureuse de ces brefs échanges. Winnie semblait aimer la ville : elle courait devant elle dans les magasins, explorant les rayons et observant les gens. Endako était une petite merveille pour elles deux et elles se trouvaient plus légères et plus enthousiastes à l'idée d'établir un foyer dans la maison délabrée.

Elle remplit le seau d'eau à la pompe et ensemble elles le transportèrent en le faisant rouler jusqu'à la maison puis en haut des marches. Elle s'attela à nettoyer les sols. C'était une tâche difficile. Les années avaient laissé des croûtes de crasse et de poussière qu'elle s'activa à laver. Le nettoyage du plancher de la pièce principale demanda plusieurs voyages au puits. Ensuite elle s'attaqua aux murs. Winnie aida pour les parties des fenêtres à sa hauteur, et quand Emmy eut terminé les murs, elle nettoya la portion supérieure des fenêtres puis les essuya avec du papier journal. Elles décrassèrent la cuisine ensemble. Elle grimpa sur les plans de travail pour laver les placards et se promit d'acheter un escabeau dès qu'elle en aurait les moyens. Elle récura les éviers et les appareils, puis elle les frotta à l'aide d'un chiffon jusqu'à ce qu'ils brillent. Ça lui prit des heures et quand le jour vira lentement au crépuscule, elles se postèrent au centre de la pièce principale et regardèrent autour d'elles. Le nettoyage n'était pas parfait, mais il changeait la nature de la maison. Elle lui paraissait désormais être une chose habitée, un lieu entretenu et soigné de telle sorte qu'il confère de l'énergie à ceux qui vivaient sous ses poutres, et elle était heureuse. Plus heureuse qu'elle ne se souvenait l'avoir jamais été auparavant. Elles allèrent s'asseoir sur le perron à l'arrière de la maison, laissant leurs jambes se balancer dans le vide; elles regardèrent le soleil s'enfoncer derrière l'ourlet violet des montagnes et le ciel s'embraser d'éclatantes veines de couleur.

« Notre chez-nous? demanda Winnie.

— Notre chez-nous, répondit-elle.

— Pour toujours ? »

Il y avait des points lumineux dans l'enveloppe protectrice d'un bleu de plus en plus profond et elle leva les yeux vers eux ; la fillette fit de même et elles restèrent assises là alors que la marée de la nuit montait, implacable, et que la lune venait se placer au centre de cette étendue pélagique. Elle s'aperçut qu'elle murmurait aux étoiles, au ciel, à la pâle rondeur de la lune ; la petite fille était assise à côté d'elle – unies face à la tombée de la nuit.

« Si toujours ressemble à ce moment-ci ? Alors oui, murmura-t-elle, pour toujours. »

9

Ils chargèrent à l'arrière de la camionnette les tronçonneuses, les masses, les lourds pieds-de-biche, l'essence, l'huile pour graisser la chaîne et des aiguisoirs ainsi qu'une glacière pour leurs déjeuners, et ils se mirent en route aux premières lueurs de la matinée. Pendant l'hiver, Roth avait repéré un peuplement de sapins morts et Starlight avait obtenu du propriétaire de l'exploitation l'autorisation de les faire tomber, les tronçonner et les emporter comme bois de chauffage pour l'hiver. Ils devraient en laisser la moitié à l'exploitant. Starlight aimait s'approvisionner tôt en bois pour l'hiver. De toutes les tâches à accomplir au ranch, il préférait par-dessus tout faire les provisions de combustible pour l'hiver. La fin du printemps et le début de l'été, quand l'air n'était pas encore chaud et humide, étaient les meilleurs moments, et au fil des années, c'était devenu un rituel, une cérémonie dont il ressentait le besoin impérieux dès les premiers suintements du dégel au printemps. Le vieil homme avait travaillé comme bûcheron jusqu'aux dernières années de sa vie pour s'assurer un revenu supplémentaire et si Starlight n'envisageait plus les choses ainsi, l'abattage des arbres lui permettait d'établir un lien avec le vieil homme – l'odeur sèche de la sciure, la légère impression d'étouffement causée par les effluves d'essence, d'huile et de sueur en face de l'odeur puissante de la résine des conifères. Il pouvait travailler toute la journée sans quasiment voir le temps filer. C'était une méditation. C'était absorbant. C'était lâcher prise. Roth, au cours des trois années qu'il avait passées avec lui, avait très vite appris que ce grand gaillard préférait travailler en silence et il respectait cette trêve des mots jusqu'à ce qu'ils s'arrêtent pour soulager leur vessie, prendre une pause ou une cigarette. Même alors, il demeurait très réservé. Il admirait son ami et employeur pour cela – cette capacité à se plonger dans les choses, à les sentir, à les comprendre grâce aux mouvements assurés de ses mains et à la force de son dos.

Ils déchargèrent donc le matériel, qu'ils déposèrent sur une bâche à l'écart du site d'abattage. Ils firent le plein d'essence et d'huile des tronçonneuses, aiguisèrent les dents des chaînes. Ensuite, ils enfilèrent les pantalons de sécurité en toile épaisse, les lunettes protectrices, les casques et les gants, ils burent quelques longues gorgées d'eau, ramassèrent les tronçonneuses, les masses et les coins d'abattage, puis ils se dirigèrent vers le peuplement d'arbres. Le soleil était suffisamment haut pour évoquer la lumière d'une locomotive derrière les arbres. Les oiseaux chantaient. Les craquements et les crissements de leurs pas au milieu des arbres morts se réverbéraient dans les ombres, alors ils marchèrent délibérément à l'extrême lisière des arbres. Starlight déposa son matériel sur le sol et resta debout à regarder en l'air pour contempler la ligne des arbres.

«J'imagine qu'on va travailler en reculant à partir d'ici, dit-il. On fait tomber les sept premiers et on les ébranche. Je commencerai à les tronçonner pendant que t'amèneras la camionnette ici pour la charger.

— C'est ce qui me paraît le mieux, répondit Roth. Sacrément accidenté, le chemin jusqu'ici, mais j'ai fait pire.

— T'es prêt?

— Bon Dieu, ouais. J'suis prêt de naissance.

— Fais-les tomber vers l'ouest. Tout droit. Crie quand tu fais ta dernière entaille.

— Je crie quoi en particulier? demanda Roth avec un large sourire.

— Ce que tu veux.

— Comme le nom de la dernière femme avec qui j'étais?

— Bon sang, le temps que ça te revienne, je me serai fait réduire en charpie.

— L'amour est un jeu dangereux », répliqua Roth.

Starlight secoua la tête et se mit à marcher vers l'arbre le plus éloigné du peuplement. Roth prit l'autre direction. Bientôt l'air fut déchiré par la toux des moteurs froids, puis entièrement tranché à vif par la plainte, la montée en puissance et l'assaut des accélérateurs à plein régime. Ils attaquèrent le travail avec ardeur. Chaque fois que l'un d'eux avait façonné l'angle de coupe afin d'orienter la chute d'un arbre, il criait, et l'autre s'arrêtait pour observer pendant que la dernière entaille était faite sur le côté opposé du tronc et que l'arbre frémissait, puis s'inclinait lentement, se laissait doucement aller vers l'avant pour finalement perdre son équilibre, tomber comme un ivrogne abruti par l'alcool et s'écraser sur le sol de la forêt. Ils en abattirent sept de cette façon. Roth partit chercher la camionnette et Starlight entreprit de les dépouiller de leurs branches. C'était un travail dur. Il prenait soin d'enlever tous les petits rameaux gênants de façon à accéder aux plus gros. Manœuvrer la tronçonneuse dans ces espaces étroits était délicat et il ne remarqua pas l'arrivée de Roth dans le pick-up avant qu'il ne s'arrête pour souffler. Il se contenta de hocher la tête. Ils se mirent tous deux à ébrancher les arbres abattus.

À présent leur rythme gagnait en intensité. Une fois les grosses branches sciées, ils entreprirent de débiter les grandes longueurs en bûches prêtes à brûler. Le bois était sec et la coupe progressait vite. Ils durent s'interrompre de temps en temps pour refaire le plein d'essence et d'huile pour la chaîne, mais ils travaillèrent jusqu'à ce que tous les arbres au sol soient tronçonnés. Puis Starlight fit signe de la main à Roth, ils stoppèrent les moteurs et retournèrent à l'endroit où ils avaient laissé la glacière et le matériel. Ils trouvèrent un tronc au sol sur lequel s'asseoir, Roth enleva ses lunettes de protection et son masque, qu'il posa à terre. Starlight l'étudia.

Roth était un homme petit. Fluet au point de paraître chétif, mais musclé, sec et nerveux, ce qui faisait de lui un bon travailleur. Ses mains étaient noueuses, aux veines apparentes et il soignait scrupuleusement ses ongles, ôtant la terre avec un couteau dans ses moments d'oisiveté, les coupant puis jetant les rognures dans l'âtre. Elles étaient calleuses et dures, à présent rougies par le labeur de la matinée. Il se frotta la tête. Il avait perdu presque tous ses cheveux, à l'exception d'une couronne qui bordait son crâne et qui s'éclaircissait en descendant dans sa nuque. Il avait les joues creuses à cause des dents qui lui manquaient et il ne montrait guère d'attachement au rasage de près, de sorte qu'à première vue, il ressemblait à un clochard apathique, mais il était observateur et vif d'esprit, loquace et exubérant, toujours prêt à partager des épisodes paillards et hilarants, vécus ou bien imaginés. Il était assis et observait la clairière.

«Je t'ai jamais trop parlé du Carlin? demanda Roth.

— C'est ainsi que les gens appelait ton père.

— Ouais. Du fait que c'était un avorton aussi exaspérant qu'un carlin. Modèle réduit, mais opiniâtre. Seulement ce petit enfoiré savait travailler. Il adorait ce boulot autant que toi, Frank, et je n'ai jamais pu comprendre ça. Je ne l'ai jamais vu aller à la chasse, à la pêche, monter à cheval, ou n'importe quoi qui aurait pu faire de lui une personne disposée à aimer abattre des arbres. Pourtant, il adorait vraiment ça. Il se faisait embaucher par quiconque avait besoin d'un bûcheron. Tu sais qu'il n'avait aucune formation en quoi que ce soit?

— Ouais, je m'en souviens.

— Faut dire que le plus souvent il n'était pas là, ajouta Roth. Il suivait la trace d'un cruchon de whisky et disparaissait. Pendant des jours. Des semaines. Merde, un mois une fois, j'me rappelle. Mais il revenait toujours, grattant à la porte de derrière comme un chiot qui s'est pris des coups de fouet et ma mère le laissait toujours entrer. Il avait l'air complètement abattu et vidé, il traînait comme une âme en peine jusqu'à ce qu'il ait de nouveau les idées claires une fois que les brumes de la picole s'étaient dissipées; alors, il retournait direct au travail. Il prenait ce qu'on lui offrait et il était bon dans presque tout ce qu'on peut demander à un homme à tout faire; pourtant rien ne l'a jamais passionné comme le bûcheronnage. Il m'a fallu longtemps avant de comprendre pourquoi.

— Qu'est-ce que tu as compris? demanda Starlight.

— J'ai compris qu'il a toujours su qu'il était un connard. Il n'était pas surpris qu'on l'appelle comme ça, c'est ce que je dis. Et peut-être qu'il ne savait pas vraiment pourquoi il était comme il était. Il est mort un jour où il était ivre. J'te l'ai dit, ça?

— Ouais. Tu m'l'as dit. La première fois qu'on a parlé de mon père.

— Triste. En tout cas, ce que je voulais dire, c'est que j'ai pu voir combien se trouver ici, en pleine nature, le rendait heureux. Travailler pour des salaires de merde, mais aimer chaque minute de ce qu'il faisait. J'y ai pensé pendant longtemps et ce n'est qu'après sa disparition que je l'ai finalement compris.

» Sa vie de famille n'avait jamais été qu'un enfer. Je n'ai jamais vu mes grands-parents, strictement jamais su d'où on venait, qui on était, d'où on était partis. Dans ma famille, personne n'a jamais réussi, mon père pas plus que les autres, d'ailleurs. Mais quand il est mort j'ai commencé à penser qu'il fallait que je lui attribue quelque chose pour qu'il puisse occuper une meilleure place dans ma tête au fil des années. Quand je te vois là, ça me renvoie à ce que j'ai choisi. »

Starlight se retourna pour regarder son ami.

« À présent je n'ai pas de moyen clair de savoir, dit Roth. Seulement je préfère croire que mon père connaissait nos racines et qu'il soupçonnait que nous étions fermiers. Et venir ici pour l'abattage et le stockage du bois pour tout un hiver, c'était ce qu'il pouvait trouver de plus proche d'un travail à la ferme. Il aimait cela parce qu'il se sentait appartenir à quelque chose, une chose plus importante, qu'il n'avait jamais eu la chance d'approcher. Ça te paraît bizarre, Frank ? »

Starlight prit son temps pour rouler une cigarette. Puis il la tendit à Roth et pendant que le maigrichon l'allumait, il s'en roula une. Il l'alluma, tira une longue taffe, puis l'expira.

« Ça ne me paraît pas bizarre. Parfois il faut qu'on bouche les trous de notre histoire du mieux qu'on peut. Moi aussi, j'ai fait ça. Et maintenant ? Comment tu le perçois ?

— Je ne le vois pas comme un poivrot ou un soutien de famille minable. Je ne le vois pas comme quelqu'un qui n'a jamais rien fait d'autre que débarquer en vrac dans ma vie. Je le vois ici. Souriant. Avec ses yeux de chiot béat, éperdument épris de quelque chose. Si je peux lui accorder cela, l'idée qu'il aimait quelque chose, je peux m'autoriser à penser qu'il m'aimait moi aussi. Peu importe ce qui s'est passé. Ça me convient mieux de le voir ainsi. Ce qu'il y a de bizarre, c'est que moi aussi, je me conviens mieux.

— T'es vraiment un type bien, Eugene.

— Ouais, écoute, rends-moi un service en allant dire ça à Betty Thoreson.

— Tu te fiches de moi ? Betty Thoreson serait capable de te tuer. C'est une grande fille bien charpentée.

— Ouais, bon, vivre c'est prendre des risques. »

Starlight rit, se leva, puis ils repartirent au travail.

Ils se tenaient dans la lueur ambrée de la cour et observaient le hangar à bois. Ils avaient fait douze arbres. Ils en avaient débité, fendu, rangé et couvert la moitié avec une bâche, pour le propriétaire ; ils avaient chargé le reste dans le pick-up et sa remorque à ridelles. Il était tard. Près de minuit. Empiler le bois avait consumé toute l'énergie qu'il leur restait et demeurer debout dans cette labyrinthique lumière dorée, à regarder un mur de bois dressé du sol jusqu'au toit dans le hangar, les réduisit au silence comme peut le faire un bon et dur labeur chez un homme tout à la fois exténué et revivifié. Roth lui donna un petit coup de poing et Starlight prit la cigarette qu'il avait préparée et qu'il lui tendait ; ils les allumèrent et fumèrent nonchalamment, ni l'un ni l'autre n'étant disposé à abandonner la journée. Ils en avaient vu d'autres. Leurs vêtements étaient faits de l'étoffe simple et résistante de la ferme, des champs, des étendues sauvages et ils étaient là, tous les deux, dans ce silence feutré, en train de fumer sans penser à rien sinon à la preuve tangible de leur travail. Au-dessus d'eux la congrégation des étoiles tournait lentement et une mince tranche de lune planait sur toute chose comme une idée vagabonde. Ils percevaient les flancs des bovins cogner les planches chaulées de leurs enclos, et quelque part au loin, le soliloque saccadé d'un oiseau de nuit émettant toute une série de notes plaintives et mélancoliques qui s'élevaient et retombaient en contrepoint sur leurs souffles haletants de fumée. Puis ils hochèrent la tête, chacun pour lui-même, firent demi-tour de concert et entamèrent leur lente marche indolente jusqu'à la galerie, la maison et la simplicité rustique d'un lit, d'une courtepointe, et de rêves tissés à partir des événements d'une journée, satisfaits d'en sentir l'usure et l'effilochure sur les bords.

10

La camionnette était presque à court de carburant le jour même où les réserves de nourriture furent épuisées. Déterminée à trouver du travail, elle avait fait des allers-retours quotidiens et n'avait rien trouvé qui lui convienne, ni que les employeurs veuillent prendre le risque de lui confier. Elle avait chipé des vêtements sur des cordes à linge pour agrandir leurs garde-robes et se présenter plus à son avantage lors des entretiens de travail. Il y avait toujours des remords dans le vol. Pourtant, elle les apaisait en pensant que c'était un moyen d'aboutir à une fin morale et si cela ne suffisait pas à totalement la satisfaire, elle n'avait qu'à regarder Winnie. Ça lui déchirait le cœur de voir la petite grignoter en guise de petit-déjeuner une tomate qu'elle avait fauchée. Emmy ressentait un vif désespoir lui transpercer les tripes ainsi qu'une colère sourde et dormante envers Cadotte et chaque acte de consentement qui l'avait trop souvent et pendant trop longtemps coincée auprès d'hommes de son acabit. Et alors qu'elle squattait une ferme abandonnée où elle s'était réfugiée, même cette rude situation lui paraissait plus agréable qu'être prise au piège ; il n'empêche qu'elle avait quand même besoin de trouver une solution, même temporaire.

Elle fouilla dans le placard et y dénicha une poignée de crackers et du fromage sur les bords duquel elle gratta les moisissures ; elle les posa sur du papier absorbant faisant office de serviette et les offrit à la fillette avec une petite tasse d'eau. Winnie esquissa un sourire et mangea cette maigre pitance, observant par la fenêtre le lever du soleil sur les champs. La maison était fraîche et humide, elle aurait aimé faire du feu, mais elle ne voulait pas courir le risque de la fumée. Personne ne s'était aventuré sur l'allée depuis leur arrivée, elle avait pris soin d'éviter tout signe flagrant d'occupation des lieux. Elle était fatiguée de vivre isolée et cachée. Pourtant elle ne se laisserait pas fléchir par l'inconfort que causait l'absence de chaleur d'un feu. Elle se mit à envisager un plan pour se procurer des provisions.

Pour finir, ce fut ce qu'elle avait appris du comportement furtif et rusé de Cadotte qui la poussa à agir.

Elles entrèrent dans Endako. Après avoir

dépassé l'épicerie, Emmy se gara dans une petite rue, un pâté de maisons plus loin. Une allée de gravelle reliait les rues; elle laissa la camionnette presque au bout. Plutôt que de prendre le raccourci pour arriver au magasin, elles contournèrent les maisons et Emmy exposa à la fillette ce qu'elle voulait qu'elle fasse.

« Il faut que tu détournes de moi l'attention des gens, dit-elle. Renverse quelque chose, puis cours comme si tu étais affolée. Tombe ou n'importe quoi. Pendant que tout le monde s'intéressera à toi, je m'esquiverai avec de la nourriture dans mon sac et je te retrouverai à la camionnette.

— Pendant combien de temps?

— Pas longtemps. Environ une minute. Juste assez pour que je puisse sortir et m'en aller.

— Comment est-ce que je saurai quand?

— Traîne pendant environ cinq minutes. Ça me donnera le temps de planquer de la nourriture.

— J'ai peur.

— Je sais, ma chérie. Mais nous devons faire ça. Nous le devons.

— Personne ne va m'arrêter, hein? »

Elle s'interrompit, s'agenouilla devant Winnie, les mains délicatement posées sur les fines épaules de la fillette.

« Non. Je ne te demanderais pas de faire cela s'il y avait le moindre danger.

— Ils ne vont pas t'arrêter et t'emmener ?
— Pas tant que je fais attention.
— Fais attention, alors.
— Promis. »

Elles continuèrent à contourner le pâté de maisons et, une fois encore, Emmy fut fascinée par l'allure simple de la ville et de ses habitants. Personne ne s'occupait de ce qu'elles faisaient, les gens se contentaient d'un hochement de tête ou d'un petit signe de la main en les croisant. Leurs jardins étaient tout aussi bien soignés que leurs manières. Même si le parking était peu encombré à cette heure matinale, il y avait pas mal d'allées et venues. Elle pensait qu'il y aurait assez de mouvement dans le supermarché pour l'abriter pendant qu'elle faisait ce qu'elle avait besoin de faire. Elle prit un caddie pour chacune. Quand elles entrèrent, elle se dirigea d'un pas rapide vers les produits frais et Winnie disparut dans l'allée voisine.

La fillette était nerveuse. Pour commencer, elle se contenta de marcher dans l'allée, puis lorsqu'elle tourna dans la suivante, elle commença à prendre des choses sur les rayons, à les inspecter, les remettre en place ou les poser dans le caddie, selon son désir. Elle n'avait pas la moindre idée du temps qui passait. Au contraire, son souffle court semblait inexorablement ralentir le temps, elle perdait ses repères, erra d'allée en allée, se demandant ce que faisait sa mère.

Emmy progressait de manière assurée. Le sac qu'elle portait était grand ouvert et elle y insérait adroitement fromage, tranches de viande, fruits et légumes. Dans le caddie, elle disposait des articles plus volumineux, feignant de faire ses courses. Personne ne semblait lui prêter la moindre attention. Sa faim la taraudait, mais elle la maîtrisait et ne sélectionnait que ce qu'elle pensait lui être nécessaire. Elle agissait de mauvaise grâce, comme si cela l'associait à Cadotte, et elle avait envie d'en finir le plus vite possible. Quand le sac fut rempli, elle déambula dans les allées, en attendant que Winnie crée la diversion dont elle avait besoin pour s'enfuir en toute sécurité.

À ce moment, Winnie avait perdu ses repères temporels. Elle ne savait plus trop combien de temps s'était écoulé depuis qu'elle avait quitté sa mère. Ses mains et sa peau étaient moites, elle sentait la transpiration perler sur son front et en bas de son dos, ce qui lui donnait des frissons, si bien qu'elle grelottait, et elle se frotta les bras pour se réchauffer. Ça ne changea rien. Son estomac était sens dessus dessous et elle avait une envie pressante d'aller aux toilettes, mais elle était prise dans un conflit intérieur et parcourut les allées tant qu'elle le pensait nécessaire. Puis elle poussa le caddie en direction d'une rangée de caisse et attendit, ne sachant trop quoi faire ensuite. Elle ferma fort les yeux. Elle essaya de s'armer de courage pour passer à l'action, mais elle ne parvint pas à trouver de méthode suffisamment bruyante ou extrême. Elle tremblait.

Puis la caissière l'appela.

« Approche, ma chérie, je vais t'aider. »

Winnie déglutit fort et poussa le caddie à hauteur du comptoir qui aboutissait à la caisse. Elle était totalement paniquée, avait du mal à respirer, alors elle commença à déposer des choses sur le tapis roulant ; la caissière lui sourit et se mit à enregistrer les articles. Soudain, il semblait y avoir du monde partout. Elle lâcha une boîte de conserve qu'un homme derrière elle ramassa et lui rendit avec un grand sourire. Elle avait la gorge serrée. À ce moment, le temps semblait tourbillonner, s'effondrer et tournoyer, elle fut désorientée, troublée, elle tendit le bras pour essayer de faire tomber un portant de magazines, mais elle n'en avait pas la force. Elle essaya d'attraper un petit rayonnage de tablettes de chocolat, mais seules deux tombèrent au sol et une fois de plus, le grand homme derrière elle les ramassa. Quand il s'apprêta à les lui tendre, elle craqua. Elle passa le long de son caddie et courut vers les portes. La caissière cria et Winnie vit sa mère regarder depuis l'autre bout du magasin. Elle choisit les mauvaises portes. C'était les portes d'entrée, elle appuya dessus avec ses paumes et aperçut dans les vitres le reflet des gens qui se précipitaient vers elle, alors elle se retourna, les doigts écartés sur le verre, se tordant d'un côté, puis de l'autre, hésitante, terrifiée et piégée. Le gérant en chemise blanche apparut, avançant d'un pas décidé dans l'allée. La mère de Winnie passa rapidement, en direction des portes de sortie. Au moment où sa mère émergeait, un homme et une femme avancèrent d'un pas méthodique de chaque côté des portes, la stoppèrent, et une bagarre s'ensuivit. Des articles d'épicerie tombèrent sur le béton. Emmy se battit avec acharnement, mais ils la saisirent, la retournèrent et la repoussèrent à l'intérieur du magasin. Les gens s'étaient figés sur place, chacun était tourné vers le vacarme à l'entrée. Le gérant considéra les deux situations, puis il se dirigea à grands pas en direction du grabuge avec la mère. Deux autres personnes en chemise blanche allèrent vers Winnie. Elle leur échappa et courut vers les portes de sortie. Un gros bras l'immobilisa. Le colosse. Il s'agenouilla devant elle et bloqua sa fuite.

« Calme-toi, dit-il. Calme-toi, ça va aller. »

Elle en doutait et éclata en sanglots.

Il y avait neuf personnes dans la longue pièce étroite qui servait de bureau. Elle avait de grandes fenêtres aux vitres teintées et donnait sur le magasin en dessous – pâturage délimité en sections par des allées semblables à des clôtures. De là, ils voyaient tout et tous les clients. La fillette fixa l'ensemble du magasin et secoua la tête, affligée. Seules sa mère et elle étaient assises. Les autres s'agitaient ou cherchaient un espace dans ce lieu exigu : deux gérants de magasin, la caissière, deux agents de sécurité, un policier et le colosse. Chacun semblait tendu ou exaspéré ou les deux. Sauf le colosse. Il était appuyé au mur noir ; il souleva un sourcil en direction de Winnie quand elle croisa son regard et sourit.

« Donc, Miss Strong, dit le policier. C'est votre fille.

— Winifred. Oui, confirma Emmy.

— Vous aviez l'intention de ne rien payer, poursuivit l'officier. Ce n'était pas une question. Si je lis ceci correctement, elle était censée faire diversion pour vous couvrir. »

Emmy pinça les lèvres et approuva de la tête. Elle avait les yeux rivés sur le sol, serrait et desserrait ses poignets.

« Oui, répondit-elle.

— Vous savez que cela fait de vous deux des coupables ?

— Oui.

— Vous savez également que demander à un enfant de participer à un délit est en soi un délit ?

— Oui.

— Alors pourquoi ?

— Nous avons faim. »

Le policier secoua la tête. Il regarda le gérant du magasin et tous deux restèrent silencieux.

« Déclencher une bagarre aux portes

n'était pas non plus un très bon choix, déclara l'agent. Il parlait sans détours, mais gentiment.

— Non, je sais.

— Ça ne me laisse pas beaucoup d'options, Miss Strong. Quand les gens ont faim, ils peuvent obtenir des bons auprès de l'une des églises ou de leur travailleur social. Personne n'a besoin de voler dans cette ville.

— Je ne bénéficie pas de l'aide sociale.

— Il me semble que, si vous avez faim et êtes mère d'une petite fille, vous devriez en bénéficier. Où demeurez-vous actuellement ? »

Emmy leva les yeux vers lui.

« Nulle part.

— Nulle part ? Tout le monde vit quelque part, Miss Strong. Personne n'est sans logement à Endako. Êtes-vous juste de passage ?

— Oui, répondit-elle.

— Mais on a une maison, maman. Tu l'as dit. »

Winnie la regarda avec des yeux implorants.

Emmy ferma fort les yeux, en essuya les coins d'un doigt.

« Ce n'est pas notre vraie maison, Winnie, annonça- t-elle calmement.

— Vous êtes chez des amis ? Vous campez quelque part ? demanda le policier.

— On a une maison, répliqua Winnie.

— Où est-elle cette maison, si vous vivez nulle part, Miss Strong ?

— Un peu à l'écart de la ville. Au nord et à l'est. Elle est abandonnée.

— Elle a un étage ? Une sorte de revêtement extérieur en bois gris ? Un puits recouvert d'une dalle de béton derrière, avec une remise ? demanda le colosse, sans pour autant la regarder.

— Oui. Ça y ressemble. »

Le colosse fixa le policier des yeux.

« On dirait bien que c'est l'ancienne maison des Wilton, Jensen. Elle est à l'abandon depuis mon adolescence. Je suis surpris qu'elle tienne encore debout.

— C'est donc là que vous squattez, Miss Strong ? Est-ce bien ce que vous êtes en train de dire ? demanda l'agent Jensen.

— J'ai jamais pensé que ça dérangerait quelqu'un, rétorqua-t-elle. On l'a nettoyée. On s'en occupe bien. On ne dérange personne.

— Je vais devoir appeler les services d'aide à l'enfance, déclara l'agent Jensen. Les représentants du personnel du magasin hochèrent la tête d'un air grave.

— Qu'est-ce que ça veut dire ? demanda Emmy.

— Eh bien, ça veut dire un certain nombre de choses. Je vais vous accuser de vol à l'étalage et d'incitation de mineur à la délinquance. Sans adresse fixe, vous ne serez pas relâchée et quelqu'un devra prendre votre fille en charge. Les services d'aide à l'enfance la placeront. On s'occupera d'elle pendant votre absence.

— Où vas-tu, maman ? » demanda Winnie.

Elle pleurait. Elle se leva pour aller auprès de sa mère qui tendit les bras et la serra contre sa poitrine ; elle la tint tendrement contre elle en levant des yeux exorbités et effrayés vers l'officier Jensen.

« Il faut que je paie les courses, murmura Emmy.

— Ça va prendre combien de temps ?

— Je ne sais pas. Ces personnes prendront soin de toi pendant que je serai absente. »

Winnie serra encore plus fort sa mère et enfouit sa tête dans la poitrine d'Emmy.

« Non, dit-elle. Non, maman. Non.

— On m'a attrapée, Winnie. On m'a attrapée. Je ne peux rien faire. »

Winnie se tourna vers l'agent Jensen et leva les yeux vers lui, accablée.

« S'il vous plaît, monsieur l'agent. S'il vous plaît, ne nous faites pas ça. »

Jensen ôta sa casquette, fit courir ses doigts dans ses cheveux, passa les autres personnes en revue, comme s'il appelait à la rescousse. « Je suis désolé. » Ce furent les seules paroles qu'il prononça.

Le colosse se leva, s'approcha d'Emmy et de Winnie.

« Pourquoi squattez-vous un bâtiment délabré ? » demanda-t-il tranquillement.

Emmy l'observa. Sa taille la désarçonna. L'effort qu'elle faisait pour parler bouleversait ses traits.

« Nous n'avons plus d'argent, dit-elle sur un ton hésitant. Ni de nourriture. J'ai essayé de trouver du travail, mais il n'y avait rien pour moi ici. J'ai cru qu'une fois que j'aurais du travail je pourrais économiser pour trouver un logement correct.

— Où est votre maison ? demanda-t-il.

— Je n'en ai pas vraiment.

— Vous n'en avez jamais eu ?

— C'est une longue histoire, monsieur.

— Frank.

— C'est une longue histoire, Frank, corrigea Emmy.

— Votre homme vous a abandonnées ?

— C'est plutôt nous qui sommes parties.

— Alcoolique ?

— En partie ça. Elle le fixa en toute franchise. Comme je l'ai dit, c'est une longue histoire. »

Starlight la dévisagea un instant. Puis il se retourna, avança à grand pas vers Jensen et lui chuchota quelque chose.

« Mel, tu veux bien sortir avec Frank et moi ? demanda Jensen. Vous autres, vous pouvez attendre ici avec Miss Strong et Winifred. »

Les membres du personnel du magasin approuvèrent de la tête pendant que Frank, Jensen et le gérant sortaient en fermant la porte derrière eux. Ils les voyaient discuter sur le petit palier en haut de l'escalier. Frank parla interminablement, puis les deux autres intervinrent tour à tour. Ensuite Frank et Jensen échangèrent quelques propos avant de s'entendre avec le gérant, d'ouvrir la porte et de retourner dans l'étroite pièce.

Jensen s'approcha et s'assit sur le bord du bureau du gérant en face d'Emmy.

« Miss Strong, Mr. Starlight, ici présent, est prêt à payer ce que vous avez tenté de voler. La direction est d'accord, si bien qu'il n'y aura pas de poursuites pour vol à l'étalage. S'il n'y en a pas pour ce premier délit, il me paraît difficile d'engager des poursuites pour l'autre. C'était répréhensible, ne vous méprenez pas. Tout à fait répréhensible, de plus vous avez fait courir des risques à votre fille. En conséquence, je pourrais légitimement demander aux services d'aide à l'enfance d'enquêter et vous pourriez quand même perdre votre fille pour un certain temps, jusqu'à ce que tout soit tiré au clair. Je veux que vous compreniez cela.

— Je comprends, dit Emmy.

— Mais vous ne pouvez pas non plus continuer à squatter. Sans logement sûr et correct, les services d'aide à l'enfance vous enlèveraient votre fille le temps que vous parveniez à trouver un emploi, à le conserver jusqu'à ce que la cour soit convaincue que vous avez une situation stable et un domicile fixe.

— Je comprends également cela, admit-elle d'une voix tremblante.

— Surtout, je veux que vous preniez conscience que c'était un acte désespéré qui risquait de vous séparer de votre enfant.

C'était téméraire et dangereux. Faire simplement disparaître les charges contre vous ne vous dégage nullement de toute responsabilité dans cet acte. Maintenant et à l'avenir. Vous m'entendez ?

— Je vous entends.

— Bien. J'espère vraiment que c'est le cas, parce que nous allons engager notre responsabilité dans cette affaire et essayer de vous aider, vous et votre fille. Il vous faut un refuge, de la nourriture, un emploi rémunéré. Si toutes ces choses étaient à votre disposition, est-ce que vous les prendriez ? »

Emmy le fixa, surprise.

« Bien sûr. Oui. Évidemment. Enfin, ouais.

— Très bien. Frank, ou Mr. Starlight, cherche une gouvernante. Il a de la place pour vous et votre fille dans sa ferme. Ils sont deux à y vivre. Mr. Starlight et Mr. Roth. Vous auriez la charge du linge, de la cuisine et du ménage. Ce ne sera pas pour toujours. C'est juste pour vous aider à vous remettre sur pieds et à subvenir aux besoins de votre fille. Je parlerai aux services de l'aide à l'enfance et ils vont vous donner un rendez-vous avec une assistance sociale ; elle inspectera vos conditions de vie à la ferme et s'assurera que Winifred va immédiatement à l'école. Mr. Starlight et vous devrez respecter leurs conditions et leurs règles. Vous avez des questions ? demanda Jensen.

— Oui, dit Emmy. Je le ferai. Elle se tourna

vers Frank qui baissa la tête en face de son regard. Pourquoi faites-vous ça ? »

Le colosse plissa les yeux en se concentrant. Il les leva vers Jensen qui le considérait avec bienveillance. Il enfonça les mains dans les poches de son jean, les sortit, croisa les doigts, puis les décroisa et laissa tomber ses mains sur les côtés.

« Pour la petite », finit-il par dire.

Il observa Emmy.

« Et parce que je crois que les choses sauvages m'attirent. »

11

Les hommes se tenaient dans la lumière crue du soleil et se retournèrent pour regarder l'hôpital. Ils avaient remis le nez de Cadotte en place, recousu son visage, rasé son crâne pour suturer les entailles, et il jura en commençant à défaire ses pansements. Anderson avait des points de suture sur la tête et le visage, et il se tenait sur des béquilles. Ses jarrets avaient été sérieusement tailladés et il marchait avec difficulté à cause des agrafes qu'ils avaient utilisées pour refermer les longues coupures irrégulières. Les deux hommes étaient décharnés après avoir passé des jours au lit, assoiffés et impatients de boire un coup. Ils fumaient, puis se considérèrent.

« C'est quoi le plan, Jeff? demanda Anderson.

— J'en ai pas vraiment un. J'me disais qu'on pourrait s'descendre un ou deux pichets.

— Mais on va la r'trouver.

— Et comment qu'on va la retrouver. Je vais lui en faire baver à cette salope. Et elle a cramé ma turne.

— Elle a pas pu aller bien loin. Le réservoir était pas plein.

— Assez plein quand même. J'imagine qu'elles sont allées assez loin pour se reposer. Emmy aura bien trouvé le moyen de continuer sa route. »

Cadotte lança son mégot sur le trottoir et l'écrasa du bout de sa botte de travail.

« Comme je vois les choses, elle sera allée là où c'est le plus facile de se cacher. Calgary. Vancouver. Une grande ville.

— Ça va être plus difficile de la retrouver.

— C'est ce qu'elle croit, elle. Et moi ? J'te dis qu'elle est con comme un balai. Elle va laisser une trace partout où elle ira. Et elle a la petite. Ça va être plus dur de se déplacer sans attirer l'attention. »

Anderson prit un air renfrogné.

« T'as raison. C'qui faut, c'est choisir.

— Moi, j'dirais Calgary. Elle a un faible pour la musique country, le two-step et les grands cow-boys maigrichons, lança Cadotte.

— Ça m'a l'air d'être un aussi bon endroit qu'un autre pour commencer.

— Il va falloir se trouver une tire. T'as planqué du pognon quelque part ?

— J'ai un rouleau enterré dans la cour. Et toi ?

— Juste c'que j'ai sauvé du feu, répondit Cadotte.

— Ça c'était un truc de fou.

— Il fallait le faire. Dès que j'suis revenu à moi, j'savais que j'allais pas la laisser s'en tirer comme ça.

— N'empêche. T'as de la chance de pas t'être grillé le cul, dit Anderson.

— C'était limite en tout cas, mon pote. Là, on va être partis pour un bon bout de temps. Comme je vois les choses, y a un paquet de travail à Calgary, Edmonton, dans les villes. On pourra se débrouiller tout en la cherchant, cette bonne femme.

— Est-ce qu'y a un truc qui me retient quelque part?

— Pareil pour moi. Tout c'que j'ai maintenant c'est cette haine qui me pousse.

— Moi aussi, renchérit Anderson. La petite ça passe. J'fais pas d'mal aux enfants. Mais Emmy, elle va s'prendre quelque chose, y a pas à discuter.

— On a failli y rester, rappela Cadotte. Elle nous a laissés crever. Elle a mis exprès le feu à cette cabane. Il faut être une salope cruelle et insensible pour faire ça. J'vais faire c'qui faut pour qu'elle ait la monnaie de sa pièce. Sauf que ce sera définitif. Pas de répit. Pas de pitié. Ce sera pas un j'te retrouve et j't'en balance une. Ça te convient?

— J'laisserais pas un homme me faire ça. Alors j'te garantis que j'risque pas d'laisser une gonzesse.

— Bien. J'en ai plus rien à faire d'Emmy.

En fait, y a un bon bout de temps que j'aurais pu les jeter, elle et la petite. J'restais pour la baise, c'est tout.

— C'était une bonne baiseuse. Bourrée ou pas, dit Anderson. Faut lui reconnaître ça. »

Cadotte croisa le regard d'Anderson et son visage s'épanouit.

« On pourrait peut-être lui faire sa fête avant de la lui faire pour de bon, à cette chienne ? »

Anderson sourit.

« Ouais. On va en profiter un max. Ça me botte. »

Cadotte hocha la tête. Un taxi entra dans le parking et il leva une main qu'il agita. Ils montèrent à l'intérieur et au moment où la voiture sortait du parking pour prendre la direction de chez Anderson, les deux hommes étaient assis bien droit, immobiles et silencieux, les yeux fixés devant eux au-delà du pare-brise. L'atmosphère était sombre et sinistre dans la voiture. Le chauffeur jetait des coups d'œil nerveux dans le rétroviseur, mais quelque chose dans l'attitude des balèzes derrière lui l'amena à garder son attention fixée sur la route.

12

« Donc, j'aimerais qu'on mette les choses au point, dit Roth. Tu vas en ville chercher du beurre et des œufs et tu reviens avec une femme et une fillette ?

— En résumé, c'est ça, répondit Starlight.

— Bon, alors ça met les choses au point. Je ne pourrai plus jamais te laisser partir en ville tout seul.

— Elles avaient besoin d'aide.

— On n'est pas exactement c'que j'appellerais du genre “dîner à six heures”, “apporte-moi mes pantoufles”.

— Ça n'a pas besoin d'être comme ça.

— Comment tu vois les choses ?

— Voilà ce que je pense : elle nettoie, fait la lessive, prépare les repas et nos déjeuners pendant un temps. La fillette commence à aller à l'école comme il se doit. On vit comme on a l'habitude de vivre. Quand elles auront économisé assez d'argent pour déménager et s'installer toutes les deux, elles partiront et rien n'aura changé.

— Sauf que moi j'serai obligé d'être poli tout le temps.

Starlight sourit.

— Bien se comporter est parfois une bonne chose.

— Bon, merde, Frank. J'me souviens même pas d'avoir fait ça. C'que tu vois, c'est à peu près tout c'que t'obtiendras de moi.

— Juste le temps qu'elles se remettent sur pieds.

— Que tu dis. Moi ? J'pourrais bien finir par m'habituer à c'qu'on me traite en seigneur du manoir.

— T'es même pas capable de ramasser tes chaussettes puantes.

— Je souffre d'un manque d'éducation.

— Ce dont tu souffres, c'est que t'es une bonne pomme.

— J'ai plein de gentillesse en moi. Ce qui m'inquiète seulement c'est comment ça va affecter notre style de vie.

— Style de vie ? Tu appelles ça un style de vie ? »

Roth pinça les lèvres et scruta la pièce.

« Elle est sinistre cette pièce, mais ouais, c'est du chic ranci de célibataire. Il faut un coup de main sophistiqué pour créer une telle atmosphère. »

Starlight secoua la tête et sourit.

« Toi et tes mots. Je jure que t'es mieux éduqué que tu n'l'admets.

— Ça fait partie de mon charme, renchérit Roth. Je séduis les femmes grâce à mon langage mélodieux.

— En tout cas, pas question de séduire pendant qu'elles seront ici. C'est du travail simple pour elle, une maison pour la petite et des repas réguliers pour nous. C'est tout.

— J'ai bien compris. Je peux faire ça. Mais Seigneur, on peut pas me tenir responsable de l'effet de mon magnétisme animal sur les femmes.

— Il suffit que tu essaies de le garder caché, ironisa Starlight. On devrait faire un peu de rangement avant qu'elles arrivent.

— T'es un bougre au grand cœur, Frank. »

Starlight observa Roth d'un air grave.

« Je sais comment ça fait, dit-il doucement.

— Comment ça fait quoi, mon gars ?

— Comment ça fait de ne pas avoir de maison. Je t'ai jamais dit comment j'avais failli partir d'ici ?

— Non, répondit Roth.

— C'était après la mort du vieil homme. Il n'y avait plus qu'un grand vide. Je n'avais pas l'impression qu'il restait quoi que ce soit pour moi ici. Alors, j'ai loué les terres à mes voisins, je leur ai demandé de surveiller la maison et j'avais l'intention de partir quelque part, histoire de me trouver une justification. J'ai jamais réussi à régler tout ça dans ma tête.

— Mais t'es toujours ici, dit Roth.

— Ouais. C'est vrai. Mais je suis effectivement allé jusqu'au bout du chemin. J'me suis arrêté là, j'ai regardé vers l'est, puis vers l'ouest, en me demandant ce qui pouvait bien m'appeler. C'était la maison. La maison m'appelait. J'ai pensé que derrière moi, c'était aussi vide que la route devant. C'était triste, cette sensation. Profondément triste. Plus triste que d'avoir perdu le vieil homme. J'en suis arrivé à savoir, à ce moment précis, que quand tu crois que t'as rien, rebrousser chemin ou poursuivre ta route, ça peut te donner l'impression que tout ça c'est pareil. »

Ils étaient assis dans un profond puits de tranquillité. La maison craquait sous la pression du vent d'été. Un cheval hennit. Roth fixait le plancher, puis il releva la tête pour jeter un coup d'œil à son ami, droit sur sa chaise, les mains sur les genoux, tournées vers le haut. Roth étendit les jambes devant lui et le frottement de ses bottes sur le bois fit se retourner Starlight ; leurs regards respectifs se croisèrent dans la faible lumière de fin d'après-midi.

« Ravi que tu sois resté, Frank. Moi aussi j'ai souvent ressenti ça avant d'arriver ici.

— Un chez-soi, dit Starlight. Ça finit par être une vérité que tu portes dans tes veines. Je me suis dit que si je pouvais aider quelqu'un à trouver ça, je faisais une bonne action.

— Une excellente action, je crois. Compte

sur moi, vieux. On sait quelque chose de cette femme ?

— Elle a quelque chose de sauvage en elle, ça c'est certain. Mais elle est forte. On le sent. Et elle aime la petite, c'est sûr. À part ça, je ne sais pas. Mais je crois qu'une personne pourrait faire pire que d'avoir en soi un petit côté sauvage en plus de la force et de l'amour.

— Amen à tout cela », ajouta Roth.

Elles arrivèrent dans une Jeep vert foncé aux portières frappées de l'emblème du ministère des Services à l'enfance et à la famille. Jensen, au volant du vieux pick-up cabossé qu'Emmy avait stationné à côté du magasin, se gara derrière elles. Emmy et Winnie descendirent lentement en regardant les champs, les dépendances et la maison. La fillette, stupéfaite, fixait les chevaux en train de brouter dans le pâturage. Quand elle croisa le regard de Starlight, il sourit et elle s'épanouit. Jensen s'avança à hauteur de l'assistante sociale, une jeune femme élancée, aux yeux vert clair, qui avait une bonne allure et l'air sincère et ouverte. Elle se présenta sous le nom de Madelaine Orr.

« Maddie », dit-elle, en serrant la main de Starlight et de Roth.

Ils s'étaient tous deux habillés pour l'occasion. Le visage de Roth luisait du rose rougeoyant de qui s'est bien nettoyé et sa couronne de cheveux avait été domptée avec du gel. Il s'était coupé les ongles, mais n'avait pas complètement fait disparaître la tache jaune laissée par le tabac au bout de son pouce et de son index. Il s'essuyait les mains sur les cuisses de sa nouvelle salopette encore raide. Starlight portait un jean neuf. Ses cheveux étaient coupés court et il avait rasé le bord de ses pattes parfaitement droit. Ses mains avaient subi le savon et la brosse de sorte qu'elles paraissaient à vif et brunes, aussi les gardait-il le long de son corps comme deux pierres au bout de ses manches. Tous deux portaient une chemise de travail avec des boutons-pression en métal qu'ils avaient fermés jusqu'au cou et serrés à fond aux poignets. Chacun portait de grosses bottes de cow-boy parfaitement lustrées. Des bottes de ville qui n'avaient jamais vu l'intérieur d'une grange ou la poussière d'un champ. Ils étaient debout, nerveux dans la lumière déclinante de la fin d'après-midi, clignant des yeux et lançant des regards dans toutes les directions, ne sachant trop où les poser.

Maddie présenta Emmy et Winnie à Roth ; le maigrichon avala sa salive, salua de la tête en serrant la main de la femme, puis il ouvrit de grands yeux face à la petite, ne sachant quoi dire. Il enfonça ses mains sous sa ceinture et se balança un peu. Starlight regarda Jensen comme s'il attendait des instructions.

« Bon, commença Maddie radieuse, nous devrions entrer pour faire visiter la maison à

Emmy et Winnie. Vous pourrez peut-être leur montrer la grange et les animaux plus tard. Vous allez aimer ça, pas vrai Winnie ?

— J'aime les chevaux, dit Winnie. Et j'ai entendu des poulets. J'aime les poulets aussi. »

Starlight et Roth échangèrent des regards. Ni l'un ni l'autre ne souffla mot.

« Alors, allons faire un tour à l'intérieur », suggéra Maddie, et les deux célibataires sursautèrent avant de se précipiter sur la galerie pour ouvrir la porte, puis ils restèrent immobiles, tels deux sentinelles, en attendant que les autres suivent. Maddie et Jensen souriaient. Quand tout le monde fut entré, les deux hommes suivirent et se tinrent côte à côte dans la cuisine, observant la femme et la fillette au cours de leur investigation de la vieille maison.

Starlight remarqua ce qu'il avait toujours omis de voir. La cuisine croulait sous les débordements, les excroissances et les péninsules de leur vie. Les marmites rincées, mais pas lavées, empilées dans le coin du plan de travail. Les bougies réduites au minimum dans des flaques solidifiées au centre de la table dont l'inégal plateau de bois balafré aurait bien besoin d'être lavé et ciré. À force d'être ouvertes avec des doigts durcis par les travaux des champs, les portes des placards étaient couvertes, sur leurs bords, de petites traces noires, et un fin filament souillait deux verres laissés à l'abandon à côté du canyon émaillé de l'évier. Aux fenêtres, les rideaux raides et émaciés. Des chaises bancales autour de la table. Les catalogues de graines et les brochures de matériel éparpillés sur les sièges inutilisés. Deux robustes tasses à café sinistres, aux anses et aux rebords intérieurs tachés, étaient posées à côté d'un cendrier rempli de mégots et de vieilles allumettes. Il observait Emmy pour jauger sa réaction.

Elle parcourut la pièce du regard, les lèvres pincées, et elle hocha la tête. Elle regarda Maddie, mais ne parla pas, puis elle traversa lentement le rectangle sombre de l'embrasure de la porte pour entrer dans le séjour. Roth considéra Starlight en soulevant les sourcils. Ils suivirent tous Emmy et Winnie à l'intérieur.

La maison était exposée plein est, et en fin d'après-midi, elle était sombre. Les célibataires avaient négligé de laisser une lampe allumée, alors Roth tripota l'interrupteur d'un lampadaire qui mit tout en pleine lumière. La pièce était encore un roncier de vie. Il n'y avait pas de vraie bibliothèque, donc des revues de photos consacrées à la faune ainsi que des beaux livres étaient empilés à côté du fauteuil préféré de Starlight, tandis que celui de Roth se repérait aux exemplaires de tabloïds et aux magazines de mots mêlés qui traînaient autour. Un tapis élimé, noirci par des années de négligence, recouvrait presque tout l'espace devant le foyer, et les fenêtres étaient parées de rideaux qui pendaient jusqu'au sol et accentuaient la pression de l'ombre et de l'obscurité. Des pulls et des petits outils à main, des morceaux de corde et une lame de scie étaient posés sur le plan de travail d'un dressoir à côté d'une radio vétuste. Les rayonnages vitrés ne contenaient rien à part des bougies neuves et plusieurs montres arrêtées.

« On a nettoyé de notre mieux, dit Starlight en toussant dans sa main.

— Hmm-hmm, fit Emmy qui se déplaçait lentement dans la grande pièce en soulevant des choses et en faisant glisser sa main sur les surfaces.

— Eugene est installé dans cette chambre-là, en bas. J'ai celle du haut des escaliers à gauche. Il y a la grande chambre, qui donne sur la cour au bout du couloir, qui sera la vôtre. La salle de bains est également en haut. »

Elle le dévisagea sans prononcer une parole, puis se retourna et gravit l'escalier, Winnie sur ses talons. Maddie leur emboîta le pas et les trois hommes restèrent sur place à les regarder s'éloigner. Ils s'observèrent.

« Qu'est-ce que vous en pensez ? demanda Roth sans s'adresser à quiconque en particulier.

— On aurait pu s'appliquer davantage pour le nettoyage, commenta Starlight.

— J'pensais qu'on avait fait du bon boulot, reprit Roth.

— Pas pour une femme.

— Ni une gamine ?

— J'peux pas savoir. »

Ils les entendaient se déplacer dans le couloir du haut, ouvrir la porte de la grande chambre donnant en façade.

« C'est une belle maison, Frank, dit Jensen. On n'en construit plus des comme ça.

— C'était une maison de célibataire quand le vieil homme habitait ici. C'est encore le cas. On n'a jamais envisagé qu'il y aurait une femme, ajouta Starlight.

— C'est une bonne chose, ce que vous faites. Vous le savez, non ? Là où elles squattaient, ça ne pouvait convenir à personne.

— Ça m'a paru normal, c'est tout. »

Les deux femmes et la fillette redescendirent l'escalier. Emmy passa de nouveau le séjour en revue, puis elle dévisagea Starlight et Roth pendant un moment.

« Comment je lave les vêtements ? demanda-t-elle.

— La vieille dame du bout de la rue prend notre linge, répondit Roth.

— Je fais ma lessive moi-même.

— Dans l'évier alors, répliqua Starlight. J'ai toujours fait comme ça. Il y a un fil dans la cour.

— Il va falloir un lave-linge si on est quatre. »

Roth se raidit et jeta un coup d'œil à Starlight. Le colosse balaya la pièce du regard.

« En tout cas, on a creusé cette nouvelle fosse septique pour quelque chose, ajouta-t-il.

— Si je dois faire la cuisine correctement, il me faudra un plus grand frigo. Et un petit congélateur.

— Pardon ?

— Si vous voulez que je m'occupe de la maison, il faudra que je le fasse correctement, reprit-elle. Je peux faire une liste des choses dont j'ai besoin. Pour commencer, on a besoin d'une télévision pour Winnie. On va pas lui demander de rester assise ici en silence à lire des catalogues de matériel agricole tous les soirs. »

Jensen plaça une main devant son visage pour masquer son rire. Maddie se contenta d'observer les célibataires avec bonne humeur. Tous deux agitaient leurs pieds et semblaient prêts à détaler.

Roth enfonça ses mains dans ses poches, puis en sortit une, frotta sa mâchoire et fixa Starlight avec un sourire.

« Le progrès », commenta-t-il.

Starlight hocha la tête.

« Alors, l'endroit vous convient ?

— Il y a beaucoup à y faire. Les hommes n'ont pas la moindre idée de ce que c'est que de s'occuper d'une maison. Mais elle est solide et chaude. Un peu plus de lumière ne ferait pas de mal. Est-ce qu'on peut se débarrasser de ces rideaux ? »

Starlight eut l'air choqué.

« Ils ont toujours été là.

— Je crois que j'aurais pu le dire. »

Jensen toussa dans sa main. Maddie serra les lèvres, ses yeux étincelaient.

« Ah. Ouais. Bien sûr, assura Starlight.

— Il faut cultiver des trucs, déclara Emmy. Une maison a besoin qu'on y cultive des choses, et ici il n'y a rien. Vous serez surpris de constater combien ça change l'atmosphère, un jardin.

— J'm'y suis toujours senti plutôt bien, remarqua Roth.

— Vous êtes un homme. »

Roth haussa les épaules.

« Ouais.

— Les hommes se sentiraient bien dans une grotte ou un appentis. »

Starlight se tourna vers Jensen qui secoua la tête d'hilarité.

« Alors, vous allez rester ? Vous allez prendre le travail ? demanda Starlight.

— Et l'école ? Comment est-ce qu'elle va y aller ?

— Il y a un bus de ramassage sur cette route tous les matins, répondit Roth.

— Je ne ferai pas d'extra. Vous aurez ce que vous aurez. Si vous voulez des extras, il faudra que vous les fassiez vous-mêmes.

— Évidemment.

— Et je ne ramasse rien derrière personne. Vous mettrez vos assiettes dans l'évier et vos vêtements dans une panière à linge. De toute façon, ça figurera sur la liste.

— Autre chose ?

— Un coup de main de temps en temps est le bienvenu.

— D'accord.

— Mais le plus important? Elle regarda les deux hommes. Roth se balançait sur ses talons et Starlight fixait ses chaussures. Le plus important, c'est de vous dire merci. Merci de nous avoir amenées ici. Merci de m'aider à mettre les choses en ordre pour ma fille. Nous ne vous dérangerons pas.

— Vous n'avez pas demandé ce que je vous devais, ajouta Starlight.

— C'est moi qui vous dois quelque chose, répliqua- t-elle. Un salaire ? Bon sang, ce serait génial. »

Elle prépara du poulet, des pommes de terre au four et du maïs pour le dîner. Starlight et Roth enlevèrent les magazines des chaises et ils s'assirent en silence à la vieille table en bois. La fillette posait de temps à autre sa fourchette et fixait les adultes, et quand elle parvenait à croiser le regard de Starlight ou de Roth, les hommes baissaient les yeux sur leurs assiettes ou les levaient vers un coin du plafond. Sa mère mangeait doucement. Jensen et Maddie étaient partis ; tous les quatre avaient négocié leurs places dans la maison sous une canopée de silence qui n'avait fait que descendre davantage sur eux, si bien que le repas était lourd de malaise. Chaque grattement, chaque cliquetis ne faisaient que l'accentuer. Les hommes terminèrent en premier et restèrent assis, droits sur leur chaise, en attendant qu'Emmy et Winnie aient fini. Quand elle posa sa fourchette, Emmy toussota, se leva et commença à ramasser les assiettes et les tasses pour les mettre dans l'évier. Elle fit couler de l'eau chaude pour le remplir, ajouta de la lessive et resta debout, dos aux hommes, à observer la mousse en train de se répandre ; eux ne cessaient de se jeter des regards silencieux avant de finir par se lever et de délibérément repousser leurs chaises contre la table. Ils observèrent la fillette. Elle tortillait une mèche de cheveux en attendant qu'ils parlent, mais ni l'un ni l'autre ne savait quoi dire, alors ils firent le tour de la table, allèrent à la porte conduisant au vestiaire d'entrée et à la galerie de derrière.

« Au travail, dit Roth.

— Merci », glissa Starlight à Emmy en passant.

Elle hocha la tête et commença à nettoyer une assiette à l'eau savonneuse, en passant une éponge disloquée qu'elle avait trouvée sous l'évier. Ils fermèrent la porte derrière eux et elle entendit le bruit sourd et les mouvements de leurs préparatifs pour la grange.

Plus tard, quand ils revinrent, la maison était silencieuse. Les lampes étaient restées allumées et un feu avait été préparé dans la cheminée. Ils s'assirent dans leurs fauteuils, prirent leurs cigarettes et regardèrent les flammes, à l'affût de bruits de déplacements au-dessus. Ils n'entendirent rien. Finalement, ils attrapèrent leur lecture, fumèrent et lurent jusqu'à ce que l'un d'eux bâille, s'étire et se lève, l'autre lui emboîtant le pas. Roth entra dans la cuisine pour éteindre et appuyer sur l'interrupteur de la cour. Starlight jeta un coup d'œil au séjour, remit les choses en place là où ils avaient été assis, puis il resta sans bouger jusqu'à ce que Roth émerge de la cuisine.

« Tu crois qu'elles auront assez chaud cette nuit ? demanda Roth.

— C'est une vieille maison glaciale.

— La petite pourrait attraper froid.

— Ce n'est pas ce qu'on veut. »

Roth partit le premier vers sa chambre ; ils ouvrirent le placard dans lequel se trouvaient ses quelques vêtements, ainsi qu'une étagère pleine de couvertures, de couettes et de draps. Starlight leva les bras pour descendre deux couvertures de laine. Il en tint une à hauteur de son visage, la renifla.

« Poussiéreuse, dit-il, et elle sent le renfermé.

— On n'en a pas utilisé d'autres que celles qui sont sur nos lits, pour autant que je me souvienne.

— Y doit bien y avoir quelque chose là-haut qui sente pas le vieux. »

Ils passèrent les minutes suivantes à tout

renifler jusqu'à ce qu'ils tombent sur deux courtepointes. Elles étaient en patchwork. Chaque morceau différent et cousu avec soin. Elles avaient l'air chaudes et confortables et les hommes les prirent au creux de leurs bras.

« Comment se fait-il qu'elles soient ici ? demanda Roth.

— Noël. Parfois les femmes du chemin apportaient des choses au vieil homme. Ce sont quelques-uns de ces cadeaux.

— Quand y a-t-il eu une femme pour la dernière fois dans cette maison, Frank ?

— Ça fait un bout de temps, c'est ça que tu veux dire ?

— Ouais. Un bout de temps.

— J'peux pas le dire précisément, mais je suppose que ça a dû être ma mère. Vingt-quatre, vingt-cinq ans, je crois.

— Bon sang. Pas étonnant que cet endroit soit une poubelle.

— Le vieil homme et moi on s'en occupait du mieux qu'on pouvait. Toi et moi ? Un peu d'aide ne pourrait pas nous faire de mal maintenant. »

Ils sortirent de la chambre, les courtepointes dans les bras, et attendirent en bas de l'escalier en écoutant. Il n'y avait pas un bruit en haut. Starlight commença à monter et Roth le suivit, tous les deux attentifs à marcher près de la contremarche, là où ils risquaient de provoquer le moins de craquements. Même si l'escalier, comme tout le reste, était du solide, ils furent néanmoins silencieux. Ils attendirent en haut, scrutèrent le couloir menant à la chambre de devant. Il n'y avait pas le moindre filet de lumière perceptible sous la porte. Ils suivirent le couloir à pas de loup, en se surveillant l'un l'autre.

« Qu'est-ce qu'on fait ? demanda Roth. On les laisse ici, devant la porte ?

— On pourrait, répondit Starlight. Mais elle risque de ne pas les trouver.

— Alors on se faufile à l'intérieur et on les pose sur le lit ?

— Je sais pas. Je voudrais pas les effrayer. »

La maison était silencieuse. Ils s'observèrent, en attendant que l'autre fasse le premier pas. Finalement, Roth entrebâilla la porte, jeta un coup d'œil à l'intérieur, puis fit signe à Starlight de le suivre. Tous deux traversèrent la pièce en direction du lit où Emmy et Winnie étaient collées l'une à l'autre. Dans cette lumière d'un bleu argenté, elles se faisaient face sur l'unique oreiller, et ce repos amena les hommes à retenir leur souffle. Starlight donna alors un coup de coude à Roth, ils avancèrent de chaque côté du lit, déplièrent une courtepointe et en remontèrent le bord sur les corps de ces formes endormies, jusqu'à leurs mentons, puis la laissèrent retomber sur elles comme un rêve. Ensuite ils reculèrent. Ils étudièrent la mère et la fille installées dans la sécurité protectrice de la vieille maison qu'eux connaissaient si bien, puis ils se glissèrent jusqu'à la porte, la fermèrent et restèrent à savourer la paisible majesté de cette vision. Ils avancèrent avec précaution jusqu'à l'escalier. Il n'y avait rien à dire. Roth tourna pour descendre. Starlight le regarda s'éloigner, il resta seul, transfiguré par l'élégance de ce moment qu'ils venaient de partager. Il considéra la porte de la chambre du vieil homme de l'autre côté du couloir et sourit. Puis il fit demi-tour, éteignit le palier et entra dans la sombre caverne qu'était sa chambre. Il se déshabilla, se glissa sous les draps, tira la couverture jusqu'à son menton, tourna sa tête vers l'oreiller, laissa la nuit se replier sur lui et s'endormit.

13

Le feu avait été relancé dans l'âtre quand il descendit l'escalier dans l'univers pourpre du matin. La maison était chaude. Roth était assis dans son fauteuil devant la cheminée, en train de fumer, et il haussa les épaules devant lui en passant. Emmy était en train de faire cuire du gruau et il y avait une odeur de café. Elle dégagea de son visage une mèche folle et il observa son dos droit, ainsi que l'énergie de ses épaules.

« Bonjour, dit-il.

— Il y a du café sur le poêle. Je ne sais pas ce que vous mettez dedans, il y a du sucre et du lait sur la table. »

Elle ne se retourna pas.

« Noir, répondit-il. Pareil pour Eugene.

— Bien, Eugene va devoir se servir tout seul. Comme vous.

— D'accord », dit Starlight.

Il leur servit chacun une tasse et les emporta

au séjour, il haussa, lui aussi, les épaules en direction de Roth en s'asseyant. Ils amenèrent les tasses à leurs lèvres, burent et Roth fit une grimace.

« Ça c'est du café, dit-il.

— Fort, c'est certain », répliqua Starlight.

Emmy passa la porte en essuyant ses mains sur sa jupe :

« Il y a du porridge prêt.

— D'habitude on ne mange pas avant les tâches routinières de la ferme, dit Roth. Juste café et cigarette. Le plus souvent rien qu'une cigarette.

— Bon, à partir de maintenant, vous allez manger. Je vous préparerai un vrai petit-déjeuner pour quand vous en aurez terminé. Il faut qu'on fasse des courses aujourd'hui.

— On en a fait la semaine dernière, rétorqua Starlight.

— C'est que ce que vous avez acheté ne va pas me permettre de vous nourrir correctement. Il va m'en falloir bien plus.

— On n'est pas des très gros mangeurs, ajouta Roth.

— Regardez-vous. Vous êtes épais comme un haricot.

— Je préfère parler d'absence de graisse. Comme chez un puma, vous voyez ? »

Elle secoua la tête d'un air triste.

« Un puma sacrément maltraité, si vous voulez mon avis. On a besoin de choses. Purement et simplement.

— D'accord, approuva Starlight. On pourra aussi en acheter certaines de la liste, si elle est prête.

— Elle le sera. »

Les hommes se levèrent et la suivirent dans la cuisine. Il y avait, posés sur une assiette, une petite pile de tranches de pain fraîchement grillées et de la confiture, et deux bols de porridge fumant. Ils s'assirent maladroitement, peu habitués à la cérémonie des repas. Roth sirotait son café pendant que Starlight étalait de la confiture sur un toast. Lentement. En prenant son temps. Quand il releva les yeux, elle les observait tous les deux, sans le moindre embarras.

« Je jurerais que vous n'avez jamais préparé de petit-déjeuner.

— Oh, si, bien sûr, se défendit Roth. Mais plutôt du genre debout à l'évier et en taillant une bavette à propos du travail à faire.

— Là, c'est différent, c'est certain, dit Starlight.

— Bon, vous m'avez amenée ici pour travailler, et j'ai bien l'intention de m'y employer. Si je dois vous apprendre à manger comme il faut, ce sera une partie de mon travail. J'ai l'intention de vous aider à comprendre que vous avez fait le bon choix.

— Vous vous en sortez bien jusqu'à présent. C'est excellent. Starlight souleva une cuillérée de porridge en guise de salut.

— C'est du porridge. Il faut vraiment y mettre du sien pour rater ça.

— N'empêche, en tout cas merci.

— De ma part aussi, dit Roth. Il se fourra un toast entier dans la bouche, se cala dans sa chaise, mâcha rapidement, puis le fit descendre avec une grosse gorgée de café. Il leur sourit.

— Il va y avoir pas mal à enseigner à certaines personnes. Je le vois déjà », soupira Emmy. Il y avait une étincelle dans ses yeux ; Starlight était heureux de le constater.

« Vous avez bien dormi ? demanda-t-il.

— Ouais, répondit-elle. Très bien. Merci pour les courtepointes. Je n'arrive pas à croire que je ne vous ai pas du tout entendus. Je devais être plus fatiguée que je ne le pensais. En fait, on n'a eu besoin que d'une seule.

— La petite ? Elle a bien dormi, elle aussi ?

— Elle n'est pas réveillée. Dormir dans une camionnette n'est pas une façon de se reposer. Et un paquet de couvertures sur un plancher ne procure pas non plus un bon sommeil.

— Je suis désolé que vous ayez dû subir ça.

— C'était mieux qu'avant. »

Elle regarda le sol et les deux hommes furent sans voix. Ni l'un ni l'autre ne voulait interrompre son silence. Ils mangèrent en gardant un œil sur elle et la virent légèrement trembler, puis se reprendre après une profonde inspiration, et relever la tête pour les regarder.

« Mais je ne vais pas vous ennuyer avec ça, dit-elle. À présent, finissez cette bouillie et allez faire ce que vous avez à faire. Je vous préparerai un vrai petit-déjeuner dans deux heures. J'ai vu un vieux triangle sur la véranda. Je le ferai tinter quand ce sera prêt.

— Ce sera bien, approuva Starlight. On a une petite journée. On pourra aller en ville tous les trois une fois qu'on aura mangé.

— Et moi, ça me laisse faire quoi ? demanda Roth.

— Tu peux faire le tour de la clôture et vérifier si on a besoin de tirer d'autres fils de fer.

— Ça m'a l'air poilant.

— Fais-le en rôdant, dit Starlight. Tu sais, comme un puma. »

Emmy retint un ricanement. Roth sourit, avala son café et suivit Starlight dans le vestiaire d'entrée.

Pendant la première partie du trajet vers la ville, ils demeurèrent silencieux. Winnie était assise entre Starlight et Emmy, au bord du siège, penchée en avant, les mains sur le pare-brise, et observait le paysage qu'ils traversaient, en montrant à sa mère diverses choses du doigt. Emmy, jambes croisées, un bras appuyé sur l'encadrement de la vitre de sa portière, répondait à sa fille par des signes de tête et lui frottait le dos en décrivant de petits cercles. Starlight, agrippé au volant à deux mains, cherchait ses mots. Aucun ne venait. Il conduisait de façon détendue et sans se presser afin que la petite puisse voir le plus possible de paysage. Le silence entre eux avait quelque chose d'un être vivant. Emmy se tortilla sur son siège pour lui faire partiellement face et il la regarda du coin de l'œil.

« Puis-je vous demander quelque chose ?

— Bien sûr.

— Est-ce que je pourrais avoir une petite avance d'argent ? Il faut que j'achète à Winnie des vêtements corrects pour l'école. Elle n'en a pas. Maddie nous a dit qu'elle allait nous donner un jour ou deux pour tout régler avant de nous emmener l'inscrire à l'école. Mais j'ai pensé que comme on allait en ville… »

Starlight hocha la tête.

« Ouais, ouais. Bien sûr. Je peux m'occuper de ça.

— Merci Frank.

— De rien, Emma.

— Emmy. »

Il lui jeta un coup d'œil.

« Merci, Emmy, dit-il.

— C'est toujours Frank ? Pas Frankie ?

— Non. Pas Frankie. Seulement Frank. Franklin, en réalité.

— Je ne vous vois pas comme un Franklin.

— Comment me voyez-vous ?

— Comme un Frank, j'imagine.

— C'est ce que je suis. »

Le silence s'abattit de nouveau sur eux. Winnie se cala dans son siège et s'appuya contre sa mère. Emmy passa un bras sur son épaule. Frank pinça les lèvres et continua à conduire, mais il finit par avoir le cran de regarder Emmy dans les yeux.

« De la manière que vous avez préparé notre nourriture, dit-il, on avait l'impression que vous saviez comment mangent les fermiers. Quelque chose de léger, puis les travaux de routine, et un petit-déjeuner plus conséquent plus tard. Comment ça se fait ?

— Il y a bien longtemps, commença lentement Emmy, j'étais fermière. Ma famille avait une ferme. Je n'en ai pas trop de souvenirs. C'était il y a très longtemps.

— Mais vous n'êtes pas si vieille que ça.

— C'est pas tant les années. C'est comment on les ressent. »

Il l'étudia brièvement, puis se concentra sur la route.

« Ouais, c'est ce genre de vie qui reste en vous. J'ai essayé de partir une fois. J'ai pas pu.

— Où aviez-vous l'intention d'aller ?

— Je ne sais pas. Je n'ai pas pu le décider. Mais une fois arrivé au niveau de la route, je n'ai pas pu m'imaginer ailleurs. Alors, j'ai fait demi-tour et je suis resté. Ce n'est pas énorme, mais c'est à moi et je ne dois rien à personne.

— Beaucoup ont des dettes, je présume.

— Ouais. Mes voisins triment. S'occuper de cette maison et de la ferme, c'est rude. J'ai eu de la chance.

— Dans mon cas, les réserves étaient limitées.

— De chance ?

— Ouais.

— J'ai dans l'idée qu'on se la fabrique soi-même.

— Facile à dire pour vous. Vous en avez eu, de la chance.

— Je suppose que c'est vrai. Moi, je prends les choses pour acquises parfois.

— C'est bien que vous puissiez vous le permettre. »

Il tapota le volant des doigts. Il n'avait jamais été très bavard et quand la conversation arrivait à une impasse, le silence dans lequel il se trouvait enfermé le laissait toujours désemparé. À présent, avec elle, il se sentait aussi emprunté qu'un enfant. Il ne savait pas comment parler aux femmes. Son monde avait été un monde d'hommes et il était habitué à leurs paroles bourrues, hachées, et il aimait ça puisque ça correspondait à sa propre réticence naturelle. Il admirait les hommes comme Roth, qui pouvaient dérouler une conversation comme un vieux tapis bien-aimé, s'y poser et pérorer pendant des heures d'affilée. Parler avait toujours été un combat pour lui. Il se trouvait bien mieux au sein du silence que dans la lumière crue du monde de la parole.

« Désolée d'avoir pu paraître amère », dit-elle.

Il hocha la tête.

« Pas d'importance. C'est peut-être moi qui l'ai mal perçu. Moi, je n'arrive pas à imaginer qu'une histoire soit sans aspérités. La mienne ne fait pas exception.

— C'est un bon mot, *aspérités.*

— Il résume bien les choses en quelque sorte. Non ?

— D'une certaine façon », répondit-elle.

Starlight avait toujours eu l'impression que les mots possédaient leurs propres limites. Pas tant comme des dénouements ou des finalités, mais davantage comme le lieu où ils s'arrêtent. Il y avait une lisière semblable au bord d'une falaise où les mots venaient vaciller, l'interruption de leur flux, soudaine, grisante sous l'impact de leur chute à la verticale, de sorte que, pendant un instant, tout était déséquilibré. Il lui semblait que le choix du suivant déterminait assurance ou effondrement, même s'il ne parvenait pas à mettre cette idée en mots. Par contre, toujours il le sentait. Sa nature taciturne était bâtie sur le silence jusqu'à ce qu'il ait pu mettre en forme ce qui allait immédiatement suivre. À ce moment précis, il n'était pas en mesure de le faire, il laissa donc la conversation s'éteindre et ils roulèrent en silence.

Quand ils entrèrent dans Endako, il ralentit pour qu'elles regardent. La fillette s'agenouilla sur les cuisses de sa mère et se pencha par la vitre ouverte. Les gens sur le trottoir faisaient signe à Starlight et il levait une main cordiale ou il hochait la tête. Winnie saluait fiévreusement de la main. Emmy demeurait imperturbable, le regard droit devant elle. Il percevait des questions sur les visages de ses voisins. Après s'être garé dans la rue principale, il commença à marcher, Emmy et Winnie le suivirent, et lui disait bonjour aux gens qu'il croisait.

« Ils vous connaissent bien, dans le coin, dit Emmy.

— J'y ai passé toute ma vie.

— On doit se sentir à l'aise.

— Je ne connais pas d'autre façon de me sentir. »

Elle hocha la tête d'un air grave et s'ajusta à son rythme. Ils marchaient côte à côte, Winnie tenant la main d'Emmy. Elle remarqua que les gens qu'ils croisaient fronçaient les sourcils, déconcertés, et quand ils tentaient de capter son regard, elle baissait la tête en tirant la fillette à elle.

« Je ne sais pas ce que vous cherchez, mais tous les magasins sont dans ces quelques pâtés de maisons, donc dites-moi quand vous voyez quelque chose que vous aimeriez regarder, proposa Starlight.

— Là, ça me paraît bien, répondit Emmy en montrant une petite boutique de vêtements.

— Je vais juste à la banque. Je serai devant quand vous aurez terminé et que vous serez prête à payer. »

Il s'éloigna à grands pas. Les gens de la ville étaient partout, le temps doux et le soleil les avaient fait sortir, il alla tranquillement à la banque, fit la queue pour attendre qu'une caisse se libère et observa les gens en plein travail. Il était attiré par les gens. Il les trouvait fascinants. Ils étaient aussi particuliers que les créatures sauvages et il admirait chez eux les germes de sauvagerie qu'ils révélaient lorsqu'ils ne faisaient pas la chose attendue ou appropriée. Il songeait que s'il avait mieux su parler il aurait même pu éprouver le désir de les photographier tout comme il le faisait avec les animaux.

Un grand escogriffe portant un Stetson, des bottes, une chemise en denim délavé avec son pantalon de ville, retenu par des bretelles, se retourna pour s'adresser à lui.

« Je vois que vous avez pris en charge cette voleuse et la petite, Frank, hein ?

— J'ai pris en charge une femme et une enfant qui avaient besoin d'aide, c'est tout.

— On est un certain nombre à penser que ça pourrait être perçu comme bizarre pour vous. Roth et vous. Deux célibataires vivant sous le même toit qu'une femme, ça fait pas très correct.

— Voyez-vous, Chapman, répondit lentement Starlight, il y a deux choses que vos amis et vous n'êtes pas sans savoir sur mon compte.

— Et c'est quoi ?

— Eh bien, vous savez que si j'en ai la possibilité, je rendrais service à quiconque a besoin d'aide. C'est la première. La seconde, c'est que je ne tolère pas qu'on tienne des discours irrespectueux sur quoi que ce soit. »

Il inclina la tête, souleva un sourcil et regarda l'homme d'un air sérieux.

Chapman blêmit.

«J'avais pas l'intention de manquer de respect, Frank. Je m'excuse si vous l'avez ressenti comme ça. C'est juste que, bon, vous savez. C'est une petite ville. On raconte des choses.

— Y a rien à raconter.

— C'est juste que comme vous êtes Indien et qu'elle est blanche… »

Starlight secoua tristement la tête, sans jamais quitter Chapman des yeux.

« De toute ma vie, être ce que je suis n'a jamais causé le moindre problème à quiconque sur quoi que ce soit. Je ne m'attendais pas à ce que ça commence maintenant.

— Je ne dis rien de particulier, Frank.

— Pourquoi dire quelque chose alors ?

— Les gens parlent, c'est tout.

— Les gens comme vous. Vous en dites quoi, Earl ? »

Chapman pivota rapidement la tête en direction des caissiers. Il y avait encore trois personnes devant lui. Il se retourna, regarda Starlight, il était agité et nerveux comme un bouvillon coincé par une clôture. Il souffla un grand coup, piétina, fourra ses mains dans les poches de son pantalon. Il jeta un coup d'œil par-dessus l'épaule de Starlight, puis, par la porte, dans la rue.

«Je crois que je dis "Soyez prudent, Frank". Ce genre de chose ? Disons, que ce n'est pas ce qu'on fait par ici. Ça rend les gens nerveux.

— Je suis toujours le même depuis des années.

— Je sais. Je regrette d'avoir dit quelque chose.

— C'est bien que vous l'ayez fait, Earl. Bien que je sache comment certaines personnes réagissent. Certaines personnes. Pas toutes. Vous entendez ? »

Chapman le dévisagea, l'air sérieux.

« J'entends. »

Un caissier appela Chapman, qui se retourna pour aller jusqu'au comptoir sur lequel il appuya ses deux avant-bras. Starlight sentit une main sur son coude, il tourna la tête. Il y avait une dame très comme il faut, en jupe marron et très chic chemisier blanc à volants, qui le regardait attentivement par-dessus ses lunettes.

« C'est une petite ville, commenta-t-elle. Vous pouvez toujours être sûr qu'il y aura quelque chose qui méritera d'être raconté plus tard, pas vrai, Frank ? »

Il sourit.

« C'est sûr, Mrs. Gaines.

— Ne vous inquiétez donc de rien. Il est préférable que cette ville compte dans sa communauté des jeunes hommes corrects comme vous. Moi, par exemple, j'applaudis à deux mains ce que vous faites, et si vous ou cette femme ou cette fillette avez jamais besoin de quelque chose, vous savez où je suis. »

Elle lui adressa un sourire.

« Emma, dit Starlight, et la petite s'appelle Winnie. »

Il entendit appeler son nom et alla s'installer au comptoir.

« N'oubliez pas de passer le bonjour de ma part à Emma et Winnie. Et Chester se joint à moi, dit Mrs. Gaines.

— Je n'y manquerai pas, répondit-il par-dessus son épaule. Et dites à Chester que j'ai du pâturage pour vingt têtes de bétail, s'il en a besoin.

— Je le lui dirai. À bientôt, Frank. »

Emmy finissait tout juste ses achats dans la boutique quand Starlight franchit la porte. Il lui tendit une enveloppe qu'elle prit et porta à deux mains devant elle, à hauteur de la taille, puis leva les yeux sur lui. Elle était grande, mais il lui fallait relever la tête pour le regarder bien en face. Elle ne trouvait pas ses mots, alors elle examina l'intérieur de l'enveloppe.

« C'est trop, dit-elle.

— J'ai pensé que vous aussi pourriez avoir besoin de quelques vêtements neufs », remarqua-t-il.

Elle posa une main sur sa bouche. Il la voyait cligner des yeux ; il se sentit gêné et parcourut le magasin des yeux.

« Oui, finit-elle par répondre. Je vais juste aller chercher deux, trois trucs.

— Prenez votre temps. »

Elle hocha la tête. Ni l'un ni l'autre ne bougea. Il enfonça ses mains dans ses poches et se balança sur la pointe des pieds, mais ça le rendait encore plus mal à l'aise, il étendit donc le bras et tripota une chemise d'homme pendant qu'Emmy s'éloignait. Il déambula dans le secteur, trouva la fillette qui tenait un pull en faisant des pirouettes devant un miroir. Elle vit son reflet, baissa le pull et le regarda, inquiète.

« Pardon, dit-elle.

— Pour quoi ? demanda-t-il sur un ton calme en s'asseyant dans un fauteuil près des cabines d'essayage.

— Vous nous achetez ça parce qu'on peut rien s'acheter nous-mêmes. Maman dit qu'il faut que je sois courtoise.

— Faites-vous plaisir, c'est tout.

— C'est quoi "courtoise" au fait ? »

Il écarta les mains. Elle vint se mettre devant lui, le pull était par terre, alors il allongea le bras pour le ramasser et le posa sur les épaules de la fillette. Elle sourit.

« Les mots comme celui-là et moi, on ne se rencontre pas souvent, dit-il. Eugene est un homme de mots. Mais s'il fallait que je devine, je dirais que ça veut dire que nous sommes censés être très sérieux et graves.

— Ça ressemble à quoi ? »

Il esquissa une grimace sévère et posa son regard sur le sol. Winnie éclata de rire.

« Je ne crois pas que j'y arriverai sans rigoler », dit-elle.

Starlight rit.

« Moi non plus, à vrai dire. Mais je crois que “être courtois” c’est se comporter comme on aimerait que les autres le fassent.

— D’accord, dit Winnie. Absolument. D’accord.

— Alors je pense que t’as parfaitement saisi “courtois”. »

Elle se remit à faire ses lentes pirouettes devant le miroir. Emmy s’avança jusqu’à lui les bras chargés de vêtements. Elle avait les joues rouges.

« Il va me falloir une éternité pour vous rembourser ce que vous m’avez donné, dit-elle. Mais j’ai tout dépensé.

— Vous allez le gagner, c’est tout. Vous ne devrez rien.

— Ça fait tellement longtemps qu’on n’a pas eu de vêtements neufs. On est habituées aux vieux. Ou aux bonnes œuvres. Parfois aux soldes des cordes à linge aussi, j’ai honte de l’avouer. »

Il la regarda d’un air bienveillant.

« On n’a pas toujours le choix.

— Vous avez fait ça, vous ?

— Moi ? Non. Mais je n’ai pas eu grand besoin de beaucoup de choses. Quelques vêtements simples, ordinaires, ça m’a toujours paru parfait. C’est comme ça que j’ai été éduqué, je suppose.

— Ça me paraît bien. Il n’empêche que ça fait plaisir d’avoir des vêtements de rechange.

— C'est bien pour la petite.

— Oui. Merci beaucoup pour tout ça.

— Ça fait partie de notre contrat. Allez payer, je vais vous attendre dehors et je vous aiderai à tout porter jusqu'à la camionnette. »

Emmy tourna les talons, invita Winnie à la rejoindre à la caisse, regarda par-dessus son épaule et fit signe de la main à Starlight. Il souleva gauchement une main, la laissant en l'air jusqu'à ce qu'elle disparaisse. Il sortit du magasin, s'assit sur un banc en bois près de la porte. Des gens passaient à côté de lui et il saluait ceux qu'il connaissait. Il envisagea une cigarette, mais comme il n'y avait pas de cendrier proche, il garda son matériel dans sa main et, les avant-bras posés sur les cuisses, il se pencha et considéra la circulation. Cet échange avec Chapman lui avait déplu. Ça le perturbait, mais il n'avait pas les mots pour organiser ses pensées à ce sujet. Il resta donc assis pour calmer ses émotions et quand il se sentit mieux, il se leva, s'étira et s'appuya au mur pour attendre. Emmy et Winnie émergèrent quelques minutes plus tard. Il la soulagea de trois sacs et la laissa en porter un plus petit dans chaque main. Ils avancèrent lentement jusqu'à la rue, tandis que Winnie sautillait devant eux. Il fut attentif à bien regarder dans les yeux tous les gens qu'il croisait. Il rangea les sacs dans le coffre du vieux pick-up et s'apprêtait à aller à pied à l'épicerie deux pâtés de maison plus loin.

« Vous allez laisser ça ici à la vue de tout le monde ? demanda Emmy.

— C'est une bonne ville. Personne ne va s'intéresser à vos affaires.

— Vous en êtes sûr ?

— Aussi sûr que pour tout le reste.

— C'est pas le genre d'endroit auquel je suis habituée.

— Il est facile de trouver son équilibre ici. Il suffit de marcher. Vous verrez.

— On doit penser que je ne vaux pas grand-chose.

— Pour autant que je sache, c'est l'opinion que vous avez de vous-même qui compte. Ce que j'ai vu de vous jusque-là ? Vous n'avez aucune raison de baisser les yeux devant quiconque. »

Elle s'arrêta pour lui faire face.

« Vous ne me connaissez pas.

— C'est vrai, mais comme je vous ai dit, je crois que les choses sauvages m'attirent.

— Je sais. Je me suis posé la question. Que vouliez-vous dire précisément ? »

Il pinça les lèvres et leva les yeux au ciel. Elle le regarda réfléchir à sa question et quand il la fixa, c'était avec sérieux ; elle attendit qu'il formule sa réponse.

« Je ne peux pas vraiment le dire précisément, finit-il par avouer. Mais je pense que je vais pouvoir vous montrer. »

Ils entrèrent chez Deacon's et la sonnerie annonça leur arrivée. Deacon était au téléphone, et tout en ayant l'air surpris de le voir, il lui fit signe, puis replongea dans sa conversation. Tous trois flânèrent dans le studio. Winnie était fascinée par les photos. Elle se tenait bouche bée en face d'elles et quand Starlight leur fit traverser le bureau pour aller dans la salle où étaient accrochés ses clichés, elle se précipita la première, se tint dans un halo de lumière et observa, médusée, toutes ces images. Emmy alla de tirage en tirage. Elle contempla avec concentration ces créatures dans leurs cadres et sous leurs verres, que l'objectif avait saisies et rendues avec tant de magie. Starlight attendait, immobile, qu'elles se soient imprégnées de chacune d'elles.

« Elles sont incroyables, dit Emmy. C'est le même photographe qui a pris tous ces clichés ?

— Ouais, le même gars.

— C'est comme si on les voyait respirer. Je comprends pourquoi vous les aimez. Moi aussi, je les aime. Je les aime vraiment.

— Tu crois que je pourrais en avoir une pour notre chambre ? » demanda Winnie.

Deacon fit une entrée théâtrale.

« Eh bien, petite demoiselle, je suis certain que Frank se ferait un plaisir de te laisser suspendre une de ses épreuves dans ta chambre. Je m'appelle Deacon. Ceci est mon studio. »

Il tendit une main à Emmy, qui la prit, stupéfaite, les yeux posés sur Starlight qui fixait le sol. Puis Deacon mit un genou au sol et tendit une main à Winnie. Elle la prit, surprise, dévisageant Deacon qui rit en tendant le bras pour ébouriffer les cheveux de Winnie.

« Emma Strong et sa fille, Winnie, dit Starlight.

— Emmy, dit-elle.

— Vous savez, je suis extrêmement fier de faire votre connaissance, Emmy. La tienne aussi, Winnie. Je vois que tu as l'œil pour repérer les bonnes images.

— C'est comme aller au zoo », dit Winnie.

Deacon rit.

« Oui, oui, je suppose que c'est ça. Frank est un vrai magicien quand il s'agit de s'approcher d'animaux. »

Emmy le regarda, perplexe.

« Ce sont les vôtres ? C'est vous qui les avez prises ? »

Starlight ébaucha un hochement de tête.

« Frank est une merveille, dit Deacon. Ses photos sont en train de devenir célèbres. Je suis fier d'être son agent. On devient une sacrée équipe, en fait.

— Comment ? Comment est-ce que vous réussissez à faire de tels clichés ? Je n'ai jamais rien vu de pareil », s'étonna Emmy.

Starlight balaya la pièce des yeux. Puis il en fit le tour pour examiner différents tirages, les trois autres, debout où il les avait laissés, en train d'observer son évaluation silencieuse. Quand il se retourna pour leur faire face, le cercle de lumière dans lequel il se tenait faisait paraître sa peau plus sombre, durcissait ses traits, mais avec l'expression décharnée d'un guerrier d'autrefois, et quand il redressa la tête pour les regarder, il y avait une lueur d'obsidienne dans ses yeux ; eux, hypnotisés, attendaient que les paroles tombent.

« Les êtres sauvages, commença-t-il. Ça m'a toujours paru un peu erroné de dire ça d'eux. Ils ne sont pas sauvages. En tout cas, pas comme la plupart des gens le conçoivent. Observez-les. Voyez comment ils sont les uns envers les autres. Ils sont plus dociles que nous. Je crois que c'est parce qu'ils savent d'emblée comment aimer et que nous, nous devons l'apprendre. Je vois cela en eux. Comment l'amour les rend dociles. Pas seulement entre eux. La nature. Son mystère. L'attraction de la lune. Le ciel. Toute l'atmosphère qui s'en dégage. C'est ce qui m'attire. Cette grande ouverture qu'ils offrent. C'est ce que j'essaie de ressentir quand je suis avec eux. Ce que j'essaie de voir et de saisir, si j'ai de la chance. Cette authenticité. »

Il traversa la pièce et se tint face à Emmy.

« Vous dites que je ne vous connais pas. Il se pourrait que je voie plus de vous que l'inverse. Vous et votre fille. Cet amour inconditionnel. Moi, je pense que ça vaut d'être préservé. »

Il sortit de la pièce tandis que les autres restèrent à le regarder partir. Aucun d'eux n'avait envie de parler.

14

Cadotte était appuyé à la balustrade de l'escalier de secours à l'arrière de leur chambre d'hôtel, les yeux au loin sur la ville. Ses reliefs, ses perspectives. Il y avait, sous la fraîcheur de l'air matinal, un léger relent d'essence, de fumée et d'ordures. Il scrutait cette ville d'un œil mauvais. Il en sentait le goût au fond de la gorge. Le vernis de crasse. Il détestait les villes. Aucun ordre n'y régnait. Le fatras général le décontenançait; il voulait la sécurité des grands espaces, la nature exubérante où les choses se comportaient comme on l'attendait et où on pouvait même lire dans le ciel, si l'on prenait le temps d'apprendre son langage. Mais ces pensées étaient étranges chez lui. Il en tenait la gueule de bois responsable et avait envie de se descendre une gorgée du cruchon qui était sous son lit. Il prit le temps d'allumer une cigarette, fit courir son regard tout le long de l'avenue où les camions des éboueurs roulaient lentement, leurs lumières ambrées clignotant, et se demanda s'ils la trouveraient ici. Se demanda où elle avait bien pu choisir de se cacher. Se demanda si elle arriverait à le sentir tapi, en quête de sa proie. Se demanda si le tranchant aiguisé de la peur lui titillait le ventre et rendait ses nuits longues et difficiles. Il l'espérait. Il voulait cela pour elle. Il voulait qu'elle sente approcher la force de sa vengeance, aussi implacable qu'un coup de tonnerre. Il fit courir une main le long des arêtes plissées d'une cicatrice à l'arrière de sa tête. Salope. Il avait encore des vertiges, il lui était difficile de se concentrer pendant ces périodes où il n'était pas embrouillé par la boisson comme maintenant, appuyé sur un escalier de secours rouillé derrière un trou à rats de chambre donnant sur une ruelle désespérée pleine de seringues, de préservatifs, de vêtements, de détritus, de vieilles télévisions à l'abandon, et les formes avachies des poivrots et des gamins des rues, mais aussi de ceux qui se sont fait casser la gueule, des paumés et des brisés de la vie qui allaient bientôt se lever pour prendre leur place dans les sinistres files devant des lieux où manger, chier et profiter d'un moment de soulagement, quelle qu'en soit la misérable nature. Il n'avait pas de temps à perdre avec ces sans-espoirs. Elle seule l'amenait ici.

Encore un compte à régler quand il l'aurait trouvée. Il la trouverait. Il en était certain. Ce n'était que Calgary. Ce n'était que le début de ses recherches. Quand il y réfléchissait, il se voyait la traquer avec Anderson exactement comme ils débusqueraient un cerf. Lentement, patiemment, se fondant dans le paysage, invisibles, silencieux, les lames affûtées et prêtes à couper dans le vif, à trancher la gorge d'un geste résolu, et le sang giclerait aussitôt, et alors, le sentir coller à ses paumes et à ses doigts et en avoir le goût cuivré et poussiéreux sur les lèvres. C'est ce qu'il voulait. C'est ce qui le poussait. Cela et la sensation du feu sur sa peau. Elle ne le quittait pas. Ces plaques brûlées et grillées où aucun poil ne repousserait, que même le sang avait apparemment pris l'habitude d'éviter, c'est pourquoi il les frottait toute la journée, et ce bruit sec sur sa paume faisait remonter sa rage face à la proximité d'une mort qu'il n'avait pas invoquée lui-même.

Il entendit Anderson grogner par la fenêtre ouverte. Il écrasa sa cigarette qu'il lança dans la ruelle. Aujourd'hui leur chasse allait commencer.

Il ouvrit la porte, passa entre les lits, puis s'assit et chercha à récupérer le cruchon sous le sommier ; il le sortit, dévissa le bouchon et se lesta. Il s'essuya la bouche du revers de la main. Anderson était allongé sur le côté et l'observait. Il lui retourna son regard et lui tendit le cruchon.

Anderson se remit sur le dos, se remonta pour s'appuyer contre la tête de lit, s'empara du récipient et but. Il le plaça entre ses jambes.

« Alors, Jeff, c'est quoi le plan ?

— Avec ce que j'ai jusque-là, pas grand-chose, répondit Cadotte.

— C'est encourageant.

— Bon sang, c'est une grande ville. Alors j'ai pensé qu'on fouillerait quartier par quartier. Comme elle a pas trop de fric, elle va traîner à la recherche d'un pauvre bougre qui la ramènera chez lui. Peut-être qu'elle l'a déjà trouvé. Elles doivent pas être bien loin. Il suffit qu'on repère les revendeurs d'alcool, les troquets de seconde zone ou les petits bars pourris où on joue de la country et en deux temps trois mouvements, c'est réglé.

— Aussi facilement ? demanda Anderson.

— Elle va laisser des traces plus visibles qu'un orignal bourré.

— Tu crois ?

— Sacrément, ouais. Elle en connaît pas lourd. Elle va pas aller n'importe où. Elle sait pas faire grand-chose. On peut pas dire qu'elle ait inventé la poudre.

— Je pense pas. N'empêche, il doit bien y avoir un ou deux trucs qu'on a pas imaginés. »

Cadotte saisit la bouteille, s'envoya une goulée et approuva de la tête.

« Peut-être bien. Mais ça m'étonnerait. Elle m'a jamais paru avoir de jugeote pour autre chose que le plumard.

— Peut-être qu'elle est différente. Elle doit bien savoir qu'on est après elle.

— Elle est même pas certaine qu'on respire encore. Si ça se trouve, elle croit que toi et moi on s'est fait bouffer par le feu.

— Je me demande pourquoi elle a pas mis le feu pour de bon ?

— Si, c'est ce qu'elle a fait. Cette foutue cabane allait s'enflammer comme du bois sec. Elle le savait. Et ce pin noueux allait faire sauter des braises dans tous les sens. Ça aussi elle le savait.

— Je me demande si elle nous donnait une chance ? »

Cadotte s'affala de nouveau sur le lit en laissant ses bottes pendre à l'extrémité. Il but encore un coup, tendit la bouteille à Anderson sans le regarder.

« Tout ça c'est des paroles en l'air. Elle s'est imaginé que les pompiers trouveraient la grille du poêle ouverte en grand, qu'ils penseraient qu'on était bourrés et qu'on s'était endormis comme ça. Que c'était de notre faute. C'est la seule décision intelligente qu'elle ait prise. Ça la dégage de tout soupçon.

— À part les blessures au couteau et les coups.

— J'te l'ai dit. Ils vont croire qu'on était bourrés et qu'on faisait n'importe quoi. Qu'on s'est battus.

— Ça fait beaucoup de choses à croire quand tu crèves de trouille.

— T'es de son côté, Anderson ?

— Foutre non. J'essaie encore de voir s'il y a pas des combines auxquelles on a pas pensé. De comprendre comment elle a pu réfléchir. Comme peut-être qu'on lui serait tellement reconnaissants de ne pas avoir grillé qu'on la laisserait filer.

— Filer, tu parles. Elle va avoir ce qu'elle mérite.

— Et la petite ? »

Cadotte mit les mains derrière sa tête et fixa le plafond. Anderson but et le contempla en pleine réflexion. Il posa la bouteille sur le sol ; elle fit un bruit sourd dont l'écho étouffé fut réverbéré par les murs nus. Cadotte balançait ses jambes au bord du lit, il se redressa pour s'asseoir, fixant Anderson d'un œil dur et vide.

« Pas de pause. Pas de pitié. Une affaire sur laquelle on reviendra pas », dit-il.

Livre II

Traqueur de cerfs

1

Ils étaient en train de chauler la clôture de la cour principale. La matinée était chaude et ils avaient tous deux ôté leurs maillots de corps. Une cigarette pendait aux lèvres de Roth, qui tirait dessus tout en travaillant. Starlight s'activait soigneusement, si bien que les mouvements du large pinceau sur les larges planches n'envoyaient aucune éclaboussure sur l'herbe à ses pieds. Ils étaient rapides et efficaces: le travail avait bien avancé depuis que la rosée s'était évaporée. Ils entendirent la gravelle crisser, ainsi que le claquement de petites pierres contre la caisse et les roues du véhicule avant qu'il ne tourne pour entrer lentement dans la cour. Ils continuèrent à travailler.

« Bonjour Frank. Eugene.

— Bonjour Maddie. Starlight n'avait même pas relevé les yeux.

— Comment avez-vous su que c'était moi ? demanda-t-elle.

— Une voiture ne fait pas le même bruit qu'un pick-up. Un pick-up va provoquer davantage d'écho depuis la grange.

— Ça aurait pu être n'importe quelle voiture.

— Possible, mais ce n'était pas le cas.

— À vrai dire, Maddie, c'est que nous ne voyons pas beaucoup de circulation, commenta Roth. Procéder par élimination ici, c'est pas mission impossible.

— Vraiment, vous deux, vous êtes une constante source de surprise pour moi.

— Des fermiers, c'est tout, remarqua Roth. On finit par avoir de bonnes oreilles avec l'habitude. Un nez et des yeux aussi. »

Elle sourit. Ils étaient debout devant elle comme deux gamins attendant des instructions. Ils avaient l'air tellement innocents, tellement enthousiastes avec leurs visages rasés et récurés, de toute évidence ils faisaient des efforts à cause de la présence d'Emmy et de Winnie. Ils rentrèrent un peu les épaules et la fixèrent en haussant les sourcils. Elle faillit éclater de rire.

« Il faut que je vous parle de quelque chose, Frank. C'est à propos de Winnie.

— Vous voulez que je m'éloigne ? demanda Roth.

— Non. Tu es également concerné. Tu dois tout entendre. Si vous êtes d'accord, en tout cas, Maddie, dit Starlight.

— Pas de problème. Vous avez raison, Eugene doit aussi entendre ce que j'ai à dire.

— Eugene, murmura Roth. C'est pas un nom convenable pour un homme. Une mule, peut-être. Un bon chien de chasse ou un mouton. »

Ils rirent et Starlight les emmena jusqu'à des chaises en bois installées sous un arbre. Ils s'assirent, les hommes se penchèrent en avant et la regardèrent.

« Winnie rencontre des difficultés à l'école, dit Maddie.

— Elle ne comprend pas assez vite ? demanda Roth. Elle nous a pourtant paru intelligente ici.

— Ce n'est pas cela. Elle est capable de faire le travail et elle le fait. C'est juste qu'elle semble avoir du mal à s'entendre avec les autres enfants. Surtout les garçons. Elle se bat avec eux. Elle a déjà provoqué deux altercations. Pendant la dernière, elle a fait saigner Miles Paterson du nez.

— Un petit couillon morveux, ce Miles, dit Roth. J'ai toujours pensé que c'était une vraie poule mouillée dans la cour. Se battre avec des filles, c'est pas un truc de gars, ça.

— Eugene, intervint doucement Starlight. Quel est le problème, selon vous, Maddie ?

— Il dépasse largement la question d'adaptation d'un nouveau venu dans la classe, Frank. Apparemment, elle a juste un mauvais comportement avec les garçons. Ils la taquinent, se moquent comme le font parfois les garçons et elle réagit. Ce n'est pas bien.

— Vous avez parlé à Emmy?

— Je vais le faire. Mais je voulais d'abord vous soumettre une idée.

— À quel sujet?

— Disons que c'est un peu tiré par les cheveux et vous allez pouvoir me dire si une chose pareille vous paraît trop bizarre, ou si c'est simplement trop demander.

— Allez-y, Maddie.

— J'ai une de vos photos dans mon séjour. Celle que vous avez faite du héron dans le brouillard. C'est elle qui m'a donné l'idée. Je trouve que cette photo dégage beaucoup de paix, de sérénité, un calme communicatif. Je me demandais si être dans la nature pourrait aider Winnie. Je me demandais si vous pourriez passer du temps avec elle là-bas et lui montrer ce que vous y découvrez, cette connexion avec quelque chose de plus grand; peut-être réagirait-elle à cela.

— Réagir comment? s'enquit Starlight.

— Avec le même calme, j'espère. Je suis inquiète. Ni l'une ni l'autre ne parlent jamais d'où elles viennent. Mais je sais qu'elles s'enfuyaient. Personne ne fait en toute tranquillité le type de choix qu'Emmy a fait. Elle avait peur. Winnie aussi. Elles ont encore peur.

— Elles sont un peu comme des chats sauvages, ces deux-là, commenta Roth. Craintives. Elles se sauvent et se cachent facilement.

— C'est pour cela que je m'inquiète pour Winnie, ajouta Maddie. Je pense que ça a un rapport avec les hommes.

— Si vous pensiez une telle chose, pourquoi avoir imaginé qu'ici c'était un endroit pour elles ? demanda Starlight.

— C'est que vous deux, vous n'êtes pas vraiment des hommes. »

Ils se regardèrent, puis posèrent leur regard sur elle.

« Ah bon ? » demanda Roth.

Maddie rit.

« Désolée. Je me suis mal exprimée. Ce que je voulais dire, c'est que vous n'êtes pas des hommes typiques. Vous êtes dur et bourru, Eugene, mais vous êtes docile et doux au fond. Et Frank, vous avez toujours été poli, bien élevé et fort. Vous êtes tous les deux des gentlemen. Vous n'avez pas besoin de vous forcer. Vous ne faites pas semblant. Vous êtes juste de bons gars par nature. Je pense que c'est ce qu'elles ont besoin de voir au quotidien, parce que je suis convaincue que ce qu'elles ont vécu est à l'opposé. »

Starlight l'étudia un moment, puis du bout de sa botte, donna un coup pied dans l'herbe.

« Elle est forte, c'est sûr, dit-il, mais elle est soutenue. J'imagine que si son soutien disparaissait, elle dépérirait et s'enfoncerait aussitôt sous terre.

— C'est une bonne analyse, Frank. Je crois que ce qui la soutient c'est la rage. Winnie aussi. Sauf que c'est une enfant et qu'elle s'approprie ce qu'elle ressent chez sa mère. C'est pour ça qu'elle se bat avec les garçons. Ils représentent ce qu'il y a de plus proche de ce qui est à la source de la colère de sa mère – et de la sienne. »

Les deux hommes hochèrent solennellement la tête.

« Quelle honte, se désola Roth. Qu'une petite fille ait à porter ça. Moi, je crois qu'un homme capable de rendre une fillette comme ça, il faut l'abattre et lui pisser dessus.

— C'est plutôt radical, dit Maddie. Mais, oui. Il aurait à répondre de cela. Et je pense que ce n'est pas le résultat d'un seul épisode. Je pense qu'Emmy a fait quelques rencontres abominables en son temps.

— Un cheval à moitié débourré, commenta Starlight.

— Pardon ? » demanda Maddie.

Il la regarda et il vit monter le chagrin dans ses yeux.

« À moitié débourré. Comme quand vous faites faire au cheval le travail préparatoire, puis que vous abandonnez avant d'avoir fini de lui apprendre à porter des charges. Il restera toujours à moitié débourré. À moitié dressé. À moitié lui-même. À moitié un cheval.

— C'est une bonne métaphore pour Emmy, commenta Maddie. Mais je faisais référence à l'effet sur Winnie.

— Moi aussi », dit Starlight.

Elle le regarda ; il se leva et fixa l'épine montagneuse tout au bout du pâturage.

« Frank, vous pensez que ça pourrait aider ? Ce que je suggère ? Seriez-vous prêt à le faire ? »

Il posa les deux mains sur ses hanches, étira son cou et cambra le dos. Quand il se retourna, il haussa les épaules et pivota le torse. Il la regarda droit dans les yeux.

« Là-bas, tout est prévisible. Naturel. Il m'a toujours semblé que le meilleur endroit pour apprendre la confiance, c'était là-bas, dans la nature. On apprend à lui faire confiance et on apprend à se faire confiance quand on est confronté à elle. Il est facile de s'y déplacer quand on sait où on met les pieds. Le respect vient de ça. Tout comme le courage. L'humilité. Même une forme sommaire de courage. La confiance, peut-être. Mais je sais qu'on finit par l'aimer. »

Maddie et Roth l'observaient et attendaient, mais il ne leur offrit rien de plus.

« Vous allez le faire ? demanda-t-elle doucement.

— La nature ne m'aurait rien appris si je ne le faisais pas », dit-il, puis il fit signe à Roth, alors les deux hommes traversèrent la cour et se remirent à l'ouvrage. Maddie les regarda se livrer à leur travail d'équipe silencieux, hocha la tête, se leva et se dirigea vers la maison pour aller discuter avec Emmy.

Elle le trouva en train de fendre du bois qu'il jetait dans une remorque accrochée à un tracteur. Il faisait chaud et il transpirait abondamment, mais le travail avait l'air de lui donner de l'entrain et elle resta un instant à l'observer. On le sentait résolu. Elle trouvait que c'était une tâche implacable et sans intérêt, mais il était concentré dessus. Il était leste, rapide, précis, et la remorque se remplissait vite. Elle avança pour qu'il la voie au moment où il se pencherait pour récupérer la masse appuyée sur un piquet de la clôture et ferait demi-tour pour retourner au tas de rondins qui attendaient d'être fendus. Il s'essuya le front avec son avant-bras, hocha la tête et marcha rapidement jusqu'au tracteur; il enfila sa chemise par-dessus le maillot de corps avec lequel il travaillait.

« Emmy, commença-t-il, et il but à une bouteille de plastique.

— Je me revois en train de regarder mon père quand il effectuait ce genre de travail.

— Vous disiez qu'il était fermier.

— Ouais, mais il faisait aussi plein d'autres choses. On a beaucoup déménagé. Il a travaillé dans la construction, dans la démolition, il a été conducteur d'engins parfois. Mais c'est quand il abattait, coupait et tronçonnait pour nous qu'il paraissait le plus paisible, d'après ce que je me rappelle.

— Moi aussi j'aime ça. M'occuper des choses, quoi. L'idée de chaleur, vous voyez?

— Oui. J'aime le feu de bois.

— Eugene me harcèle tout le temps pour que j'installe une chaudière. Moi ? Je préfère l'ancienne mode. Une maison se réchauffe bien avec une cheminée.

— Vous êtes parents ? Vous et Roth ?

— Non. Eugene est arrivé comme garçon de ferme il y a quelques années. Ça devait être saisonnier, mais il a passé un premier hiver ici et quand le dégel est arrivé, ça paraissait tout simplement normal qu'il reste. On a vu plusieurs dégels ensemble maintenant.

— Je l'aime bien. Il est drôle.

— Il est taillé dans du bois brut, mais il a bon cœur. Il sait bien raconter les histoires, il travaille comme personne. J'ai confiance en lui. Il est mon ami. Je ne me vois pas faire tourner cette propriété sans lui désormais. En fait, je ne sais pas si je le voudrais. »

Elle s'approcha, enjamba les rondins et quand elle fut proche de lui, elle en redressa un sur lequel elle s'assit. D'un coup de botte, Starlight en mit un debout et s'assit à un mètre d'elle. Tous deux laissèrent leurs regards se porter au-delà du pâturage. Ils discernaient les replats blancs des pics lointains, ainsi que le ciel d'un bleu profond qui les surplombait. Pas un nuage. Le calme.

« Pourquoi est-ce que vous voulez faire ça, Frank ? Pour Winnie. Vous ne nous connaissez pas. Il me semble que vous avez déjà tellement fait en me donnant ce travail, en nous laissant nous installer ici, en nous aidant à démarrer. »

Starlight approuva de la tête et regarda ses pieds. Pour lui, peser ses mots était quasiment physique. Elle l'observa penser, lèvres pincées, mâchoires fermes, avant de relever la tête et de parcourir des yeux l'aire de travail, pour les arrêter sur le vieux tracteur.

« L'homme qui m'a élevé n'était pas mon père, finit-il par dire. Mon père était un ivrogne. C'est ainsi qu'il est mort. Je n'ai jamais connu ma mère. J'ai perdu tout lien avec elle quand mon père a disparu. Mais je n'ai jamais éprouvé de perte alors, je ne me suis jamais senti démuni, roulé, lésé. Rien. J'imagine que c'est à cause du vieil homme. Il m'a élevé ici même sur cette terre. Quand j'étais petit, il a commencé à m'emmener là-bas. À cheval. On chevauchait et il m'indiquait des choses, me les expliquait du mieux qu'il pouvait. Il m'a appris à me débrouiller. Tendre des pièges, traquer, pêcher, chasser, construire un appentis. Des trucs de garçon. Il m'a donné un fusil et m'a montré comment m'en servir. Il n'était pas Indien. Mais je savais que je l'étais et il me donna, dans la mesure de ses moyens, tout ce qu'il savait en être proche, de sorte que je connaisse quelque chose sur moi-même.

» Quand il a été trop vieux et trop raidi par l'arthrose pour monter à cheval, j'ai commencé à partir seul dans la nature.

Pendant des jours, je partais. Tout seul, à cheval. Je me suis mis à aimer cela. Les choses prenaient sens là-bas, alors qu'en ville elles ne voulaient rien dire. L'école ne m'a jamais plu. J'ai reçu mon éducation là-bas. Seul au milieu de tout ça. »

Il se leva et marcha jusqu'à la clôture. Elle le suivit. Il leva un bras pour attirer son attention sur le flanc le plus éloigné de la montagne, puis l'abaissa en direction du pâturage qui en jouxtait le pied, et il finit lentement par désigner la grange, la maison et les dépendances.

« Je me sentais bien là-bas. Libéré des comparaisons, libéré de l'idée que se faisaient les autres de ce que je devais être. C'était un lieu sauvage, mais qui avait son ordre, son flux, son rythme. On pouvait apprendre cela si l'on était suffisamment souvent là-bas. C'était mon cas. Alors, je suis tombé sous le charme. J'y suis encore. Tout ce qu'il y a jamais eu d'indien en moi vient de ce temps passé seul là-bas. Cet espace-là et cet espace-ci, voilà la seule cérémonie dont j'aie jamais éprouvé le besoin. Assister au lever et au coucher du soleil est devenu la seule prière que j'aie jamais éprouvé le besoin de prononcer. Voilà mon histoire. Voilà mon chez moi. Cela vit en moi.

» Je vous vois toutes les deux, je vous vois chercher quelque part où vous installer. Très nerveuses et angoissées à l'idée de ne pas avoir de repère fixe. Effrayées, même. Je ne sais pas pourquoi. Je n'ai pas à le savoir. Mais le vieil homme m'a appris que si je peux aider quelqu'un, je dois le faire. Cette terre m'a donné un endroit où poser mes pieds. Je crois que peut-être je pourrais en donner un aussi à Winnie.

» En vérité, une fois qu'il est en nous, une fois qu'on a fini par le connaître, on ne se sent plus jamais esseulé ou perdu ou triste. On a toujours un lieu pour porter tout cela, où le laisser, où lâcher prise. Et ce lieu est de nouveau en nous. Ce que je pense ? Je pense que Winnie doit avoir besoin de faire le vide. Vous aussi, si vous êtes prête. »

Il se retourna vers elle. Ses yeux brillaient ; elle se détourna de lui, leva un poignet vers son visage pour essuyer le coin de ses yeux et renifla. Puis elle se reprit. Redressa les épaules, se grandit et le regarda. Son menton tremblait légèrement, mais elle avait l'air déterminée et soutint son regard avant de s'en détourner ; elle repartit ensuite s'asseoir sur le rondin. Il lui emboîta le pas. Il s'assit sans parler. Elle fit courir les paumes de ses mains sur le haut de ses cuisses, aplatit les petites fripures du tissu. Ils demeurèrent silencieux pendant de longues minutes.

« Il y a de longs pans de ma vie dont je ne me souviens pas, dit-elle. Partis. Effacés. Je sais que je n'ai jamais eu de chez-moi. Pas un vrai chez-moi en tout cas. Pas comme vous. Je n'ai jamais eu d'endroit où poser mes pieds. Ni quand j'étais enfant, ni quand j'étais adulte non plus. Mon père avait l'habitude de me toucher. Il l'a beaucoup fait. De toutes sortes de façons. Toutes sortes de façons. »

Elle se tut. Il l'observa et Starlight eut l'impression qu'elle devenait plus petite, assise là sur ce rondin. Plus minuscule, sans défense, chancelante. Il se sentait mal à l'aise. Trop grand, trop lourd, trop fruste, trop endurci. Il était assis, mains croisées, à attendre qu'elle finisse.

« J'ai eu beaucoup d'hommes, mais Winnie n'a jamais eu un père. Très souvent ils étaient gentils avec elle pour m'avoir. Aucun d'eux n'a jamais été bien. Je m'y étais habituée. Je pensais que c'était ce qui devait m'arriver. Que j'avais été souillée quand j'étais petite et qu'ils le voyaient. Je n'ai jamais eu de gars bien. Je ne le méritais pas. Je me contentais des ivrognes, des violents, des paresseux, des sales, des imprévisibles. Ceux que je croyais connaître parce qu'ils ressemblaient le plus à mon père. »

Elle lui jeta un coup d'œil et il put discerner combien il lui en coûtait de parler ainsi.

« Je parie que maintenant vous remettez en question votre décision de nous aider, hein, Frank ?

— Non, répondit-il calmement. Je suis désolé.

— Désolé de quoi ? Vous n'avez rien fait.

— Je suis désolé que vous ayez dû traverser tout ça. »

Elle rit. D'un rire disloqué, à mi-chemin entre un braiment et un gloussement.

« La plupart du temps, je l'ai choisi, si vous voulez savoir la vérité. Choisi parce que je ne méritais pas mieux. Après la naissance de Winnie, j'ai choisi pour qu'elle ait un toit, un lit et de quoi manger. Peu importait ce qu'ils me faisaient, tant qu'elle allait bien. Si on boit assez, on peut effacer n'importe quoi.

— Pourtant, vous n'avez pas réussi, remarqua-t-il.

— Je suppose que je n'étais pas aussi dure que je le croyais, non.

— Plus dure, dit-il.

— Comment ça ?

— Vous l'en avez sortie.

— Vraiment ? D'après ce que dit Maddie, peut-être que je n'arriverai jamais à l'en sortir. »

Il se gratta l'arrière de la tête.

« En fait, j'ai réglé une bonne partie de mes difficultés à cheval et en marchant dans la nature. Peut-être qu'on pourrait commencer par lui passer l'envie de se battre avec les garçons, pour ensuite l'aider à en finir avec ses propres luttes intérieures.

— Et moi ?

— Contentez-vous de vous mettre en selle et de voir ce qui se passe.

— Ni l'une ni l'autre, nous ne sommes jamais montées à cheval.

— Je ne parlais pas de cheval. »

Il repartit récupérer la masse, plaça un rondin sur le billot, et lui fit décrire un arc ample, avant de donner un coup propre sur le bois. Elle retourna à la maison, le bruit sourd du travail en mesure avec ses pas.

2

Il leur apprit à se tenir en selle tous les jours après l'école en leur faisant faire le tour de l'enclos à bétail. La fillette était enthousiaste, heureuse, et elle essayait de suivre ses instructions. Emmy était sombre et déterminée. Elle laissait sa tête suivre le rythme du cheval. Elle glissait sur la selle et s'agrippait au pommeau pour se maintenir droite. Il devait savoir si elles étaient capables de se tenir à cheval sans difficulté. La fillette y parvint très rapidement. Emmy lutta courageusement, mais son obstination à vouloir se sentir stable et en sécurité sur la selle la retardait. Au bout d'une semaine, il les pensa prêtes pour les pistes du pays d'en haut.

Ce vendredi-là, pendant qu'ils attendaient que Winnie rentre de l'école, il harnacha quatre chevaux. Ensuite, ils chargèrent du matériel sur un cheval de somme. Cela ne prit pas longtemps. Quand la petite descendit du bus scolaire et remonta en courant l'allée, ils étaient prêts. Une fois qu'Emmy et Winnie se furent changées, il accrocha les cirés à l'arrière des selles et fit sortir les chevaux de l'enclos pour les mener sur le sol desséché du pâturage.

« Installez-vous sur le cheval comme je vous l'ai montré, leur dit-il. Vous êtes sur de braves juments. Elles vont vouloir me suivre de très près, mais retenez-les un peu. Ne les laissez pas trop s'approcher. Eugene va fermer la marche avec le cheval de somme. Une bonne file régulière. Amusez-vous bien. Détendez-vous et regardez autour de vous. On va vers des terres vraiment très belles. »

Ils traversèrent le pâturage, il descendit de cheval et ouvrit le portail donnant sur une étroite piste. Une fois qu'ils l'eurent franchi, il le referma, se remit en selle et les guida le long d'un chemin tortueux qui gravissait le flanc de la montagne. Il entendait Emmy haleter. Il jeta un coup d'œil derrière lui, croisa son regard et fit un signe de tête qu'elle retourna stoïquement. La piste avait été tracée par des années de fréquentation et serpentait entre de grands pins ponderosa et des pins polaires. Il dut crier par-dessus son épaule pour leur dire de faire attention à leurs jambes car les chevaux se faufilaient entre les troncs. Il leur fallut une demi-heure pour atteindre le sommet. Il approcha son cheval du bord de la crête, descendit, puis il aida Emmy et Winnie à faire de même.

« Ça va ? Vous vous en êtes très bien sorties.

— Je ne me suis pas sentie si bien que ça, reprit Emmy. Il m'a fallu du temps pour m'habituer à la pente.

— Descendre est un petit peu plus délicat, mais vous vous en rendrez compte quand nous rentrerons, dit Starlight.

— Ça m'a plu, ajouta Winnie. Ma jument a gravi cette colline sans hésiter. »

Il lui sourit.

« On dirait que tu es née ici. »

Elle lui rendit son sourire ; il étendit le bras et l'encouragea d'une tape sur l'épaule. Elle se dégagea et il retira sa main. Roth croisa le regard de Starlight et plissa les yeux. Tous quatre s'approchèrent du bord, admirèrent la dentelure des escarpements et des arêtes dont les crêtes et les pics coiffés de neige poussaient vers le ciel. Sous cette lumière intense et éblouissante, le paysage paraissait se diviser en plans et en angles dont chaque élément individuel captait l'attention, de sorte que balayer l'ensemble d'un seul regard vous aveuglait. Emmy en défaillit et Starlight la rattrapa par le coude. Elle se reprit rapidement et frotta énergiquement l'endroit où il l'avait touchée. Winnie se laissa tomber au sol, s'assit sur une pierre, posa son menton sur ses poings et fixa ce tableau qu'offrait la nature. Une brise froissait le silence.

« Ici, on est orienté vers l'ouest, commenta Starlight. Parfois j'y viens pour observer les couchers de soleil ou la lune. Ça assure une belle promenade.

— Vous gravissez cette crête à pied ? Je croyais qu'il fallait un cheval pour le faire, dit Emmy.

— Il est complètement timbré, ce gars, ajouta Roth. Quelquefois il lui arrive de monter jusqu'ici et s'en aller pendant des journées entières sans rien d'autre qu'un couteau, une bonne longueur de corde, un fil de pêche équipé d'un hameçon. Je ne gravirais jamais un machin pareil. Je ne suis pas assez fou pour ça.

— On s'y habitue, répliqua Starlight.

— Je ne vois pas comment, dit Emmy.

— Vous pourriez. » Ce fut tout ce qu'il déclara.

Ils burent tous un peu d'eau, se remirent en selle et il leur fit suivre un chemin sinueux vaguement parallèle à l'arête de la falaise. Les ouvertures intermittentes sur le paysage étaient à couper le souffle. On aurait dit qu'entre la terre et ce vaste océan d'azur et de nuages il n'y avait pas de frontière. La piste descendait, révélant soudain les réceptacles mercuriels des lacs, l'éclat turquoise des ruisseaux et des rivières ourlés d'un onduleux tapis d'arbres. Quand la piste serpentait plus près du précipice, ils étaient suspendus au-dessus d'une vallée où les bosselures des étangs de castors perçaient derrière l'enchevêtrement d'arbres, de rochers, de terre qui constituait leurs barrages. Là, l'herbe semblait grasse, dense et riche. Ils firent descendre les chevaux dans cette direction et quand ils quittèrent l'abri de la forêt, ce fut pour pénétrer dans cette immense vallée. Ils se sentaient douillettement protégés par le poids des chaînes montagneuses qui les entouraient; il y avait peu de bruit, hormis le murmure du vent qui s'engouffrait dans cette longue trouée en entonnoir. L'air portait le parfum fécond des marais, de la sève et de la résine. Il leur fit suivre le pied de la falaise jusqu'à ce qu'il se referme sur lui-même en fer à cheval, bien abrité, débouchant sur le ruisseau et un étang de castors derrière. Au loin, vers le sud et l'ouest, ils apercevaient le blanc régalien de l'hermine des sommets qui ciselait un ciel dont le bleu si intense blessait les yeux.

« C'est comme un livre d'histoires, dit Winnie.

— Nous serons là tout le week-end », ajouta Starlight.

Il passa une jambe par-dessus le pommeau et se laissa glisser au sol. Roth prit son temps pour descendre de cheval lentement et prudemment. Tous deux aidèrent Emmy et Winnie à mettre pied à terre. Tandis que la femme et la fillette étaient debout ensemble, médusées par le spectacle qu'elles embrassaient, Roth et Starlight commencèrent à prendre le matériel sur le cheval et à installer le campement. Roth déplia la toile et la corde pendant que Starlight s'enfonçait entre les arbres, muni d'une petite hache pour revenir les bras chargés de solides pieux. Ils aiguisèrent l'une des extrémités des pieux, et firent un tas des morceaux et des copeaux. Winnie les observa un moment, puis courut au bord du ruisseau, Emmy la suivant lentement. Starlight et Roth ôtèrent des bandes d'écorce aux pieux, qu'ils utilisèrent pour les attacher par deux afin de former des triangles. Quand ils eurent choisi l'emplacement où monter le camp, ils enfoncèrent les extrémités pointues dans le sol meuble et couchèrent un autre pieu horizontalement entre les fourches aux extrémités supérieures. Ensuite Roth se tint au milieu et maintint la structure en équilibre pendant que Starlight attachait les cordes, qu'il tirait chacune à fond et plantait dans le sol. Quand ils furent satisfaits de la solidité de l'ossature, ils disposèrent la toile par-dessus le pieu central et mirent en place chaque côté afin de former une tente. Ils étaient en train de creuser un trou pour le feu quand Emmy et Winnie revinrent.

« On peut vous aider ? demanda Emmy.

— Bien sûr, répondit Starlight. Apportez des pierres du bord du ruisseau et tapissez-en ce trou pour le feu. Rien de trop gros. De la taille d'une miche de pain, c'est bien. »

Elles s'éloignèrent pour commencer à charrier des pierres tandis que Roth et

Starlight installaient un trépied métallique au-dessus du foyer et qu'ils déposaient une boîte en bois contenant marmites et ustensiles, ainsi qu'une grande bouilloire métallique près du feu. Pour finir, Starlight et Roth disparurent au milieu des arbres, armés de haches, puis on entendit revenir l'écho de leur activité d'abattage et de coupe depuis la paroi montagneuse. Ils émergèrent les bras chargés de bois qu'ils entassèrent à côté du feu. Pendant que Roth continuait à ramasser du bois, Starlight fendait la pile pour en faire des morceaux prêts à brûler. Le reste du camp fut rapidement en état de fonctionnement après cela.

« Je ne vois aucune nourriture, dit Emmy. Que suis-je censée préparer ?

— De la nourriture, il y en a tout autour de nous, fit remarquer Starlight.

— Où ?

— Ne vous occupez pas de lui, interrompit Roth. Il devient un vrai mâle bourru ici. Attendez un peu et il vous montrera ce qu'il veut dire.

— J'suis pas bourru. Ici, les mots n'ont pas le même poids, c'est tout.

— C'est ton avis, répliqua Roth d'un ton léger. Moi, j'crois que c'est là que l'Injun sort de toi. »

Starlight secoua la tête.

« C'est peut-être ça, gringalet.

— Gringalet, moi ? Roth s'était redressé et

gonflait les muscles de ses bras. Tu crois qu'un corps comme celui-là arrive par hasard ? »

Winnie et Emmy rirent. Roth leur fit un clin d'œil. Elles rirent de plus belle.

« Bon, il se trouve que je me suis concocté un menu, reprit Starlight. Ce soir, ce sera truite aux champignons et salade de poireaux sauvages.

— Où est-ce que vous allez trouver ça ? demanda Winnie.

— Allons nous promener.

— Là-bas ? demanda-t-elle.

— Là-bas, c'est la meilleure épicerie qui soit. Viens voir », répondit-il.

Il commença à marcher en direction des arbres, nouant un étui à couteau autour d'une de ses cuisses. Winnie le fixa, les yeux écarquillés, puis courut derrière lui.

Emmy et Roth les regardèrent partir.

« Elle est en sécurité, hein ? demanda Emmy.

— J'vais vous dire quelque chose à propos de Frank, rétorqua Roth. S'il y a jamais eu un homme qui puisse assurer la sécurité de quelqu'un n'importe où dans la nature, c'est lui. »

Roth se mit à préparer un feu pendant qu'Emmy prenait la bouilloire, la remplissait au ruisseau et la rapportait laborieusement. Il l'aida à la suspendre au trépied au-dessus des flammes qui léchaient lentement le petit bois placé au milieu du foyer. De la zone boisée, il rapporta une bûche qu'il posa d'un côté du feu, puis revint avec une autre pour le côté opposé. Ils s'assirent face à face et regardèrent le feu doucement se transformer en flambée orange.

« Frank est un homme bon, dit-il. Le meilleur que j'aie jamais connu, et j'en ai connu beaucoup au cours de ma vie. »

À cet instant précis, Winnie sortit de la forêt en serrant un paquet sur sa poitrine.

« Maman, regarde ce qu'on a trouvé ! »

Elle déposa le paquet de légumes auprès du feu et Emmy l'inspecta. Il y avait des poireaux sauvages, des champignons et d'autres légumes qu'elle ne reconnut pas. Quand Starlight les rejoignit, il tenait un mouchoir rempli de baies.

« Voilà ! dit Roth. Et maintenant le plat de résistance. »

Le soleil commençait à se coucher. Starlight se rendit tranquillement au ruisseau. En s'approchant, il s'accroupit et avança à quatre pattes au ralenti et en catimini. Les autres l'observaient et quand il entra jusqu'aux cuisses dans le ruisseau, ils marchèrent vers lui posément, avec respect presque, touchés par la profonde sérénité qui se dégageait de lui. Ils s'assirent sur les rochers auprès du cours d'eau. Il était penché en avant, les mains plongées jusqu'aux coudes dans les remous, et attendait. Quand il se releva, une truite dans les mains, Emmy en eut le souffle coupé et Winnie applaudit de joie, puis elle avança sur les rochers pour mieux voir. Starlight lança le poisson sur le rivage, fit volte-face et répéta trois fois l'opération. Enfin, le dernier poisson dans les mains, il sortit sur la rive, saisit son couteau et les vida tous, puis il jeta délicatement les viscères dans le courant. Il ramassa de l'argile humide sur la berge, en enduisit chaque poisson sur deux centimètres d'épaisseur et les déposa dans le feu.

« Pourquoi est-ce que vous faites ça ? demanda Emmy.

— L'argile cuit, répondit-il. C'est comme un four autour du poisson. On laisse refroidir l'argile, puis on la casse pour l'ouvrir. C'est la meilleure méthode.

— Vous n'avez jamais entendu parler de canne à pêche ou de poêle ?

— Si. Elles sont bien pratiques. C'est plus drôle ainsi. Il la regarda et lui fit un petit sourire. Des talents ancestraux. Ils maintiennent proches des réalités.

— On est pourtant dans un monde moderne.

— Ce n'est pas toujours nécessaire d'y être. »

Pendant que le poisson cuisait, il cueillit de l'herbe épaisse sur un espace tourbeux où un petit ru s'écoulait du coteau. Il retourna au feu, s'assit et tissa les brins pour réaliser une natte peu compacte. Roth avait rempli une grande marmite d'eau et l'avait posée au coin du feu. Starlight plaça la natte au-dessus des flammes et y disposa les légumes verts, champignons et poireaux que Roth avait coupés en morceaux et en rondelles. Puis il posa le couvercle par-dessus la natte et attendit. Le soleil s'enfonça un peu plus bas. L'ombre commença à envahir les terres. Emmy et Winnie s'assirent plus près l'une de l'autre en face de lui. Elles sourirent à Roth, qui les protégea d'une couverture de laine. Starlight s'occupa du feu, s'appuya sur la bûche et commença à rouler une cigarette pour Roth et pour lui. Quand il eut terminé, le maigrichon s'assit à côté de lui et ils allumèrent leurs cigarettes à l'extrémité incandescente d'un bâton dont Starlight se servait pour attiser le feu. Ils fumèrent en silence. Emmy et Winnie se penchèrent ensemble pour regarder les flammes.

« C'est agréable, dit Emmy, je n'arrive pas à me souvenir de la dernière fois où j'ai fait un feu dans la nature.

— Attendez d'avoir cette bouffe dans le ventre, dit Roth.

— J'ai faim, répliqua Winnie, rêveuse.

— Bientôt, promit Starlight. Tu veux vérifier si les poissons sont cuits ?

— Je peux ? demanda Winnie. Mais comment je vais savoir ?

— Inspecte-les avec ça. Starlight tendit son bâton. Si l'argile est dure, ils sont prêts. Alors il suffit de les pousser contre les pierres et l'un de nous les sortira de la coque.

— Et après ?

— Quand ils auront assez refroidi pour qu'on puisse les prendre à pleines mains, on les ouvrira sur les pierres et on les mangera avec les légumes qui seront parfaitement cuits à la vapeur et prêts eux aussi.

— C'est bien mieux qu'une cuisinière, dit Winnie. Nettement plus drôle.

— C'est sûr. Eugene et moi, on va aller chercher les assiettes et le reste.

— Les assiettes? demanda Emmy. Et les fourchettes? Un peu moderne, non?

— Disons qu'un gentleman ne demanderait pas à une dame de manger avec ses doigts.

— Ou directement sur un rocher. Tu m'associes à toute cette histoire de gentleman, c'est ça?» demanda Roth.

Ils prirent les assiettes et les divers ustensiles, puis Starlight fit signe à Winnie de les rejoindre et il lui tendit le bâton. Elle le prit avec un air sérieux. Il l'accompagna jusqu'au feu et quand elle étendit le bras pour percer l'argile, il glissa un doigt dans le passant à l'arrière de la ceinture de son jean.

«Je crois qu'ils sont cuits, annonça-t-elle.

— Très bien, tire-les sur le côté.»

La fillette s'inclina de nouveau vers le feu et Starlight maintint sa prise dans son passant de ceinture. Ce fut difficile, mais elle finit par mettre les poissons sur les pierres.

«Et maintenant? demanda-t-elle.

— Maintenant, je vais prendre mes gants pour les attraper et les dégager.

— Est-ce que je peux le faire ?

— T'en as envie ?

— Ouais.

— Le feu va sérieusement te chauffer les bras. T'es sûre ?

— Ouais. »

Roth lança une paire de gants de travail à Starlight qui les tint ouverts pendant que Winnie y glissait les mains. Ils étaient immenses et elle les porta à son visage en riant. Starlight mit de nouveau un doigt en crochet dans le passant de sa ceinture, elle se pencha en avant et attrapa le poisson. Ses mouvements étaient gauches avec les immenses gants, mais elle attrapa le premier poisson à deux mains, le dégagea du feu et le lâcha dans l'herbe. Radieuse, elle regarda sa mère. Quand les quatre poissons furent en train de refroidir sur l'herbe, elle courut la rejoindre, s'assit auprès d'elle et fixa l'argile fumante.

« C'est bon, dit Starlight. Ils doivent être prêts. Viens ici avec les gants. »

La fillette courut vers lui.

« Maintenant soulève juste un de ces poissons. Prends-le par le milieu et tape fort sur une pierre. Pas trop quand même. Juste un coup sec. »

Winnie serra les dents, saisit le premier poisson comme il le lui avait expliqué et le cogna sur une pierre. « Elle s'est fendue ! dit-elle.

— Bien, répliqua Starlight. Maintenant, fais la même chose avec les autres. »

La fillette fendit l'argile des quatre poissons et ensemble, Starlight et elle, ils les dégagèrent. À mesure que l'argile tombait, seule la chair fumante demeurait visible. Ils posèrent chaque poisson sur une assiette et les tendirent à Roth qui ajoutait une portion de légumes à côté. Quand ils furent tous servis, ils s'assirent près du feu et mangèrent.

« C'est merveilleux, dit Emmy. Tellement bon. »

Quand ils eurent terminé, Roth rassembla les assiettes pendant que Starlight leur donnait chacun une poignée de baies lavées dans la rivière. Ils restèrent assis, silencieux, à manger les baies et à observer le feu ainsi que le ciel. Un loup hurla dans le lointain. On entendit un poisson sauter dans le ruisseau. Quelque chose de petit courut dans les fourrés. Les flammes léchaient l'obscurité et dans la lumière de cet embrasement chatoyant, ils n'avaient nul besoin de parler. Les hommes fumaient. La femme et la fillette se balançaient et la nuit devenait vivante autour d'eux. Ils entendaient des animaux, des oiseaux de nuit et le bruissement soudain du battement d'ailes des chauves-souris en train de chasser des insectes; quand ils regardaient au-delà du feu, ils percevaient le cordon vif-argent du ruisseau qui renvoyait la lumière lunaire et, plus près d'eux, les contours des arbres courbés. La forme musclée d'un hibou rasa la limite de la lumière et le battement de ses lourdes ailes sembla fouetter la peau de la nuit ; la fillette le regarda disparaître dans le noir sépulcral et tout ce qu'elle put trouver à dire fut : « Oh. »

Winnie se réveilla aux premiers gazouillis discrets du matin. La lumière solaire filtrait par la toile de la tente ; elle se leva, frissonnante, et enfila ses vêtements. Elles avaient dormi sur deux lits de camp en aluminium. Sa mère n'était plus là. Les couvertures dans lesquelles elle s'était enveloppée étaient en tas sur le lit, ses bottes n'étaient plus à côté de la porte. La fillette trouva ses chaussures de randonnée, les enfila et alla à l'entrée, ses lacets défaits pendouillant. Elle ouvrit le rabat ; la clarté et l'espace la frappèrent de front ; elle éprouva une sensation de vertige face à cette immense étendue. Sa mère était assise à côté de Roth auprès du feu, fixant délibérément la partie herbeuse qui menait à la forêt, une centaine de mètres plus loin. Elle suivit son regard et vit Starlight debout, à découvert, tête rejetée en arrière, bras étendus de chaque côté, paumes vers le ciel et doigts écartés. On aurait dit qu'il dormait. Elle se faufila en dehors de la tente, alla retrouver sa mère et s'accroupit à côté de la bûche sur laquelle elle était assise.

« Que fait-il ? demanda-t-elle dans un murmure.

— Il observe, c'est tout. »

Il ne bougeait pas. Il resta ainsi, parfaitement immobile, et le seul mouvement perceptible était la lente dilatation et contraction de sa poitrine quand il respirait. Il n'y avait pas d'autre son que celui des oiseaux dans les arbres. Elle avait mal aux cuisses, alors elle se laissa glisser sur les genoux. Elle posa une main sur le bras de sa mère. L'homme garda cette posture, et plus elle regardait, plus elle prenait conscience d'un changement dans l'air, une altération, comme une chute de pression ; elle regarda au-delà des arbres, au pied de la ligne de crête. Il n'y avait rien. Puis, là aussi, il s'opéra une transformation, une ride, un vacillement, comme si la lumière se repliait sur elle-même. Une silhouette se déplaçait. Elle la vit dans l'ombre pâle et pommelée que les arbres projetaient autour d'eux tel un lent saignement, avant qu'elle ne prît forme : quand le cerf sortit en plein jour, elle retint sa respiration et serra le bras de sa mère. C'était un mâle. Ses bois étaient développés et larges et quand il relevait la tête pour renifler l'air, leur inclinaison rappelait un panier qui aurait capté la lumière sur ses andouillers si bien que, pendant un instant, le matin s'y trouvait empalé – elle n'avait jamais rien vu d'aussi beau. Le cerf s'éloigna de l'arbre et l'homme se tenait dans la partie découverte du champ, les mains immobiles dans la quiétude. Le cerf passa en silence derrière les grandes fougères et les arbres tombés, se perdit un instant dans l'ample éventail de couleurs, mais il réapparut, plus proche, plus curieux. Elle commença à voir plus précisément ses contours, les muscles plats et les muscles renflés, l'arrondi et l'angle de l'épaule, le poitrail, la cuisse, la saillie des os ; elle respirait lentement, le regardait remplir l'espace. Quand il atteignit la ligne des arbres, le grand mâle s'arrêta. Il resta sur place, frotta sa ramure contre un tronc, puis sortit tranquillement à découvert. L'homme ne bougea pas. Le cerf releva son museau, renifla et pendant un moment, elle crut qu'il allait détaler, mais il remit sa tête à l'horizontale et avança encore davantage dans la lueur indigo du matin. Il était d'un brun sable humide. Elle percevait le noir de ses sabots dans l'herbe, du bout de son nez ainsi que quelques touches sur l'éclat blanc de son poitrail et dans la bande de poils le long de son épine dorsale. Le reflet humide de son museau et de ses yeux. Il se déplaçait prudemment dans l'herbe mouillée et la fillette voyait ses narines en action, les oreilles pyramidales tendues effectuer de délicats pivotements, et les groupes de muscles de son train arrière tressauter, prêt à bondir. Pourtant il avançait d'un pas égal et mesuré. Tout ce que l'homme faisait, c'était respirer. Ils étaient éloignés de dix pieds. Le cerf se mit à avancer de deux pas à la fois, puis s'arrêta et attendit, vigilant. Pour finir, le grand mâle alla jusqu'à l'homme, renifla l'ourlet de sa chemise, la longueur de son bras, puis son torse, en redescendant, avant de relever la tête et de le regarder droit dans les yeux. Ils restèrent ainsi de longues minutes et la fillette retenait son souffle dans sa gorge ; quand l'homme souleva lentement une main qu'il posa sur le garrot de l'animal, elle expira dans un murmure et entendit sa mère faire de même. Il laissa sa main sur le cerf. Le grand mâle ne bougea pas, seules ses narines se dilataient. Enfin Starlight ôta sa main et étendit encore plus les bras ; le cerf recula et quand il fut à une dizaine de pieds, il fit demi-tour et s'éloigna, royal, fier, majestueux entre les arbres, pour disparaître dans l'ombre.

Alors Starlight se retourna et commença à revenir vers le feu, en hochant la tête et en gardant les yeux baissés sur ses pieds. Il les releva en arrivant plus près et il n'y avait ni surprise ni honte en lui ; Emmy se retrouva debout tandis qu'il approchait.

« C'était quoi ? demanda-t-elle.

— Des aptitudes d'autrefois. »

3

Calgary se termina comme ça avait commencé : sans indice, vide d'espoir. Ils travaillèrent comme le faisaient les itinérants, enfilant emploi journalier après emploi journalier, investissant davantage dans ce que la nuit était susceptible de leur apporter que dans le travail de la journée, les yeux avides de repérer leur proie. Au cours de ces nuits, ils faisaient le tour des tripots, des bouges, des cafés dansants et des bouis-bouis sordides où l'éclat ambré de l'alcool permettait aux flâneries d'un violon ou à la fougue d'un juke-box de les exposer à un certain degré de lumière qui s'évanouissait aussi rapidement que la conscience dans les flots de bière, de rhum et de whisky. Ils trouvèrent des hommes de leur acabit. Ils trouvèrent des femmes. Ils pénétrèrent dans une communauté d'enfants abandonnés, et dans la brume des cigarettes, de l'herbe, des conversations confuses, une sorte de refuge où tout ce qui existait au-delà des portes était laissé de côté, oublié pour être remplacé par une harmonie fragile qui incluait la candeur des aspirations, des faims et des désirs motivés par ces ténèbres auxquelles ils cherchaient à échapper. Dans ces cosmologies incertaines, ils gravitaient ensemble autour de l'espérance, pour mieux finir par suivre des trajectoires tristes et séparées quand la pesanteur de l'alcool déclinait, que leur masse se désagrégeait et que l'univers devenait tel qu'il était, froid, vide de sens, désolé et inhospitalier. Alors, ils conduisaient. Faisant traverser au pick-up des quartiers délabrés où même les chiens étaient couchés dans l'obscurité, ils observaient les fenêtres éclairées dans le vague espoir de la voir là, en pleine lumière. Jamais elle n'y était.

Alors Calgary devint Edmonton. Par un matin lucide, ils acceptèrent un emploi de deux semaines sur un forage pétrolier où ils laissèrent la picole de côté et travaillèrent comme des brutes sauvages afin de gagner suffisamment d'argent pour avoir devant eux une entière saison de recherches. Là, les journées de douze heures et la camaraderie des ouvriers permirent à leur rage de s'envenimer et ils en émergèrent endurcis, aigris, irrités et assoiffés de délivrance. C'est ce qu'ils trouvèrent en ville.

Encore une pièce, encore une sortie de secours donnant sur une ruelle encombrée, par des matins froids comme la pierre. Ils étaient gigantesques, musclés et vibraient d'un dédain sarcastique à l'égard de tout ce qui était hors du moment dans lequel ils vivaient. Ils attiraient les hommes durs et les femmes légères et pendant un certain temps cela sembla suffire à abrutir la douleur lancinante de leurs cicatrices et le souvenir âcre de la chaleur, des flammes et du sang bouillonnant entre les lames du plancher. Mais non. Ils s'étaient relevés à l'appel du feu de la vengeance et de la rancœur. Ils étaient en quête de leur proie. Ils restaient garés pendant des heures sur des aires où se trouvaient des échoppes de prêteurs, des mendiants, des prostituées, des voleurs et des crapules. Ils surveillaient les portes des bureaux d'aide sociale, des foyers, des pensions de famille, comme leur avait indiqué leur noyau d'amis, car ils verraient en sortir ou y échouer les dépossédés, les accidentés de la vie, les miséreux. Ils découvrirent les organisations de femmes. Ils épièrent les cours d'école. Puis ils se mirent en quête d'hommes. Ils recherchèrent les associations d'anciens combattants où allaient les vieux soldats solitaires et brisés. Ils dénichèrent les bars de country où le fantôme léthargique de Hank Williams, affalé à côté d'un juke-box, et des vingtaines de minables paresseux se retrouvaient pour écouter le son nasillard d'une chanson d'amour désespéré dans le but de soulager leur âme déchirée et en lambeaux. Ils se lièrent d'amitié avec des bootleggers, des petits dealers et quiconque ayant un vague aperçu des allées et venues de la rue et de ceux qui la fréquentaient.

« Pourquoi est-ce qu'on fait encore tout ça, Jeff ? demanda Anderson.

— Tu sais chasser, répondit Cadotte.

— Ouais. Quel rapport avec ce qu'on est en train de faire ?

— On devient ce qu'on chasse. »

Anderson hocha la tête.

« Mais pourquoi est-ce qu'on appelle pas tout simplement les flics pour signaler le vol de la camionnette ?

— Pas la peine de faire trop de bruit autour de ça. Si les flics en ont vent, d'un seul coup elle va se faire arrêter, puis elle va disparaître, tu sais qu'il faut être celui qui vise en premier.

— J'y avais pas du tout pensé.

— Deviens ce que tu chasses. C'est le meilleur moyen de trouver ce que tu cherches.

— Et si elle a changé ?

— Emmy ? Elle t'a déjà donné l'impression qu'elle pourrait changer quand tu la baisais ?

— Non, pas vraiment.

— Alors, suis la trace du gibier. »

C'est ainsi qu'Edmonton devint Red Deer, puis Lethbridge avant qu'ils fassent demi-tour pour aller vers la côte.

4

Le congélateur arriva en premier. Roth et Starlight le transportèrent sur le plateau de la camionnette et l'installèrent à l'extrémité du vestiaire d'entrée après la galerie. Ils avaient échangé un bouvillon contre des poulets, du porc, de la viande de bœuf, du poisson, des légumes, des tartes et du pain pour le remplir. Ils s'activèrent tous les quatre à les mettre correctement en sacs et Starlight éprouva une curieuse sensation. Il s'était habitué à prendre ou à acheter ce dont il avait besoin quand il en avait besoin, si bien que l'idée de conserver et de stocker était nouvelle et étrange pour lui. Il en vit la raison. Il pouvait comprendre en quoi ce serait payant dans des périodes de vaches maigres, peut-être. Mais cette notion d'appareil lui échappait totalement.

En conséquence le lave-linge et le sèche-linge qu'ils installèrent dans le vide sanitaire sous la cuisine aidèrent peu à dissiper son embarras. Le nouveau réfrigérateur et la cuisinière assortie modifièrent la cuisine à laquelle il s'était habitué, tout comme le firent le nouveau plan de travail, l'évier en inox ainsi que les supports de marmites et de casseroles qu'Emmy leur montra comment suspendre au plafond. La télévision qu'ils placèrent dans le séjour le transforma complètement. La femme, la fillette et Roth s'asseyaient autour et se laissaient absorber par les papillotements et les variations de lumière, l'augmentation et la chute de volume du son. Il commença à ranger les objets du vieil homme dans sa chambre et dans la réserve de la remise. Les nouvelles lampes et chaises de table remplacèrent le fauteuil à bascule qu'il emporta dans sa chambre, les magazines et les catalogues d'équipement disparurent vite ; les choses prirent un ordre et un lustre qui le rendirent perplexe. Elle demandait de l'argent pour les achats ménagers, il lui en donnait et il regardait la vieille maison se transformer autour de lui, l'odeur d'encaustique, de cire, de tapis et de rideaux neufs, et d'encens qui chassait progressivement celles de pétrole, de graisse et les odeurs masculines dans lesquelles il avait vécu toute sa vie, si bien que même son odorat était perturbé. Les changements étaient brutaux et il luttait pour en avoir l'air satisfait. Mais la galerie à l'arrière de la maison étant demeurée intacte, il y prit ses quartiers chaque soir, assis à se balancer, à rêver, fumer et observer le paysage perdre ses contours diurnes pour enfiler la houppelande de la nuit. C'était son refuge.

Emmy le trouva là un soir peu après que le dernier appareil acheté eut été installé.

« Je peux me joindre à vous ? demanda-t-elle.

— Oui, répondit-il en indiquant le fauteuil à bascule à côté de lui.

— Belle nuit.

— Humm-humm. J'aime le calme. Ce n'est jamais deux fois pareil.

— Il y a pas eu tant de calme que ça depuis qu'on est arrivées.

— Il y a toujours du calme, reprit-il. Il suffit de le trouver.

— Je suis heureuse de l'avoir trouvé. C'est un peu ce dont je voulais vous parler.

— D'accord.

— Comment avez-vous fait ce que vous avez fait ? Là-bas. Avec le cerf. »

Il écrasa sa cigarette sur le couvercle d'un pot de confiture dans lequel il jeta le mégot avant de remettre le couvercle et de le revisser.

« Je me promène seul dans la nature depuis l'âge de neuf ans. Je n'ai pas souvenir d'y avoir jamais eu peur, ni de m'y être senti solitaire ou triste. Par contre, je me suis toujours senti équilibré, remis d'aplomb, en quelque sorte. On finit par connaître le calme là-bas. Mais, au bout d'un moment, on finit par connaître mieux le bruit que le calme et on croit que c'est normal. Ça ne l'est pas. C'est le calme qui est normal. Les animaux le savent. Ils ne l'ont jamais perdu comme nous. Ils vivent au milieu du calme. Ils le portent sur eux. C'est le cours normal des choses pour eux. Donc, au bout de quelques années, j'en suis arrivé à comprendre que si l'on cherche un animal ou si l'on veut le connaître, il faut être ce que l'on recherche. »

Il rejeta la tête en arrière dans son fauteuil, fixa la ligne de crête dentelée et le ciel. Il regardait avec une telle concentration qu'elle aussi s'y mit. Il n'y avait rien à voir que le ciel.

« Le calme, vous voulez dire, reprit-elle d'une voix étouffée.

— Ouais. Il faut apprendre à s'en revêtir. À s'y glisser. À s'y fondre. Quand on apprend à le faire, on entre en contact avec ce que les animaux savent, ressentent, et ils n'ont pas peur de nous.

— C'est alors qu'ils s'approchent de vous ?

— Possible. Si c'est votre intention. Moi ? En somme, j'ai jamais rien voulu d'autre que d'être absorbé par ce calme et en même temps le faire entrer en moi. Ils le sentent. Le cerf était attiré par le calme. Il n'était pas attiré par moi. J'en faisais seulement partie.

— C'est un truc indien ? Un enseignement ? »

Il la regarda tranquillement.

« Je ne connais pas les trucs indiens. Je n'ai pas été élevé là-dedans. Mais j'appris à connaître la nature et la façon dont elle m'emplit. J'ai appris à connaître le calme. Au bout du compte, je crois que j'ai appris à connaître un peu la paix, la rectitude et à respecter l'ordre des choses.

— Je n'ai jamais trop su ce qu'était le calme, dit-elle. Toute ma vie n'a jamais été rien d'autre que hurler, jurer, frapper, gifler et casser. Celle de Winnie aussi.

— J'en suis désolé.

— Pouvez-vous nous apprendre ? Je veux dire, comment entrer dans ce calme. On en a besoin. Elle en a besoin. Je ne sais tout simplement pas le donner. Ou le donner de façon qu'il dure plus de quelques heures en tout cas.

— Ce n'est pas facile, répondit-il.

— On nous a déjà appris les difficultés. »

Il la considéra. Elle soutint son regard. Ils entendaient Roth et Winnie rire de quelque chose à la télévision. Il hocha la tête.

« Pour l'essentiel ça va consister à désapprendre ce que vous croyez devoir savoir. Désapprendre ce que le monde appelle normal.

— Ça ne me ferait pas de mal de désapprendre un paquet de choses, dit-elle. Et ce qu'on appelle normal, je ne crois pas l'avoir déjà vu. Ne l'avoir jamais été. Ni Winnie.

— Ce que vous pourrez comprendre et ce que la petite pourra comprendre, sera différent.

— Je serais surprise du contraire.

— Vous allez toutes deux vous sentir vraiment mal à l'aise.

— Je serais surprise que ce ne soit pas le cas.

— Pour commencer, beaucoup de trucs n'auront pas de sens.

— Je serais surprise si c'était le cas.

— Qu'est-ce que vous voulez savoir tout de suite ? »

Elle regarda de l'autre côté du pâturage et laissa ses yeux se promener doucement sur la ligne de crête. Le premier semis glacé d'étoiles perçait l'obscurité graduelle. Dans la grange, le bétail donnait des coups de sabots dans les cloisons des stalles.

« On commence quand ? »

5

Le matin était un triomphe de lumière. Emmy se leva quand elle sentit qu'il lui secouait le pied: elle repoussa la couverture, réveilla la petite, qui rouspéta un peu, mais sortit du lit et la suivit, les yeux encore embués de sommeil, jusqu'à la galerie; toutes deux observant, paupières mi-closes, la violente gifle de la clarté matinale. Il faisait frais et elle voulait du café, mais il leur tendit chacune une tasse remplie d'eau, elles s'assirent côte à côte au bord de la galerie et la burent en le regardant attacher des mocassins à ses pieds. Ils lui montaient à mi-mollet. Il coinça les jambes de son pantalon à l'intérieur, puis enroula une longue lanière de cuir autour de chaque mocassin, qu'il noua à l'aide d'un petit nœud plat. Ils étaient simples, sans ornements. Les semelles étaient faites d'épais morceaux de feutre. Il leva les yeux et les surprit en train de l'observer.

« Si vous réussissez à survivre aux épreuves de la journée, je vous montrerai comment confectionner les vôtres. Vous les trouverez plus pratiques que vos chaussures de ville. »

Il se mit debout, enfila un sac à dos et baissa les yeux sur elles. Emmy et la fillette finirent leur eau, traversèrent la cour à sa suite, contournèrent la grange par l'arrière, coupèrent par un pâturage pour atteindre une route tortueuse à deux voies, qui menait jusqu'à un petit bosquet. Ils franchirent une clairière qu'ils quittèrent à hauteur d'une boucle ; là, il les conduisit dans les profondeurs de la forêt. Il avançait à grands pas résolus et elles luttaient pour garder le rythme. Il donna à chacune une banane et des muffins qu'elle avait préparés plus tôt dans la semaine. Le terrain était irrégulier, accidenté et encombré de rochers, d'arbres tombés et de fourrés de mûres. Il leur fit gravir et descendre une succession de collines jusqu'à un ruisseau qui semblait sortir de nulle part. Puis il s'arrêta, posa le sac au sol, s'agenouilla au bord de l'eau, mit sa main en coupe, la remplit, la porta à sa bouche et but. Elles l'imitèrent. Il y avait des pierres de gué dans le ruisseau. Il les emprunta avec aisance, elles le suivirent, maladroites et effrayées. Puis il leur fit de nouveau passer le mur d'arbres sur l'autre rive. Il marchait énergiquement. Pour garder le rythme, Winnie alternait entre la marche, les petits pas saccadés et les sautillements. Le bruit de leurs pas retentissait, ce qui créait de faibles échos dans les arbres, Emmy en fut embarrassée. Elle se mit à fixer le sol pour éviter de trébucher sur des rochers, des racines ou du bois mort. Ils parcoururent une longue distance et quand il stoppa, elle était en sueur et essoufflée. Winnie avait les joues rouges, mais semblait partante pour plus. Il les regarda calmement. Cette marche semblait n'avoir eu aucune répercussion sur lui.

« Une idée de l'endroit où se trouve la ferme ? demanda-t-il.

— Derrière nous, dit Emmy.

— Tout est derrière nous. Dans quelle direction ? »

Elle promena son regard autour d'elle, leva une main et désigna timidement un angle derrière elle.

« À l'ouest ? demanda-t-elle.

— Ça, c'est le nord. Nous nous dirigeons vers le sud et le soleil est sur votre épaule gauche. C'est l'est. L'ouest est facile à trouver quand on sait ça. Savez-vous comment vous êtes arrivée ici ? Où nous sommes, là, maintenant ?

— Non. Je vous suivais.

— Vous regardiez quoi ?

— Mes pieds surtout.

— Alors, que se passerait-il s'il m'arrivait quelque chose ?

— Je ferais demi-tour et marcherais vers le nord, avec le soleil sur mon épaule droite. »

Il sourit.

« C'est bien. Mais si vous regardiez vos pieds, vous n'avez pas vu le paysage. Vous n'avez pas de repères. Pourquoi étiez-vous concentrée sur vos pieds ?

— Parce que j'avais l'impression de m'agiter dans tous les sens à essayer de garder votre rythme et je ne voulais pas faire de bruit.

— Ça vous a aidé ?

— Non. Plus je me concentrais pour ne pas faire de bruit, plus j'allais doucement et plus c'était difficile de vous suivre. Et vous avez raison. Je n'ai pas vu le paysage.

— Ni le cerf ? Ni le porc-épic ? Ni le grand-duc ?

— Eux non plus.

— Je les ai pas vus non plus », dit Winnie.

Il avança jusqu'à elle, s'agenouilla, la regarda et sourit.

« Bon, le truc c'est que pour marcher, il faut voir. Tendez les bras de chaque côté, paumes tournées vers le haut et un doigt levé. »

Elles firent toutes deux ce qu'il demandait.

« Voyez-vous vos doigts ?

— Un peu, dit Winnie.

— Oui, affirma Emmy.

— C'est bon, tant que vous les voyez. Maintenant, sans bouger la tête ou baisser les bras, dites-moi ce que vous voyez du bout d'un doigt à l'autre. Toutes les deux. »

Il recula d'un pas derrière elles.

« Il y a un rocher tout au bout à droite, dit

Emmy. Il y a de la mousse dessus. Il y a un arbre juste derrière et une touffe d'herbe massée autour du tronc. Ensuite, il y a des fougères et de jeunes arbres d'environ cinq pieds de haut. Presque vingt pieds plus loin, je crois qu'il y a d'autres arbres. Plus touffus. Plus denses. Des pins. Non, attendez. Des épinettes. Il y a plein de fougères partout d'à peu près trois pieds de haut. Je vois une montagne au-dessus de la cime des arbres.

— Moi aussi, s'écria Winnie, tout excitée. Moi aussi je vois tout ça !

— Et avant, qu'est-ce que vous aviez vu ? demanda-t-il.

— Rien de cela, avoua Emmy.

— Même quand vous avez levé les yeux, qu'est-ce que vous avez vu ?

— Pratiquement rien.

— Pas étonnant que tu aies eu du mal à marcher, dit-il à Winnie.

— Ouais. Je n'arrêtais pas de penser que j'allais trébucher, alors j'avais presque tout le temps les yeux baissés, précisa Winnie.

— Bon, quand on s'entraîne à tout voir, il ne faut pas regarder ses pieds. On a tous appris à marcher avec une vision étroite. Mais ici, on peut vraiment apprendre à voir et à marcher. Maintenant, faites ceci. »

Il montra ses pieds du doigt et recroquevilla ses orteils. Quand il avança, il souleva à peine le pied, le glissant juste sur la surface du sol avant de le reposer sur la partie extérieure du pied en effectuant un mouvement circulaire, à partir du talon pour aller jusqu'aux orteils. Il répéta ce mouvement au pas suivant et elles observèrent attentivement. Il leur fit signe de suivre et toutes deux cherchèrent à copier sa manière de se déplacer. C'était difficile, mais elles parvinrent à avancer sans bruit et Winnie gloussait. C'était caricatural. À tout instant, Emmy s'attendait à le voir se retourner, la montrer du doigt en train d'adopter sa démarche furtive dans la forêt et éclater d'un gros rire sonore pour se moquer d'elle. Mais il se contentait de continuer à marcher. Ses muscles commençaient à la faire souffrir. Cette façon peu habituelle de planter et rouler le pied l'amenait à utiliser des muscles dont elle ignorait l'existence et elle sentait une douleur très aiguë remonter le long de ses tibias et sous ses genoux, mais elle n'interrompit pas le mouvement. Il finit par s'arrêter et se retourna pour lui faire face.

« Comment avez-vous respiré ? demanda-t-il.

— Je ne me suis même pas rendu compte que je respirais.

— Vous devez respirer différemment. Plus profondément. Plus longuement. Ça vous calmera, ça vous stabilisera, ça vous donnera un meilleur équilibre. On traque quand on fait ça. Je dis que je rôde comme un couguar.

— Je veux rôder comme un couguar, rétorqua Winnie.

— C'est ce que tu viens de faire. Il y a très longtemps, on devait trouver sa nourriture dans la nature. On était des chasseurs. Des traqueurs. Il faut que vous retrouviez cette manière de rôder. Que vous retrouviez ce qu'il y a d'animal en vous.

— Est-ce qu'il y a un animal en moi? demanda Winnie.

— Nous en avons tous un, répondit-il.

— Notre animal interne, ajouta Emmy en souriant presque.

— Ouais. Marcher comme il faut nous permet de tout voir et d'apprendre comment nous déplacer au milieu de ce monde sans rien en déranger. La plupart des gens marchent énergiquement. Ici, on apprend à marcher doucement. Comme les animaux. À présent, ce que je veux c'est que vous fassiez attention comme vous l'avez fait jusque-là, mais sans lever les bras et les doigts. »

Emmy redressa la tête et fixa l'étendue du paysage.

« Voyez-le, dit-il. Tout entier. Quand vous aurez l'impression de savoir ce qu'il y a dans cet espace, commencez à marcher. Continuez à avancer tête relevée, en étant aussi discrètes que possible. Ne vous inquiétez pas de votre vitesse, ni de votre allure. Concentrez-vous sur la marche. Marchez jusqu'à ce que vous puissiez voir ce qui se passe là-bas. Ensuite, revenez me dire ce que c'est.

— Et si un ours surgit?

— Si vous marchez comme il faut, vous le verrez avant de vous retrouver dans une situation délicate.

— Vous êtes sûr ?

— Ce n'est pas à moi de l'être. »

Elle était seule. Il avait gardé Winnie et disparu en silence derrière elle, elle percevait leur absence. Sentir la nature, c'était comme y être épinglé, comme y être accroché tel un nouveau spécimen, dont l'espace, l'habitat, la fonction sont inconnus. Ce panorama ébranlait par sa complexité. Elle s'obligea à respirer, se concentra là-dessus jusqu'à prendre conscience que ses inspirations gagnaient en profondeur et en longueur, qu'une impression de calme se logeait dans son ventre, que son champ de vision s'était élargi et comblé de détails. Elle s'entraîna à repérer une image dans la périphérie sans tourner la tête, ni regarder de biais. Elle fit de même pour sa vision du sol à ses pieds et de la canopée au-dessus d'elle, pour le grêlé de la ligne de crête, l'escarpement et la montagne derrière. Sa périphérie couvrit à la fois le haut, le bas, la gauche, la droite et devant. Elle n'avait jamais vu ainsi auparavant. Elle resta là jusqu'à ce qu'elle ait la certitude d'avoir vu l'espace dans son intégralité, de pouvoir reconnaître ce petit territoire si elle le revoyait, de savoir le peindre, peut-être, sans rien en oublier. Puis elle se mit à marcher.

La plupart des gens marchent énergiquement. C'est ce qu'il avait dit. Elle s'appliqua à ne pas troubler quoi que ce soit. Chacune de ses plantes de pied agissait en toute conscience, elle s'autorisa à respirer, se détendre, se plonger dans le processus de la marche, de l'observation, de l'attention. Le panorama se modifiait. Il y avait de nouvelles choses à ses pieds, des changements dans la configuration devant elle et elle dut lutter contre le désir de tourner la tête pour tout regarder. Elle s'immobilisa. Se ressaisit. Une fois calmée, elle reprit sa progression et la forêt commença à s'ouvrir davantage devant elle ; elle se ramassa sur elle-même et avança à pas de loup, avec une discrétion qui la surprit. Puis son pied accrocha une racine. Elle fit rouler de petits cailloux qui s'entrechoquèrent. Des branches murmurèrent dans l'air quand elle les frôla ; elle voulait jurer, maugréer, rouspéter à cause de son manque de finesse et de réserve. Mais elle garda le silence comme une arme et continua. Elle croyait tout simplement avoir vu ce qu'offrait le spectacle. Ici, un rondin pourri, camouflé dans les hautes herbes. Là, un rocher couvert de mousse. Une fourmilière débordante d'activité. Un raton laveur somnolant à mi-hauteur d'un pin ponderosa. Des arbres, plus qu'elle n'en avait initialement repérés, alignés les uns derrière les autres comme des soldats, jusqu'à ce qu'elle fût assez près pour distinguer de nouveau le motif impénétrable de leur répartition. Avancer ainsi produisait une palette étourdissante de détails dans sa périphérie plus ample, le vertige était presque accablant ; elle s'arrêta, s'assit, respira et s'obligea à se calmer. Quand cette sensation fut passée, elle se releva, rajusta sa focale et se mit en mouvement. L'emprise du temps cessa. Les distances devinrent hors de propos. La vitesse fut sans valeur. Elle marchait. Elle voyait. Elle reconnaissait. Elle redevenait animale.

L'après-midi était bien entamée lorsqu'elle s'arrêta. Les ombres étant longues, il fut donc plus facile pour elle de savoir dans quelle direction était l'ouest, en conséquence, elle laissa le soleil du côté de son épaule gauche et avança sans interruption vers le nord. Elle dépassa l'endroit où elle avait commencé sa promenade solitaire et elle continua. Il lui était plus facile de marcher même si les muscles de ses jambes protestaient amèrement. Elle n'avait plus besoin de s'arrêter si souvent pour récupérer sa vision périphérique élargie. Elle voyait plus naturellement. Quand elle atteignit le sommet d'une petite colline couverte d'arbres et de baliveaux, elle les aperçut, assis sur un rocher, taillant au couteau scion après scion. Elle vit les bandes d'écorce à la base du rocher sur lequel ils étaient assis et sourit de sa capacité à discerner les détails de cette nouvelle façon. Quelques centaines de mètres la séparait de l'endroit où ils étaient assis et en se serrant, ses lèvres dessinèrent une ligne sévère ; elle se déplaçait avec détermination de son allure furtive et s'approchait. Ils continuèrent à écorcer. Elle se faufila de plus en plus près, se servant des arbres comme écran, se penchant à partir de la taille en rentrant les épaules. Consciente que sa respiration se contractait, elle se força à la détendre tout en se concentrant sur le placement de son pied et à mesure que la distance se raccourcissait, tandis que Starlight et Winnie étaient pris par leur travail avec les couteaux, elle eut envie de rigoler de sa maîtrise, son agilité et sa quiétude. Elle avait l'impression de flotter vers eux. Elle n'était qu'à une dizaine de mètres quand il parla.

« Le vent est derrière vous. Vous portez l'odeur du feu d'hier soir. » Ce fut tout ce qu'il dit tout en continuant d'écorcer.

« Merde, dit-elle. Je croyais avoir bien fait.

— C'est le cas. Pour une première fois.

— Quelque chose d'autre que je devrais savoir ?

— Tout fait du bruit. Ici, où rien ne couvre les sons, il faut choisir ce que l'on porte.

— Mais je vous ai retrouvés.

— Les oiseaux m'ont averti en premier.

— Comment est-ce qu'ils ont fait ?

— Ils ont cessé de gazouiller. »

Il se mit debout, lui tendit le scion écorcé. Il était fendu en quatre à l'une des extrémités et les pinces ainsi formées avaient été façonnées en arrondi.

« C'est déjà bien assez difficile d'apprendre à marcher comme il faut, dit-il. Ça fait beaucoup pour une journée, mais je vais vous apprendre à pêcher. Nous allons terminer cela quand nous serons arrivés au ruisseau. Est-ce que vous saviez que les poissons choisissaient ? »

Elle fit tournoyer le bâton dans ses mains.

« Choisissaient quoi ?

— Où s'installer. Il y a plein de coins à choisir dans l'eau, mais ils sélectionnent le meilleur et le plus facile pour eux. Le vieil homme m'a enseigné que quatre-vingt-dix pour cent des poissons vivent dans dix pour cent d'eau. Si on sait lire dans l'eau, on n'a jamais faim. »

Winnie quitta discrètement le rocher et brandit le bâton sur lequel elle avait travaillé. Il ressemblait à celui de Starlight, mais en plus inégal, moins uniforme.

« Regarde maman ce que j'ai fait.

— C'est splendide, dit Emmy. Qu'as tu fait d'autre aujourd'hui ?

— On a marché. Puis on s'est assis à quelques endroits. C'était vraiment calme. On a fait sortir des animaux pour que je puisse les voir.

— Ah oui ? Comment vous y êtes-vous pris ?

— En ne faisant pas de bruit. J'ai vu des écureuils, quelques oiseaux géniaux, un serpent, des lapins et un lynx.

— Tu as vu un lynx ?

— Ouais, une femelle. Frank m'a dit qu'elle

était là. Il m'a montré ses empreintes. Ensuite, on a avancé comme des couguars pour nous rapprocher et on s'est allongés derrière un arbre et on a respiré. C'est là qu'elle est sortie de la forêt. Elle était presque juste devant moi !

— Tu as eu peur ?

— Non. Frank m'avait assuré que tant que je respirais et que je restais sans bouger, elle ne s'occuperait pas de moi. Il avait raison !

— Tu as appris autre chose ? »

Winnie prit un air sérieux.

« Oui. J'ai appris que tout est une question de rythme. Si je me tiens tranquille, je sens le pouls de la nature. Ensuite, si je le sens, je peux commencer à l'entendre, et alors je peux commencer à le voir si je le veux vraiment. C'est comme ça que le lynx est venu.

— Parce que tu voulais le voir.

— Ouais, mais j'ai d'abord ressenti le rythme. Et Frank m'a dit que je pouvais apprendre à le flairer aussi, et même en reconnaître le goût ! Je voudrais être capable de faire tout ça. C'était quoi encore l'autre mot ?

— Percevoir, répondit-il. Il faut que tu arrives à percevoir les choses.

— Ouais. Ça veut dire que tu sais sans voir. On va sortir plein de fois, comme ça je vais pouvoir apprendre à percevoir les choses. »

Emmy fixa Starlight. Il croisa son regard. Elle fit un petit sourire et joua avec une mèche de ses cheveux.

« C'est magnifique », dit-elle.

Quand ils arrivèrent au ruisseau, il tendit le couteau à Emmy, lui indiqua où aller couper deux rameaux moitié moins épais que les pinces du scion. Quand elle revint avec, il lui montra comment les insérer en diagonale de façon que les quatre pinces soient écartées. Ensuite, il prit le scion et l'enfonça sur un bâton couché au sol. Quand les bâtonnets perpendiculaires se cassèrent, les pinces se refermèrent ; il souleva du sol le bâton ainsi capturé et le lui tendit.

« Voici un poisson, dit-il.

— Miam-miam. »

Il montra du doigt l'endroit où le ruisseau dessinait une courbe avant de redevenir rectiligne.

« Il faut chercher des coins où le courant est un peu moins fort, mais où l'eau n'est pas trop profonde. Comme à la sortie de ce méandre, là. Est-ce que vous pouvez repérer de quel côté va s'installer un poisson ? »

Elle plissa les yeux pour regarder l'eau.

« Bon, le courant va creuser sur l'intérieur du méandre. À l'extérieur, l'eau sera plus calme et un poisson aura moins besoin de lutter pour attraper la moindre nourriture qui dérive dans le courant. »

Il approuva de la tête. Il prit son couteau, coupa deux autres rameaux sur une branche de saule morte près du cours d'eau, les enfila entre les pinces et leur fit signe de le suivre. Il contourna le méandre à grands pas, par l'extérieur. Au milieu du ruisseau, on apercevait l'excroissance d'un banc de sable, il y alla, de l'eau jusqu'aux genoux, et monta dessus à l'extrémité la plus éloignée. Il désigna un point situé à peu près huit pieds plus loin. L'eau y était légèrement plus profonde et le courant avait été divisé par le banc de sable si bien qu'il semblait être d'un paresseux vert translucide. Il descendit lentement dans les flots et se retourna vers elles.

« Observez-moi », dit-il.

Il avança prudemment dans cette onde peu profonde, tenant le bâton au-dessus de la ceinture. Il se retourna face au courant et modifia sa prise afin que le bâton forme un léger angle à partir de son corps. Puis il scruta l'eau et resta immobile. On avait l'impression qu'il respirait à peine. Elles étaient assises dans le sable à le regarder. Emmy sentait la brise dans ses cheveux; elle travailla sa vision périphérique si bien que Starlight avait l'air d'arrimer toute l'étendue du territoire à son immobilité, elle sentait presque l'intensité de sa concentration. Le bruissement des flots. Les oiseaux. Le soleil qui projetait l'ombre des nuages sur tout. Quand, apparemment, rien n'allait jamais changer ni bouger, il enfonça le bâton d'un geste si rapide et soudain qu'elle en fut choquée, pourtant ce qu'il avait fait n'avait pratiquement laissé aucune ride à la surface de l'eau. Quand il remonta le bâton, le flanc argenté d'un poisson luisait dans la lumière du soleil. Winnie rit et applaudit.

Il apporta le poisson jusqu'au banc de sable, le posa au sol et le nettoya. Puis il emporta les abats jusqu'à l'eau, les déposa délicatement dans le courant, les laissa partir, puis la regarda.

« Pigé ? demanda-t-il.

— Peut-être pas pour les vider.

— À vous maintenant. Toutes les deux. »

Il lui tendit des rameaux pour séparer les pinces ; elle les prit, entra dans le courant avec Winnie juste à côté d'elle. Les yeux de la fillette resplendissaient de lumière. Quand elles atteignirent l'endroit où il se tenait, elles se retournèrent face au courant, levèrent leurs bâtons de la même manière que lui, guettèrent les flots et essayèrent de ne pas oublier de respirer. Il y avait cette curieuse sensation du temps qui perd sa valeur. Emmy eut l'impression de ne plus exister que par sa respiration et la force de sa volonté. Il lui semblait souhaiter voir un poisson apparaître. Ce qui ne se produisit pas. Pas pendant une éternité. Elle entendait Winnie respirer profondément à ses côtés. Elles restèrent ainsi pendant ce qui parut être des heures. Elles entendaient l'eau et le murmure du vent dans les arbres sur le rivage, le pépiement des oiseaux et le beuglement lointain de bestiaux au pâturage. Ni l'une ni l'autre ne se déconcentra. Puis, lentement, les poissons apparurent, semblables à des lignes d'ombre, furtifs, légers, portés par le courant comme des pensées frivoles. Elles soulevèrent toutes deux leurs bâtons avec prudence. Emmy risqua un coup d'œil en direction de Winnie. La fillette avait les lèvres pincées, les yeux plongés dans le courant. Aucune d'elles ne bougea. Elles abaissèrent leurs bâtons au même instant. Emmy sentit le sien toucher le fond et quand elle le releva, il y avait au bout un poisson fouettant l'air de ses éclats d'argent. Winnie riait à gorge déployée. Elle brandissait son bâton, triomphante, et elles coururent vers le banc de sable, en trébuchant dans le courant. Elles tombèrent sur les genoux, mais elles maintinrent les poissons en l'air dans les pinces. Starlight riait. Elles se relevèrent et rirent aussi. Elles se hissèrent sur le banc de sable et lui tendirent leurs bâtons avec les poissons. Il dégaina son couteau d'une main, prit les bâtons et les poissons de l'autre et lui passa le couteau.

«Je ne peux pas, dit-elle.

— Ça en fait partie. Vous devenez responsable de cette vie à partir du moment où vous acceptez de la chasser.

— Mais je ne croyais pas que je le ferais pour de bon.

— Il n'empêche que vous devez mener l'affaire à son terme.

— Je ne peux pas», répéta-t-elle.

Il la dévisagea d'un œil d'acier, sans sourciller.

« Vous m'avez demandé de vous enseigner cette manière de vivre. Eh bien, ceci en fait partie. Que vous le sachiez ou non, vous êtes une partie d'un tout. Y compris cette eau et ce poisson. Vous l'avez attrapé, maintenant vous devez l'honorer. Il va vous nourrir. Vous devez le nettoyer. C'est le marché.

— Vous allez me montrer ?

— Une seule fois. »

Il prit le poisson d'une main et le posa au sol. Il s'agenouilla à côté, fit délicatement pénétrer la pointe de la lame sous le V de l'opercule des branchies. Il releva les yeux vers elle. Elle hocha la tête. Il fit descendre la lame sur la longueur du ventre et la fente libéra les entrailles ; elle déglutit fort. Il les ôta d'une main, les sépara du corps en les coupant de l'autre. Il croisa son regard. Il les tendit dans sa direction et elle les attrapa, nauséeuse. Leur côté visqueux lui donnait envie de vomir, mais elle les apporta jusqu'à l'eau, s'agenouilla et les déposa doucement dans le courant comme il l'avait fait, puis elle se releva et les observa glisser, filer et sombrer dans les profondeurs en tourbillonnant. Elle se rinça les mains dans le cours d'eau et retourna auprès de lui, en les essuyant sur son jean.

« C'était bien, commenta-t-il.

— Ouais, confirma-t-elle en expirant. Maintenant, j'ai compris.

— D'accord. À ton tour, Winnie. »

La fillette prit le couteau et le brandit maladroitement, mais il guida ses mains et elle l'enfonça en pinçant les lèvres. Quand elle parvint à le faire entrer et qu'elle dégagea d'un coup les viscères, elle avait un air grave et il admira sa concentration. Elle emporta les abats jusqu'au rivage et les déposa dans l'eau. Elle s'agenouilla là et les regarda virevolter paresseusement dans le courant, puis dériver au loin.

« Merci », dit-elle calmement.

Roth s'était mis en selle, accompagné du cheval de somme ce matin-là pour organiser le camp. Comme l'après-midi tirait à sa fin, il alluma le feu et après être arrivés au camp, ils mangèrent le poisson avec le riz que Starlight avait enveloppé dans de larges feuilles et fait étuver avec des champignons sur le feu. C'était simple, frugal, sans apprêt, mais elle avait l'impression de déguster un festin sophistiqué et quand elle but de l'eau pour faire descendre, elle fut surprise de se sentir rassasiée, satisfaite. Elle soupira. Elle se fit une place au sol, s'allongea, le dos contre un rocher, et regarda au-dessus d'elle l'univers dans ses linges violets. Roth ajouta du bois au feu, ils sentirent l'obscurité descendre autour d'eux et dans la qualité de ce silence, elle entendit la nature ; c'était le seul langage dont elle avait alors besoin. Winnie s'allongea à côté d'elle avec une couverture et elle entoura sa mère de son bras, ensemble elles s'imprégnèrent de la parabole des étoiles. La nuit était profonde quand Starlight se leva pour aller dans la forêt.

« Où va-t-il ? demanda-t-elle.

— Si jamais vous arrivez à le savoir, vous me le direz, répliqua Roth. Là-bas, il se retrouve.

— Plus qu'à la ferme ?

— La ferme, c'est où il habite. Ici, c'est chez lui.

— Je ne sais pas comment il fait pour tout simplement se lever et partir là-bas. Sans fusil, je veux dire.

— Parfois, il m'est arrivé de rester ici des jours avant qu'il revienne. Deux ou trois fois, j'ai tout rangé et je suis rentré seul. Il a réapparu quelques jours plus tard. Quitté la forêt. Regagné à pied la ferme.

— Il a jamais raconté ce qu'il faisait tout seul pendant tout ce temps ?

— Non. Mais j'ai entendu un mot quand j'étais jeune et qu'on m'obligeait à aller à l'église. Communion, c'était. Je n'ai jamais trouvé dans ma tête l'endroit approprié où ranger ce mot. Pas jusqu'à ce que je rencontre Frank en tout cas. Il me semble que communion, ça veut dire être en accord avec quelque chose, s'en approcher. Avoir l'impression que chaque partie de vous-même est en harmonie avec tout cela. C'est ce qu'il fait là-bas. Il entre en communion. »

Elle le dévisagea depuis l'autre côté du feu. Winnie dormait, le front appuyé sur les côtes de sa mère, qui respirait doucement pour ne pas la déranger.

« Je ne me suis jamais sentie en accord avec quoi que ce soit de toute ma vie », dit Emmy.

Roth hocha la tête et tisonna le feu.

« Peut-être que c'est pour ça que vous êtes ici.

— Vous croyez ?

— Diable, j'en sais rien. Frank est celui qui peut saisir les choses. Les choses profondes. Mais moi, je crois qu'il y a un mystère dans les choses, dans la vie, et parfois c'est ça qui vous prend en mains, vous voyez ? Parfois ce mystère conduit les bonnes personnes au même endroit en même temps. Il m'a amené auprès de Frank. La vie n'a plus été la même depuis ce jour.

— Vous croyez que c'est le travail de Dieu ?

— Je ne sais pas. Moi et la notion de Dieu, ça fait un bout de temps qu'on s'est séparés. Mais il se passe quelque chose, et ce grand dadais qui musarde là-bas dans le noir ? Je pense assez souvent que c'est lui qui a été désigné pour me conduire à une notion avec laquelle je peux vivre.

— Je n'ai jamais rencontré quelqu'un comme lui, dit-elle.

— Pas plus que moi, d'ailleurs. »

6

Les jours suivants devinrent des voyages d'enrichissement; Emmy éprouva en elle les premières éclosions de l'amour, semblables aux premières vrilles du printemps dans l'air. Elle apprit à marcher en toute confiance dans la nature qui pénétrait en elle: le bourdonnement et le courant qui en provenaient traversaient tout son être, l'émouvant aux larmes et la rendant joyeuse. Pendant des journées entières, ils ne firent que marcher. Chaque pas dans ce grand espace libre était une nouvelle percée qu'ils faisaient ensemble, une nouvelle voie qu'elle ouvrait vers cette étrange impression de saturation et de vide qui occupaient simultanément son ventre. La nature. Elle l'accueillait, la remplissait et Emmy en ressentait le manque quand ils retournaient à la ferme.

Winnie s'épanouissait sous ses yeux.

Elle s'émerveillait de la patience de Starlight avec la fillette tout autant qu'elle secouait la tête d'étonnement devant cette capacité qu'avait Winnie de lui faire confiance si facilement. Elle avait envie d'en pleurer. Les hommes n'avaient jamais traité Winnie comme une petite fille. Ils l'avaient traitée comme un embarras, quelque chose qu'il fallait supporter dans leur poursuite de sa mère, quelque chose qu'il fallait subir jour après jour en échange de ce qu'Emmy pouvait leur donner en tant que femme. Winnie n'avait jamais connu un homme qui lui posait des questions, puis qui écoutait ses réponses. On ne lui avait jamais montré des choses d'une manière qu'elle pouvait comprendre. Tout ce qu'elle avait connu, c'était des hommes distants, froids et indifférents qui la laissaient de côté, ne tenaient pas compte d'elle, l'ignoraient et traitaient sa mère comme un corps, une possession, un article utilitaire, juste sous ses yeux. Elle avait vu des choses qu'aucune petite fille ne devrait jamais voir et c'était depuis les profondeurs d'un puits de honte qu'Emmy regardait Starlight amener doucement Winnie à développer sa personnalité sur fond de nature.

« Savais-tu que nous nous déplaçons même lorsque nous restons assis ? demanda-t-elle un soir.

— Je suis à peu près sûre de ne pas le savoir, répondit Emmy.

— Frank me l'a expliqué. Il dit que si je

regarde assez longtemps les étoiles dans le ciel, je peux les voir bouger. C'est parce que la terre tourne qu'on dirait qu'elles bougent. Mais en réalité, c'est nous.

— C'est intéressant.

— Ouais, mais ce qui est vraiment intéressant c'est qu'on tourne drôlement vite et qu'on ne le sent même pas.

— Je n'ai pas l'impression de tourner, ici.

— C'est parce qu'on n'y pense pas. C'est tout simplement comme ça. Frank dit que c'est comme quand on est dans la nature, qu'on s'arrête et qu'on s'assoit pour respirer. Là aussi on bouge, mais on ne le sait pas.

— Comment est-ce qu'on bouge alors ?

— Parce que tout le reste bouge.

— Je ne comprends pas. »

Winnie ricana.

« Moi non plus d'abord, mais Frank est vraiment doué pour raconter les choses. Il dit que tout est vivant. Donc tout bouge. C'est juste qu'on pense que les choses sont immobiles. Mais si on apprend à s'asseoir avec les choses, on finit par arriver à les sentir bouger même si c'est juste un petit peu au début. Si on apprend à être vraiment immobile et tranquille on arrive à sentir qu'on fait partie de tout ce mouvement et il fait partie de nous.

— Est-ce que tu sens ça ? »

Elle haussa les épaules.

« Rien qu'un peu. Mais je vais aller m'asseoir dans la nature ou y marcher comme

Frank pour pouvoir le sentir mieux. Tu sais pourquoi ?

— Non. Pourquoi ? »

Winnie la regarda et ses yeux étaient si clairs et brillants qu'ils ressemblaient au ciel et elle eut l'impression qu'elle pourrait y tomber et s'y abîmer indéfiniment.

« Parce que quand j'arriverai à le sentir tout le temps, j'aurai l'impression de faire partie de tout et que tout sera une partie de moi… et je ne vais plus jamais me sentir seule. »

Au bout d'une semaine, Emmy parvenait à marcher plus vite. Sans bruit. Elle pouvait fermer les yeux et percevoir la plus imperceptible brise sur sa peau, et se déplacer dans sa direction. Pendant que Winnie était à l'école, Starlight enseignait à Emmy comment se tapir plus bas et à malgré tout progresser avec aisance. Les muscles de ses cuisses, de ses genoux et du bas de son dos se plaignaient, mais elle avançait ainsi pendant des heures. Il lui apprit à marcher en se dandinant. L'arrière de ses talons pile à hauteur de ses fesses, elle marcha comme un canard dans la forêt, dans l'herbe, au milieu des rochers secs et du petit bois jusqu'à parvenir à le faire silencieusement. Ensuite il lui montra comment ramper. Elle apprit à se servir de ses coudes et de ses genoux comme prise. Elle apprit à se servir du bout de ses orteils, de ses avant-bras, de l'intérieur de ses genoux, et des bords inférieurs de ses poings pour se hisser. Elle apprit à le faire en avant et en arrière sans déranger le sol, sans laisser de trace de son mouvement. Il lui montra comment se déplacer dans ces diverses positions et en faisant tous ces mouvements, tout en maintenant un rythme, un tempo, et pendant tout ce temps-là, à conserver une conscience aiguë de tout ce qui l'entourait.

Quand ils étaient en pleine nature, les journées d'Emmy commençaient et s'achevaient en silence. Ils parlaient rarement. À la place, elle apprit à porter son attention sur les signaux qu'envoyaient les mains de Starlight, sur ses yeux, sa posture, de sorte que la cuisine, les tâches ménagères et toutes les activités ordinaires de la vie pouvaient s'effectuer et se partager sans un mot. Elle fut surprise de constater combien elle avait peu besoin de la parole et du langage. Les mots restaient en elle comme des pierres. Quand il lui arrivait de les utiliser, elle reconnaissait leur poids, leur signification, leur importance et elle sentait dans sa manière de les choisir une pertinence croissante. Elle en vint à préférer l'interaction non verbale. Elle en vint à reconnaître qu'entre chaque mot et le suivant, il y avait un silence, et que c'était à l'intérieur de ces minuscules silences que se produisait la véritable communication. Elle avait l'impression d'être un animal doué de parole et de sensations, véhiculant le langage du vent.

Un jour, ils étaient allongés sous une légère bruine, en train d'observer huit chevreuils qui broutaient dans une prairie. Il fouilla dans le sac à côté de lui, d'où il sortit un appareil photo et un téléobjectif. Elle toucha son coude, l'invitant à lui passer le matériel. Il la regarda d'un air interrogateur, puis le lui tendit. Elle fit le geste de s'approcher de biais, face au vent, et de contourner les chevreuils au large de la prairie, ce qu'il approuva de la tête. Quand il s'apprêta à la rejoindre, elle souleva une paume et prit un visage grave. Il l'étudia brièvement, puis cligna des yeux. Elle recula avec des mouvements de reptation, puis se détendit en s'accroupissant à fond, ensuite elle fila plus profondément entre les arbres et se mit à contourner la prairie en position accroupie. Les chevreuils ne remarquaient rien. Elle se leva et avança face au vent jusqu'à ce qu'elle flaire les chevreuils, puis elle redescendit en position accroupie pour se glisser plus près d'eux, finalement elle se mit à plat ventre et avança furtivement jusqu'à un point à partir duquel elle les voyait distinctement. Elle n'avait pas conscience de respirer. Elle souleva l'appareil à hauteur de son visage, regarda dans le viseur et fit le point sur les chevreuils. Une biche et un faon, intrigués par un bruit dans les arbres, relevèrent la tête pour inspecter l'espace latéral; elle resserra le plan et les prit de profil. Elle les observa un peu plus longtemps, puis elle rebroussa chemin jusqu'au lieu où il attendait; ils se levèrent et s'éloignèrent de la prairie en silence. Ce soir-là, il lui donna du cuir et lui apprit à découper des lanières. Ensuite il lui donna un épais morceau de feutre et lui montra comment fabriquer ses propres mocassins.

«Vous les avez mérités», fut tout ce qu'il dit.

Elle cousit toute la nuit. À chaque point, elle s'imaginait en train de marcher. Elle se voyait aux confins humides des marais et au milieu des mouvements fortuits et secs des forêts de pins. Elle sentait la brise sur sa peau et le frôlement de la pluie fine. Elle s'imaginait en train de se glisser dans l'obscurité, dans des trouées d'ombre si totale qu'elles ressemblaient à des cavités disparaissant dans la terre, puis en train de se promener, comme une reine, en direction de l'exultant épanchement matinal, le lever du soleil illuminant soudain tout, tel une détrempe, chaque détail prenant l'aspect d'un bijou éblouissant. Quand elle tint enfin dans ses mains les mocassins achevés, l'idée de marcher était devenue, au fil de leur réalisation, équivalente à entrer dans une contrée étrangère, les seules cartes nécessaires étant les plantes de ses pieds. Elle s'endormit en les serrant contre sa poitrine.

Ensuite il lui enseigna comment courir. Ils marchaient le long d'une tourbière bordée de pins rabougris et de rejets d'épinettes. Il leva une main et s'arrêta. Elle était derrière lui. Il se baissa en faisant porter son poids sur ses cuisses et se mit à courir à petites foulées, en balançant légèrement les bras, parallèlement à ses cuisses. Elle l'imita. Elle voyait comment le mouvement l'aidait à maintenir une démarche silencieuse et s'appliqua à ne pas le casser à cause de la balourdise de son premier effort. Ils contournèrent ainsi toute la tourbière et elle sentait la brûlure de la tension dans ses jambes, néanmoins elle s'obligea à continuer de trottiner comme un chien. Quand il vira soudain pour s'enfoncer entre les arbres, elle faillit s'écrouler, mais elle se redressa et s'empressa de le suivre, surveillant sa manière de planter les pieds et copiant leur façon de rouler dans le crissement du gravier, des cailloux et des grains de sable. Il courut de cette façon pendant une demi-heure. Quand il stoppa, elle s'adossa à un arbre et prit une profonde inspiration. Il paraissait à peine affecté par l'effort. Lorsqu'elle eut récupéré, il fit signe qu'ils allaient poursuivre et ils s'enfoncèrent au cœur de la forêt. Courir était plus difficile à présent. Il y avait de hautes fougères et des arbres à terre, des ronces et crevasses inattendues dans la roche, par-dessus lesquelles elle s'évertuait à sauter et, malgré tout cela, il gardait son allure inexorable. Les mocassins paraissaient lâches à ses pieds, mais ils ne furent d'aucune utilité contre la douleur et les crampes qu'elle commençait à avoir dans les jambes. Néanmoins elle persista. Ils remontèrent le long d'une longue boucle qui suivait une crête, puis il ralentit et se releva de toute sa hauteur, avança jusqu'à une pierre en bordure de la crête où il s'assit pour observer le panorama. Elle se laissa tomber à côté de lui, essoufflée et prise de vertige. Il lui fallut de longues minutes pour retrouver son calme.

« On court comme des chasseurs, des rôdeurs, des fureteurs, dit-il. L'objectif de la course, c'est de courir.

— N'est-ce pas évident ?

— Pas tant que ça. J'ai parlé un jour à un vieux gars en ville, devant le magasin d'alimentation animale. C'était un des premiers Indiens à qui j'aie jamais parlé. On regardait des enfants courir dans la cour de l'école. Il disait que pour son peuple, courir c'était respirer le souffle de toutes choses. Courir c'était ajouter du souffle aux choses. À tout. Certains de leurs coureurs le font pendant des jours d'affilée.

— Et maintenant quoi ?

— Maintenant, vous allez apprendre à courir comme un animal.

— Comment je m'y prends ?

— En ne courant pas.

— Christ ! »

Il rit.

« Je vous entends bien, dit-il. Mais si vous observez les animaux, surtout les chasseurs, ils passent la plupart de leur temps à trotter ou à marcher à grandes foulées. Ils avancent par à-coups. Ils ne courent pratiquement jamais à pleine vitesse. Même les chevaux. On ne peut pas faire galoper un cheval pendant des heures. La plupart du temps on va au pas ou au petit trot. Les chiens aussi. Pour eux comme pour les loups, la vitesse maximale doit être justifiée. Vous devez être capable de courir comme un loup. Qui rôde en quête de sa proie. En tapinois.

— C'est comme ça qu'on réussit à s'en approcher, non ? En courant comme ça. Comme un animal.

— En partie.

— C'est quoi le reste ?

— Aimer la sensation que procure la course. »

Après cela, il se leva et courut. Elle le suivit. Elle se rapprocha du sol et fit de grandes foulées au ras du sol, à la façon, presque désinvolte, qui était la sienne ; elle conserva l'allure et commença à se servir de ses yeux, de ses oreilles et de son nez, si bien qu'au bout d'un moment, elle n'était pas tant consciente de parcourir des miles que de pénétrer plus profondément dans le territoire qu'elle traversait. Elle le voyait. Elle l'entendait. Elle le humait. Elle sentait sa présence. Et après des miles et des miles, lorsque Starlight se tint très droit et courut encore plus vite dans un petit océan de prairies, elle aussi changea de rythme ; ils traversèrent ensemble à toute allure cette étendue ensoleillée et disparurent au milieu des arbres sur le côté opposé. Ils riaient.

Ils coururent pendant des semaines. Il lui faisait gravir des collines ou suivre de longs parcours sinueux au bord des rivières et des torrents. Ils coururent sur des plateaux et dans des prairies. Ils coururent depuis la grange pour traverser le pâturage et remonter la piste tortueuse menant aux crêtes. Ils couraient le soir et couraient le matin ; elle apprit ainsi à aimer la sensation de son corps en mouvement. Ce fut un éveil à elle-même. Grâce à cela, elle se sentait parfaitement vivante, cela devint comme une drogue dont elle avait besoin quotidiennement ; alors elle se mit à faire de longues randonnées seule, à grandes foulées et en suivant la limite de la concession qui menait à la ville, faisant demi-tour au panneau « Bienvenue » pour rentrer. Elle courut sur les pistes où il l'avait emmenée. Seule. Elle n'en éprouvait aucune peur. Au contraire, elle abordait la course comme elle abordait la marche et elle se laissa glisser dans le rêve mystique qu'elle suscitait, à chaque foulée, chaque pas, chaque enjambée elle se rapprochait de la nature et du pays de son propre être. Elle passait des nuits de sommeil profond, impassible et sans rêves. Elle se réveillait toujours régénérée. Ses muscles devinrent durs, forts et résistants. Il lui montra comment bondir et sauter sans casser le rythme, et elle commença à faire confiance à son équilibre et à la force de sa souplesse, si bien que dans son esprit, il devint moins pénible de courir, plus naturel, plus libre et grandiose.

«Je sais pourquoi les loups hurlent, dit-elle un soir alors qu'ils étaient assis sur la galerie.

— Pourquoi donc? demanda-t-il.

— Parce que c'est le seul moyen qu'ils ont pour exprimer ce qu'ils ressentent.

— D'être loup, vous voulez dire?

— Ouais, je crois. Mais quand je cours, je sens le monde s'infiltrer en moi, plus que je ne me sens m'infiltrer dans le monde. Il n'y a pas de mots pour cela. Tout simplement pas. Dans ces moments-là, la seule chose que je veuille faire, c'est hurler.»

7

Chez Cadotte naquit le besoin de chasser sa proie en solitaire. Il s'asseyait au bord du lit, laçait ses bottes pendant qu'Anderson l'observait, puis il se levait, enfilait sa veste et quittait la chambre sans dire un mot, descendait l'escalier de tel ou tel taudis où ils s'étaient réfugiés. Ni l'un ni l'autre n'échangeait alors de paroles. Chacun comprenait qu'il n'y avait pas de mots pour exprimer ce qui couvait sous un suintement, un saignement, comment tout ça agitait les tripes et enserrait les tempes aussi implacablement qu'une folie envahissante. L'incendie avait déposé des braises en chacun d'eux. À l'intérieur de Cadotte, elles produisaient des flammes plus ardentes, plus fougueuses, ces dernières attisaient en lui une chaleur contenue que même Anderson ne voulait pas approcher quand elle s'élevait sans l'aide de la picole ou d'une discussion. Alors, il le laissait marcher. Où il allait et ce qu'il faisait importait peu à Anderson. Il y avait des histoires que mêmes les brutes n'avaient pas besoin d'entendre.

Le pick-up ne lui servait à rien. Il voulait éprouver la sensation du rôdeur. Il voulait sentir ses pieds fermes sur le béton et l'inépuisable impulsion de son énergie en direction de toute porte vers laquelle son instinct de prédateur le poussait. Il avait besoin de sentir le mouvement. Il avait besoin de sentir ses poils se hérisser au cours de la chasse. Ses épaules se ramasser. Ce grouillement d'énergie en lui qui finissait par l'amener à une tranquillité étrangère à ceux qui le voyaient. Son corps massif était écrasé par la menace implicite, cette façon primitive d'épier qui était la sienne, assis, aux aguets, à l'affût, silencieux, posé comme un rocher malveillant, balafré d'impacts mystérieux. Les hommes l'ignoraient. Les femmes, certaines femmes, étaient attirées par lui et c'étaient celles-là qu'il traquait; celles qu'il autorisait à dépasser la gueule béante de sa haine et à s'enfoncer dans ses ténèbres.

Quand il les trouvait, il les commandait exactement comme il avait contrôlé Emmy quand ils s'étaient rencontrés pour la première fois. Maléfique. Laconique. Insistant. Un geyser ébranlant la terre lors de la montée de sa pression. Il se délectait en silence de leur peur et de leur manière de s'accrocher à la sécurité, toutes flageolantes, de leur impression d'être à l'abri, et de les voir inexorablement emportées par le maelstrom de son amertume et de son mépris impitoyables. Il les prenait. Il les rabaissait. Il leur laissait sentir son pouvoir, son contrôle, sa domination. Il n'y avait pas d'émotion, seulement un grognement primitif et un dénouement. Il n'y avait aucune élégance. Il les possédait dans des ruelles, sur les sièges arrière de leurs voitures, les berges des rivières, dans les parcs, les terrains vagues jonchés de carcasses rouillées d'appareils divers et de véhicules. Tout ce qui lui importait, c'était le dernier acte de cruel mépris : le rejet, l'indifférence railleuse qu'il leur manifestait au moment de leur départ, aveulies et souillées. Alors, il était leur maître. Il s'en régalait. Puis se relevant de toute sa hauteur, il redevenait lui-même d'un simple haussement d'épaules et repartait au milieu des détritus de la ville endormie, riche des relents de sa pourriture, exhalant un arrière-goût d'abandon, de négligence, de pertes réelles, imaginaires et craintes. Il existait pour ces nuits de triomphe. Avançant à grands pas entre les ombres froides et humides, le visage d'Emmy était son moteur. Le souvenir de son corps, son contact ; la sentir langoureusement abandonnée contre sa peau, à demi ivre, et cette puissante pulsation dans la paume, continue, attisée par la haine, et cet embrasement incandescent des flammes, et la chaleur, et la brûlure – tout cela le poussait à sortir, à s'enfoncer plus profondément dans l'obscurité.

8

« Cet endroit semble s'être beaucoup calmé », dit Roth.

Ils graissaient et lubrifiaient le tracteur, la botteleuse et la remorque, en préparation de la première récolte de foin. Il faisait chaud et ils buvaient souvent à une grande cruche d'eau, apaisés comme toujours par cette sensation que procurait le travail : cette curieuse impression d'activité, dans le soin et l'attention au détail, de s'occuper du matériel, cela leur permettant de ralentir leur rythme pour aboutir à une suite de gestes calmes, assurés, semblables à de la poésie. Ils n'avaient pas parlé depuis un moment.

« J'espère que Maddie voit du changement chez la petite à l'école, remarqua Starlight.

— Je l'ai rencontrée à la poste il y a un ou deux jours. Elle avait l'air en forme et satisfaite.

— Tant mieux. Parfois, je me pose des questions.

— À propos de quoi ?

— Je m'demande si tout ce qu'on fait est suffisant.

— Tout ce que toi, tu fais. Moi, je me contente de suivre le mouvement.

— J'pourrais rien faire de tout ça sans toi, Eugene.

— Ouais, bon, c'est généreux de ta part de le remarquer. C'est pas mon genre de chanter mes louanges. Moi qui suis plutôt du genre timide, renfermé. »

Starlight fut pris d'un petit rire. Il posa le pistolet graisseur à côté de lui et, sous la remorque, il tourna la tête vers Roth. Ils étaient tous les deux contents d'être allongés là sans bouger.

« Je vais pas mal avoir besoin que tu nous accompagnes quand on sortira le week-end.

— Tu sais, j'te suis à fond là-dedans.

— Je sais. Je demandais juste.

— J'avais l'impression que tu commençais à attacher de l'importance aux choses.

— Comment ça ?

— Disons que tu deviens assez tendu quand il y a des affaires sérieuses à l'horizon.

— Tendu ? Je pense pas avoir jamais été énervé, jamais.

— Ouais, tu le deviens. Je t'assure. Je te connais depuis trois ans, Frank. On vit sous le même toit, on s'assied au coin du même feu.

J'ai assez de jugeote après tout ce temps pour reconnaître les signes.

— Ah, alors il y a des signes à présent, c'est ça ? Je serais heureux de savoir ce qu'ils pourraient bien être.

— Avec plaisir. C'est bien que tu saches qu'il y a quelqu'un qui surveille de près ton comportement de temps en temps. Et moi, j'ai justement un regard perspicace et prudent.

— Et cet œil perspicace, il te dit quoi ? »

Roth tourna la tête et le regarda franchement. Il se frotta le menton et y étala une traînée de cambouis.

« Tu vois, c'est qu'il faut savoir lire un homme comme on lirait une femme. Bon, tes femmes normales à toi ont en elles tendance à être pleines de contradictions. Comme la forêt où tu m'entraînes tout le temps. Je t'accorderai qu'avec la nature, t'as une façon de t'y prendre qui sort de l'ordinaire et c'est bien, mais t'as pas un si bon œil que ça pour savoir dire comment tu t'y prends. Même chose en ce qui concerne les femmes. Tu piges ? »

Starlight sourit malgré lui.

« Je ne suis pas vraiment sûr, non.

— Bon, essaie de suivre du mieux que tu peux », dit Roth en lui adressant un clin d'œil. Il se tourna sur le flanc, glissa un bras sous sa tête, et fixa Starlight, l'air sérieux. « Je sais que ça peut être dur pour toi compte tenu qu'il m'arrive d'atteindre de saisissantes profondeurs de pure pensée. Mais voilà: tu regardes une femme, alors ta façon de la regarder la préoccupe. C'est qu'elles ont tellement besoin d'être belles. Tout ça parce qu'elle sait que tu la dévisages. Elle est consciente de ta présence et elle est consciente d'elle-même, ce qui la conduit à faire toutes sortes de manœuvres pour indiquer qui elle est réellement. Pareil pour toi.

— Pareil pour moi comment? demanda Starlight.

— Heureusement pour toi, tu n'es pas beau, de sorte que tu n'as jamais eu besoin de t'intéresser de près à ce membre de l'équation.

— Ouais. Je m'en porte très bien.»

Roth hocha la tête.

«Mais ce que tu fais, c'est te demander si les manœuvres que tu entreprends sont les bonnes. Ça te rend très grave et sérieux. Tu perds cette étincelle de jeunesse qui émane habituellement de toi. Comme quand tu essaies de résoudre la question de savoir où poser ta ligne de nuit pour la pêche. Un je-m'en-foutiste de mon espèce, qui sait juste qu'il est beau, ne prendrait pas un visage tout chiffonné pour ça comme toi. Il me suffit de mettre un asticot au bout de l'hameçon et le lancer. Mais toi, tu dois déterminer quoi faire. Et c'est là que t'es facile à lire.

— Un visage tout chiffonné? s'enquit Starlight avec un sourire en coin.

— Ouais, ouais. Une façon de révéler ta vraie nature, ouais.

— Je suis heureux de savoir que tu puisses me connaître aussi bien.

— J'te l'ai dit. Perspicace et prudent. Et ceci me conduit à savoir maintenant que ce que tu penses être la meilleure façon d'agir, va en règle générale être ce qu'il y aura de mieux. Arrête donc de te soucier au point de t'en rendre malade.

— Je ne t'ai pas dit ce que j'allais faire.

— Inutile, mon vieux. Tu t'en es trouvé une en or dans ce monde-ci, connaissant trop bien les agissements du monde réel. Le monde de là-bas, je veux dire. Derrière les collines. À mon avis, tu dois t'en tenir à ce qui fonctionne, et ainsi tu n'iras jamais à l'échec.

— Se contenter de ce qui te révèle à toi-même ? demanda Starlight avec un sourire.

— Écoute bien, déclara Roth en le désignant du doigt avec animation. Ça là, c'est du pur génie. Ta capacité à entendre les paroles sages quand on les prononce autour de toi. »

Starlight secoua la tête et se remit au travail.

Ils se préparèrent à partir dans la chaleur déclinante de la fin d'après-midi. Le soleil se couchait en se teintant d'un jaune plus intense, et les chevaux s'énervaient ; Emmy sentait leur énergie tandis qu'elle se tenait près de la clôture et le regardait charger la seconde jument.

Ils n'emportaient pas grand-chose. Il lui avait dit qu'ils se dirigeaient vers des contrées plus sauvages et l'absence apparente de produits de première nécessité l'inquiétait. Elle se surprit à observer au loin l'épais tapis de forêt qui couvrait les pentes et les replats des sommets, en se demandant quel effet ça ferait de complètement s'échapper du monde connu, de sentir les escarpements montagneux vous isoler de tout ce que vous reconnaissiez et le calme des choses pénétrer en vous, comme un courant d'air dans une pièce vide. Ça l'effrayait un peu, mais elle ne voulait pas se laisser impressionner. Quand il approcha les chevaux, elle mit un pied à l'étrier et enfourcha la jument ; elle s'assit calmement et elle attendit pendant qu'il aidait la petite à monter. Quand elles furent toutes les deux installées, Starlight et Roth achevèrent les derniers préparatifs et fermèrent la porte de l'écurie avant de rejoindre leurs montures ; ils chaussèrent l'étrier et lancèrent de façon synchronisée leur jambe de l'autre côté ; ils étaient éblouis par les rayons obliques du soleil. Ils encouragèrent les chevaux à démarrer ensemble, franchirent le portail pour entrer dans la petite étendue verte du pâturage. Roth se pencha pour fermer le portail de l'enclos, regarda Emmy, arqua un sourcil, et invita sa monture à avancer. La jument qu'elle montait suivit de près et ils traversèrent le champ. Winnie était derrière elle et Starlight fermait la marche. Il n'y avait pas de vent. Le sol durci du pâturage faisait dégouliner la sueur de son visage et elle s'essuya le front de son avant-bras avant d'adopter pleinement le pas indolent de sa monture. Devant eux les arbres se dressaient, résolus, et les ombres étaient profondes et épaisses comme des taches. L'allure du cheval la berçait et elle se laissa porter, détendue et ramollie ; elle se retourna pour regarder Starlight qui l'évalua de la pointe du menton jusqu'aux orteils, hocha la tête et lui adressa un petit sourire. Il encouragea le cheval à avancer, rattrapa Roth et le rythme s'accéléra. Lorsqu'ils atteignirent le début de la piste, ils trottèrent en suivant la courbe de la pente, alors elle sentit la nature devenir sauvage autour d'elle.

Ils franchirent la crête, puis descendirent l'autre versant avant d'entrer dans le V abrupt d'un ravin au fond duquel courait un petit torrent d'un bleu blanchâtre. Tout ce qu'elle entendait était la ruée de l'eau. Les chevaux avançaient avec précaution et les rochers éparpillés le long de la berge étaient gros et érodés par la force du courant des fontes printanières. Plus ils suivaient ce cours d'eau, plus elle parvint à entendre le silence derrière la course de l'eau. Elle releva la tête en direction de la cime des arbres qui découpaient le ciel en dessinant une bordure dentelée. Les pins et les épinettes étaient plus épais et les gros rochers du talus d'éboulis laissèrent la place à des pierres plus petites, variées, à des cailloux et du gravier. Le lit du torrent plongeait selon un angle abrupt et elle dut se pencher en arrière sur le cheval pour garder l'équilibre. C'était une longue traversée. Finalement, la piste s'aplanit et ils descendirent en serpentant dans une large vallée, entourée de toutes parts de montagnes; le torrent s'élargissait, se calmait et devenait nonchalant, puis il formait un bassin, parsemé de huttes de castor et, çà et là, des aulnes, des bouleaux, des saules dépassaient; elle se dit qu'elle n'avait jamais rien vu d'aussi beau.

Le soleil n'était plus qu'un lambeau de lui-même derrière la crénelure orientale de la montagne. Tout était inondé d'une lumière dorée qui tournait à l'orangé puis au cramoisi avec un soupçon de violet profond qui se laissait deviner. Starlight fit marcher les chevaux plus avant dans la vallée et les stoppa à l'entrée d'un vaste bassin. Elle aperçut des poissons en train de nager dans les bas-fonds. Il y restait des traces d'un ancien feu; Starlight descendit de cheval pour s'en approcher et donna des coups de pied dans l'herbe qui pointait autour du cercle de pierres. Elle se laissa glisser du dos de la jument et resta debout à tout regarder. Pendant que Winnie et elle s'approchaient du bord de l'eau, Roth et Starlight attachaient les chevaux à un bouquet de saules, puis ils soulevèrent les pierres qui constituaient le tour du feu et les réassemblèrent au-dessus des touffes d'herbe. Quand elle le regarda, il indiqua les arbres d'un doigt et elles le suivirent, enjambant rondins et rocs ; traversant des massifs de buissons couverts de baies et de fleurs. Il portait une petite hache et un couteau, et ils marchèrent jusqu'à un taillis de jeunes arbres qu'il abattit. Lorsqu'ils eurent les bras chargés, ils repartirent.

Il leur communiqua les instructions sans un mot. Il lui montra, ainsi qu'à Winnie, comment les écorcer en longues et fines bandes, puis comment utiliser ces bandes en guise de corde. Elles plantèrent les structures des cabanes, puis elles arrachèrent des brassées de fougère, coupèrent des branches d'épinette et de saule, et les couchèrent en travers pour former le toit.

« C'est là-dessous qu'on va dormir ? » demanda-t-elle.

Il approuva de la tête et ils repartirent ramasser du bois pour le feu. Il les conduisit dans la forêt et leur indiqua quoi ramasser ; elles retournèrent au camp les bras pleins de brindilles et de grandes fougères. Il leur montra comment les écraser pour former un rectangle semblable à un nid de frelons et à les placer au milieu du cercle pour le feu. Quand il aida Winnie à approcher une allumette du sien, il s'embrasa, et elle rit lorsque les flammes s'élevèrent. Il lui fit voir comment ajouter de plus gros morceaux de bois, alors le feu s'anima en crépitant et ils se tinrent autour du vacillement orangé dans la lumière défaillante. À partir d'un jeune aulne, il fabriqua une lance et attrapa quatre poissons pour leur dîner. Elle les nettoya, les ouvrit sur des bâtons fourchus pour les faire cuire pendant que Roth et Winnie ramassaient des herbes pour la salade.

Ils mangèrent en silence. La nuit descendait autour d'eux. Emmy raviva le feu comme Starlight le lui avait expliqué et ils s'appuyèrent sur des rondins pendant qu'il taillait un morceau de bois sec au couteau.

« J'ai déjà campé dans la nature, dit Emmy, mais je n'ai jamais eu idée qu'on pouvait faire autant avec aussi peu.

— Le vieil homme avait l'habitude de dire que la terre nous apprendra toujours ce qu'on doit savoir, commenta-t-il.

— Il vous manque ? »

Starlight l'observa un instant, puis il posa à ses pieds son couteau ainsi que le bâton à tailler, se pencha en avant et fixa le feu.

« Je ne sais pas si c'est le cas. On venait si souvent ici ensemble que les choses que je connais et que j'aime sont toutes reliées à lui. Je ne peux pas sentir le vent sur mon visage sans penser que c'est lui qui me touche. Je ne peux pas entendre un orignal bramer au loin sans imaginer qu'il est en train de me parler par le biais de ce hurlement. Ce genre de choses. J'ai toujours l'impression qu'il est dans tout cela. Alors je viens ici et ça me réconforte.

— Vous donnez l'impression de l'avoir beaucoup aimé.

— Comme je disais, il était mon père, même si ce n'était pas le vrai.

— Pourquoi l'appelez-vous le vieil homme alors ? demanda Emmy.

— Je crois que je ne peux pas imaginer que père soit un mot qu'on fourre dans une case dans laquelle il sera conservé. J'imagine qu'il a différentes significations selon les personnes. Pour moi ? Il veut dire que c'était mon meilleur ami. Il l'a toujours été.

— Parce qu'il vous a donné la nature ? »

Starlight releva la tête. Elle croisa son regard.

« Oui, répondit-il doucement. Ça commence par là, ouais.

— Je n'ai jamais rencontré mon papa, dit soudain Winnie. Ou mon grand-papa. »

Ils se tournèrent tous vers elle. Elle était assise à côté de sa mère, penchée en avant vers le feu, les avant-bras sur les cuisses.

« Je crois qu'ils auraient pensé que tu étais une jolie petite fille exceptionnelle, dit Roth.

— Je ne cherche pas à savoir à quoi ils ressemblaient, ajouta Winnie. Mais j'aime bien imaginer leurs voix quand ils parlaient. Par exemple, comme s'ils me parlaient autour de ce feu.

— Ils diraient sûrement des choses avisées et sages, comme moi », rétorqua Roth.

Winnie rit et se tourna pour le regarder.

« T'es drôle. Je crois qu'ils auraient parlé comme toi. »

Roth se gratta l'oreille.

« Lourd fardeau à porter. Une voix gutturale et virile comme la mienne. »

Elle rit de nouveau.

« Tu vois ? dit-elle en levant les yeux vers Emmy.

— Je vois, effectivement, répliqua Emmy. Je crois que tu peux choisir comment tu aimerais entendre leurs voix.

— Comme Frank alors. Et Eugene.

— Ils te manquent ? » demanda Starlight.

À son tour, elle l'examina.

« Non », répondit-elle.

Il l'étudia.

« D'accord, dit-il.

— Quand je sens le vent sur mon visage, c'est juste le vent », dit-elle, et Starlight approuva de la tête.

Il leur apprit à écouter. Ils s'éloignèrent en silence, laissant les chevaux au camp. Ils traversèrent la vallée, et pénétrèrent au cœur du pays d'en haut ; elle sentit la nature des choses reprendre forme, se remettre en place, en ordre, de sorte qu'au moment où Starlight s'arrêta, le paysage s'était transformé en un roulis pélagique de verts, de gris, de bruns, de violets, de noirs, ainsi qu'en une houle de nuances terreuses pour lesquelles elle ne trouvait aucun nom dans sa tête. C'était la même chose dans toutes les directions. Pourtant tout était différent selon l'endroit où elle regardait. Elle se sentait perdue dans son immensité, rétrécie, diminuée, pitoyable presque, et elle découvrit qu'elle pouvait à peine respirer. Il les conduisit à mi-hauteur d'un versant qui ouvrait sur un territoire qu'ils venaient de traverser. Elle aperçut le miroitement du torrent qui cheminait en direction de leur camp, une guirlande chatoyante derrière l'épaisseur des arbres. Il s'assit et les trois autres s'installèrent par terre à côté de lui.

« Vous avez été attentifs en traversant cette contrée ? demanda-t-il.

— Oui, répondit Emmy.

— Donc, vous savez ce qu'il y a là-bas.

— Un peu. J'en ai sûrement raté plus. »

Il hocha la tête.

« On ne peut pas tout voir. Chacun de nos sens est, d'une certaine façon, limité. Ce n'est que lorsque nous les utilisons tous ensemble que nous parvenons à reconnaître les choses. Est-ce que vous pouvez voir de l'autre côté de la vallée ?

— Oui. »

Il regarda Roth et Winnie, qui acquiescèrent de la tête.

« Bien. Regardez attentivement, précisément, dans le détail. Prenez votre temps. Balayez le paysage des yeux. Essayez de le comprendre avec vos yeux. Quand vous avez l'impression d'avoir gravé en vous tout l'ensemble, fermez les yeux. Respirez. Longtemps, profondément et lentement. Imaginez qu'il y a un point lumineux entre vos sourcils. Concentrez-vous dessus. Projetez votre attention sur ce point. Quand vous avez l'impression d'y être arrivés, dans cet espace, commencez à écouter les bruits autour de vous. Ne forcez pas les choses. Restez dans ce petit espace et écoutez, c'est tout. »

Tous trois fermèrent les yeux.

« Quand vous pensez entendre tout ce qui vous entoure, dirigez votre ouïe plus loin. Essayez d'écouter encore au-delà. »

Emmy ferma les yeux. Elle le sentit prendre une position plus confortable à côté d'elle et elle fit de même. Elle perçut sa respiration, ses longues et lentes inspirations, elle copia son rythme. Il lui fallut faire des efforts, mais elle trouva, sur son front, le petit espace qu'il avait décrit. Elle porta sa concentration sur ce point. Elle respira plus profondément. Ensuite, elle se mit à écouter.

Elle entendit le bruissement de la brise dans les feuilles des trembles et des peupliers, et qui se frayait un chemin dans l'herbe et les fougères. Elle eut conscience de forcer le passage par ce point sur son front, ainsi elle entendit des abeilles et les minuscules griffes des tamias sur l'écorce, tout comme une pierre, libérée au passage d'un plus gros animal, dévaler une pente et s'arrêter brusquement contre une autre – le heurt provoqué, aussi audible qu'un claquement de doigts dans une pièce vide. Elle entendit des oiseaux sautiller de branche en branche. Elle distingua tout cela. Puis elle voulut aller plus loin, au-delà du rondin posé au sol à une vingtaine de pieds d'elle. Puis encore plus loin, au milieu des arbres. Il y avait même encore plus de bruits, alors elle lui donna un coup de coude.

« C'est bon, dit-elle.

— Qu'est-ce que ça vous a fait ?

— Comme si l'intérieur de ma tête s'était agrandi.

— C'est le cas. Il s'agrandit parce que vous vous autorisez à accéder aux détails. On croit entendre ce qui se passe autour de nous, mais on n'en perçoit qu'une petite partie. Quand on se force à écouter, on commence vraiment à entendre des choses.

— Quelle est la différence ?

— Vous n'avez pas besoin de faire quoi que ce soit pour entendre. Les sons viennent à nous de toute façon. Vous pouvez entendre quelqu'un tout en faisant la vaisselle, par exemple. Ou vous pouvez écouter la radio pendant une activité ménagère. Mais quand vous repoussez les limites de votre attention auditive, vous arrivez à tout capter.

— Que se passe-t-il alors ? »

Il sourit.

« Vous vous connectez avec ce que vous entendez. Vous en faites partie. Ça devient une partie de vous-même.

— C'est pour ça que vous dites que vous n'êtes jamais solitaire ici dans la nature ?

— Ce n'est pas possible quand vous faites partie de quelque chose.

— On arrive à être une partie de tout ça ? demanda Winnie.

— Quand on apprend vraiment à écouter. Quand on réussit à augmenter encore plus la portée de son ouïe et qu'on entend vraiment où l'on est, ouais, répondit Starlight.

— Alors, repoussons encore un peu les limites. »

Ils fermèrent tous les yeux. Emmy respira profondément. Elle trouva le calme. Elle se concentra sur ce minuscule point de lumière et y projeta son attention auditive. Elle la repoussa au-delà du rondin au sol, lui fit traverser les arbres. Elle entendit des animaux bouger, des chants d'oiseaux, le craquement des arbres, le joyeux murmure de l'eau d'une source qui s'écoulait sur des rochers, ainsi que le susurrement sibilant de la brise sur tout. Elle la poussa par-dessus la cime des arbres et l'immense étendue de la vallée. Elle respira plus profondément et plus posément. Sa concentration sur ce point de son front se fit plus intense et dans l'œil de son esprit, elle vit l'espace qu'elle avait parcouru du regard. Elle l'entendit. Depuis le brame discret d'un orignal jusqu'au grondement d'un ours occupé à griffer un rondin pourri, jusqu'au piaulement perçant d'une buse à queue rousse tournoyant au loin puis descendant là où le vent imposait son chuchotis canalisé dans les profondeurs du défilé. Elle entendit tout cela. Puis des sons plus sourds comme l'eau qui court, un animal creusant dans le sable et le gravier, ainsi que le bourdonnement lointain d'un avion au sud et à l'ouest de leur position. Plus elle se laissait s'ouvrir aux sons, plus sa vision de la vallée s'affinait. Dans son intégralité, elle était immense. Elle la sentait la remplir et elle insista davantage, voulant entendre encore plus de choses. Sa respiration se fit plus profonde, plus étirée, elle atteignit alors un lieu paisible où il n'existait rien d'autre dans ses oreilles et sa poitrine que la vie cinétique de cette vallée ; elle écarta les bras au maximum comme pour l'embrasser, il y avait alors en elle le bleu du ciel, ainsi que les silhouettes nettes des arbres et des rochers, et un damier d'ombre et de lumière partout à la fois ; elle ne pouvait que soupirer, et le seul mot qu'elle trouva fut « Oui ».

Écouter l'amena à aller seule dans la nature. Elle prit l'habitude de laisser près du feu un petit sac à dos dans lequel elle transportait une corde, des allumettes, une couverture, un sac plastique de brindilles, une flasque d'eau, une ration de graines et de noix. Parfois, quand Winnie était à l'école, Emmy glissait un couteau dans sa ceinture, prenait le sac à dos et s'en allait. Il ne lui disait jamais un seul mot. Se servant de ce qu'il lui avait appris, elle se contentait de marcher. Elle s'arrêtait de temps à autre, puis écoutait. Elle s'entraîna à repousser les limites de son attention auditive jusqu'à ce qu'elle pût le faire automatiquement et entendre les choses qui se passaient autour d'elle. Il lui fallait moins de temps pour trouver ce point central d'apaisement. Bientôt, il lui suffit de fermer les yeux et de s'y plonger. Puis cela devint un choix conscient, ainsi elle put y parvenir les yeux grands ouverts et entendre pleinement la nature. Elle entendit des ours et marcha autour d'eux; des lapins, des renards et du petit gibier; des cerfs prudents et hésitants faisant bruire des branches en passant furtivement. Au cours de ces expériences, elle se sentait ardemment vivante et la nature semblait chanter pour elle. Chaque mouvement, chaque déplacement qu'elle percevait était comme une note individuelle d'une grandiose partition, et la seule chose qu'elle voulait c'était se sentir emportée dans sa grandeur. Elle n'avait jamais su auparavant qu'une telle symphonie existait et elle s'en délectait comme d'un élixir. Ajoutée à ses visions et ses odeurs, la nature était enivrante par sa richesse, et elle pouvait y passer de longues heures, seule, avant de retourner à la ferme et de s'asseoir sur la galerie sans dire un mot pendant que Roth et Winnie regardaient la télévision; Starlight s'asseyait avec elle dans une quiétude qui permettait au meuglement du bétail, aux cris des oiseaux de nuit et au sifflement du vent dans l'avant-toit de passer en eux.

« C'est bien de cela qu'il s'agit, hein ? demanda-t-elle un soir. Cette sensation. Cette impression d'être connectée avec tout cela ?

— Oui, répondit-il paisiblement.

— Mais ça ne concernait pas la nature, non ? Vous m'enseigniez à écouter en moi.

— C'est cela. »

On aurait dit qu'il bougeait dans sa sérénité. Il y avait une vibration en lui. Elle laissa son regard errer vers le ciel et dans la distribution des étoiles sur cette profondeur spatiale, elle vit la même coruscation spirituelle, une lueur au-delà de toute luminosité. Il lui faisait face lorsqu'elle se retourna pour le regarder. Il y avait un dur reflet d'obsidienne dans ses yeux et la déclinante lumière violette projetait des ombres sur son visage si bien que tous ses traits évoquaient celui d'un vieux chamane ; elle retint son souffle.

« Je n'ai jamais écouté en moi auparavant, dit-elle.

— Je sais. Peu de personnes le font.

— C'est ça la véritable nature sauvage alors, non ?

— Je crois bien.

— Pouvez-vous trouver votre voie dans tout cela ?

— Moi ? Je pense.

— Et moi ? »

Il garda les yeux dans les étoiles.

«Je ne sais pas. Je n'y connais rien à la façon dont fonctionnent les femmes.

— Parce que vous n'avez jamais connu votre mère?

— En grande partie, ouais. Ni ma grand-mère. Pas plus que les petites amies.

— Vous n'avez jamais eu de petite amie?

— Je n'ai jamais trouvé de moment propice. J'étais toujours occupé. Je n'ai jamais appris à parler aux filles. J'ai été élevé de façon masculine plutôt.

— Alors vous n'avez… »

Il la regarda et elle put voir un malaise s'emparer de lui. Puis il haussa les épaules, se leva et traversa la cour en direction de la ligne d'arbres au loin.

9

Ils traversèrent une prairie à grandes enjambées et quand ils atteignirent la lisière où les arbres se densifiaient, il ralentit pour adopter le rythme du traqueur, elle fit comme lui. Il se déplaçait vite. Elle luttait pour garder l'équilibre tout en marchant à pas forcés, mais quand ils arrivèrent en haut d'un petit coteau, elle avait pris le rythme. Il lui fit descendre la pente et ils marchèrent jusqu'à la limite d'une clairière qui était, de toutes parts, protégée par des montagnes. Il y avait un petit cours d'eau dont les bords étaient envahis de jeunes arbres : trembles, bouleaux et saules. Il s'accroupit derrière un pin tombé et regarda par-dessus. Elle s'approcha de lui, ils s'assirent sans un mot et observèrent les ombres que le soleil déployait sur les touffes d'herbe, les genévriers et les buissons de framboisiers sauvages. Rien ne bougeait. Elle respirait comme il le lui avait montré, fermait les yeux pour trouver en elle la paix, et quand elle les ouvrit, il la dévisageait. Il inclina la tête en direction de l'extrémité de la clairière. D'abord, elle ne vit rien qu'une ombre, puis un léger mouvement qui se transforma en une biche qui avançait avec précaution dans les herbes luxuriantes. La biche releva la tête et renifla la brise ; elle voyait l'humidité de son nez dans le rayon de soleil. Ils étaient à cinquante mètres d'elle. Il se déplaça pour s'asseoir dos au rondin. Elle se retourna et se laissa tomber à côté de lui.

« Allez toucher la biche, chuchota-t-il.

— Vous plaisantez ?

— Elle est venue brouter. Servez-vous des arbres, des broussailles. Traquez-la.

— Elle va déguerpir.

— Non, pas si vous faites ce qu'il faut. Soyez patiente. Ayez conscience de la façon dont vous l'approchez. »

Il pointa du doigt le sens du vent, elle se redressa pour se mettre en position accroupie et s'éloigna du pin tombé au sol. Elle conserva la biche sur sa droite et décrivit un large cercle entre les arbres jusqu'à ce qu'elle soit arrivée derrière elle et qu'elle puisse voir son flanc dans l'herbe. Elle sentait son cœur tambouriner dans sa poitrine. Il y avait un gros bouleau à côté d'elle, elle se glissa le long de la partie à l'ombre, s'appuya au tronc et tenta de se calmer. Quand sa respiration ralentit, elle ferma les yeux, respira par la bouche et sentit la courbure du bouleau dans son dos ainsi que son imperceptible balancement dans la brise. Elle se concentra là-dessus. La poussée du tronc contre son dos était régulière, elle en trouva le rythme, ralentit et approfondit sa respiration jusqu'à ce qu'elle adopte le mouvement de l'arbre. Elle parvenait à l'imaginer comme une entité, à en sentir les branches et les rameaux les plus fins, à en percevoir le frémissement et à remonter jusqu'à la cime qui perçait l'air, son inclinaison plus prononcée, ainsi que le souffle du vent sur son écorce blanche et rougeâtre. La sensation de l'arbre contre son corps commença à s'estomper. Quand elle eut disparu, elle avança à découvert et se mit à marcher vers la biche.

Sa respiration devint si discrète qu'elle avait l'impression d'absorber l'air par la peau. Elle ouvrit grand les bras de part et d'autre de son corps, écarta les doigts et se concentra sur la biche qui se tenait tête baissée vers l'herbe, insouciante. Les feuilles bruissaient dans la brise. Un oiseau gazouilla. Un mulot tressauta dans l'herbe sèche. Une couleuvre pointa la tête derrière une pierre plate, puis rampa jusqu'à sa surface où elle s'installa dans la chaleur du soleil. Elle dépassa le serpent qui ne bougea pas. Elle percevait la texture du sol sous la plante de ses pieds, les déroulant vers l'intérieur, comme il le lui avait enseigné, et elle laissait les sensations guider le placement de chacun de ses pas. Elle n'avait pas besoin de regarder le sol. Par contre, elle gardait les bras grands ouverts et avançait lentement vers la biche. La distance se réduisait. Plus elle se rapprochait, plus elle commençait à être énervée ; elle dut s'arrêter pour maintenir sa posture, se calmer, respirer, se concentrer sur sa perception de la terre, faire profondément entrer en elle le calme environnant, puis de nouveau avancer furtivement, avec précaution. La biche s'enfonça plus avant dans la clairière, s'arrêtant pour grignoter des feuilles de saule, Emmy faisait un pas quand l'animal en faisait un, sa traque était tellement circonspecte qu'elle avait l'impression de léviter au-dessus du sol, les bras tendus comme des ailes.

Il n'y avait que la lumière à présent. Voilée. Étouffée. L'ombre se faufilait dans l'étendue d'herbe. Elle respira et allongea davantage le bras pour sentir la lumière sur sa peau, soyeuse, ténue, fragile, et s'obligea à faire des mouvements encore plus petits afin de ne pas briser ce moment. Chaque pas semblait prendre des minutes. Son corps était en apesanteur. Elle avançait délicatement et la biche continuait à brouter, sa queue remuait doucement.

Elle coupa vers la droite. Elle progressait à pas glissés et s'approcha de la biche par le flanc. Elle la voyait tout entière à présent, son pelage fauve strié de quelques zébrures, ses oreilles dressées, attentives et inclinées dans la brise. Elle releva la tête pour attraper des feuilles de tremble, Emmy vit alors le blanc de ses yeux qu'elle faisait rouler en direction de la silhouette de la femme dans sa vision périphérique. Elle était là, dans cette trouée entre les jeunes arbres, la biche pivota la tête pour l'observer. Elle voyait ses narines en action. Elle se tenait parfaitement immobile, alors la biche s'orienta vers le tremble et se remit à brouter. La brise fraîchit légèrement, ce qui engendra un bruissement dans les arbres, elle en profita pour s'approcher à un mètre de la biche, qui se retourna pour la regarder. Emmy s'attendait à la voir détaler, mais la jeune femelle ne fit que remuer les oreilles pour capter la brise. Le cœur d'Emmy recommença à palpiter, elle resta là de longs moments, s'obligeant à retrouver son calme; sa respiration se ralentit, s'apaisa; elle glissa un pied dans l'herbe et s'approcha encore de la biche, qui la regarda intensément. Elle tendit une main dans l'espace qui les séparait, elle la sentit aérienne et irréelle, et quand elle toucha la biche du bout des doigts, elle perçut l'énergie de l'animal à l'extrémité de ses phalanges, elle avait envie de hurler d'exaltation. La biche redressa de nouveau le cou jusqu'aux feuilles, alors elle posa toute la main sur son flanc et ferma les yeux.

Elle sentait la terre sous ses pieds, la brise sur sa joue, la chaleur du corps de l'animal, puis elle releva la tête, sentit le soleil sur ses paupières et pleura en silence. La biche s'éloigna. Elle ouvrit les yeux sur une clairière vide et la sensation de la brise. Elle fit demi-tour, il était là, il ouvrit les bras en grand, elle s'y précipita et se laissa aller à pleurer sans retenue contre sa poitrine.

C'était la fin de l'après-midi et la lumière changeait. Elle se laissa aller au pas de la jument et quand Starlight talonna sa monture pour qu'elle passe au trot afin de gravir le coteau, la jument accéléra aussi; Emmy saisit rapidement le changement d'allure, se redressa, prit les rênes à deux mains et avança au trot jusqu'à la crête où il fit revenir les chevaux au pas. Elle aida la jument à dépasser le cheval qui portait les sacs, pour s'installer à côté de Starlight, et ils chevauchèrent sur la piste côte à côte.

« Quand j'étais petite, j'avais l'habitude d'entrer dans le coffre de bois de cèdre, où ma mère rangeait les couvertures. » Les mots sortirent d'elle presque de leur propre gré. Il chevauchait avec aisance, tête baissée, il opinait, attentif.

« C'était vraiment tranquille là-dedans et je m'y sentais comme dans mon terrier ou quelque chose du genre. Comme si j'étais un petit animal. J'y grimpais et j'écoutais le silence, c'était tout. Comme ici. C'était comme être nulle part et partout à la fois. C'était magique. Je croyais pouvoir y rester pour toujours.

»J'y étais le jour où maman est partie. Ils étaient soûls, ils se battaient et hurlaient comme ils le faisaient tout le temps; j'ai entendu mon père la gifler, lui donner des coups de pieds, je l'ai entendue tomber contre le mur, et elle est partie; je ne l'ai jamais revue. Plus jamais. Je ne suis plus retournée dans le coffre après cela. Je me suis dit que si je ne m'étais pas cachée dans ce coffre, à me laisser dévorer par le silence comme ça, peut-être qu'alors j'aurais pu entendre quelque chose qui aurait changé le cours des événements. Quelque chose que j'aurais pu dire, que j'aurais pu faire, qui aurait pu la retenir. Je ne le lui ai jamais pardonné. Depuis lors, je suis en colère. En colère contre elle parce qu'elle est partie. En colère contre lui. En colère contre tous les hommes.»

Ils continuèrent à avancer, Starlight se prélassait sur son cheval et elle imitait sa posture. La balade était facile. Elle se laissait aller, mais était rassurée par le mouvement qui la berçait. Le crissement des graviers sous les sabots résonnait dans les arbres.

«Je me battais quand j'étais enfant, dit-il. Presque chaque jour. Des bagarres de cour d'école, des disputes de quartier; bon sang, ça m'est même arrivé à l'école du dimanche. On disait au vieil homme que je n'étais vraiment pas facile. On disait que j'étais incontrôlable. Mais je n'étais qu'un enfant. Un enfant qui n'avait jamais su d'où il venait. Qui était sa famille. Quelle était sa place. Pourquoi il avait la peau mate et celle des autres était blanche. Voilà quelles étaient les raisons de toutes ces bagarres. Se sentir perdu et ne pas savoir pourquoi. J'ai porté cela en moi longtemps et je ne l'ai jamais dit à personne, jusqu'à ce que je finisse par en parler au vieil homme. C'est alors qu'il m'a davantage amené ici et qu'il m'a enseigné comment toucher un cervidé. »

Ils débouchèrent sur une plaine. Elle devait être large d'un quart de mile ; il stoppa les chevaux et ils s'assirent pour en admirer l'étendue. Il but à la gourde, la lui tendit, elle but, versa un peu d'eau dans sa paume et s'en frotta la nuque. Une pellicule de fraîcheur efficace contre la chaleur du soleil.

« On va traverser cette plaine au galop, annonça-t-il.

— Mais je n'ai jamais fait ça.

— Ça ne veut pas dire que vous n'en êtes pas capable.

— Ça pourrait vouloir dire que je ne devrais pas essayer.

— On va les pousser au petit galop, ensuite serrez les flancs de la jument avec vos jambes. Elle comprendra que vous attendez plus d'elle. Quand elle changera d'allure, vous allez sentir une sorte de mouvement en quatre temps, *boum boum, boum boum.* Laissez-vous prendre au rythme, mais pas trop, et bougez légèrement le bassin comme si la cadence vous entraînait. De cette manière, vous suivrez son mouvement et n'irez pas contre elle.

— Facile à dire pour vous.

— Peur ?

— Bon sang, ouais.

— Bien. En galopant, ça partira. »

Il encouragea du genou le cheval et ils sortirent des arbres ; il amena sa monture au trot, puis au petit galop. Elle avait du mal à s'adapter à cette nouvelle cadence. Ils firent le tour de la clairière afin qu'elle s'habitue à cette allure différente. Puis il poussa le cheval et quand il passa au galop, elle sentit la jument réagir et essaya de se rappeler ce qu'il lui avait dit. Elle serra les dents, se pencha en avant et tenta de repérer le rythme. Après quelques tâtonnements, elle finit par le trouver et ils traversèrent les derniers deux cents mètres à toute vitesse ; elle avança son bassin comme il le lui avait appris et parvint au grand galop. C'était comme une montée d'adrénaline, un sentiment qui ne ressemblait à rien de ce qu'elle avait jamais éprouvé avant. La bouffée d'air quand les quatre sabots quittèrent le sol. Lorsqu'ils s'arrêtèrent, elle descendit de la jument et s'appuya contre un tronc d'arbre, les mains sur les genoux. Elle tremblait.

Il s'inclina vers le cheval et croisa les poignets sur le pommeau. Il regarda Emmy reprendre son souffle, elle expira un grand coup, se redressa, secoua la tête et leva les yeux vers lui. Son visage était rouge et ses yeux scintillaient d'excitation.

« Mon Dieu, dit-elle.

— Vous touchez une biche, vous faites galoper un cheval. Il n'y a pas de place ici pour les blessures ni pour la colère. On apprend à vivre quand on vient dans la nature. »

Il encouragea de nouveau le cheval, elle se remit en selle et ils gravirent la pente au pas. Il fit suivre la courbe de la piste à sa monture, elle le laissa continuer son chemin et mit pied à terre. Elle était seule au milieu des arbres, la nature dans toute sa splendeur autour d'elle, dans l'immensité de sa croissance et de sa prolifération. Le coteau occidental était dans l'ombre et elle en suivit la progression ; elle ferma les yeux, sentit l'euphorie de l'espace et l'énergie sauvage du cheval, un frémissement dans son ventre semblable à la vaste béance des cieux. Elle avança à hauteur de la jument et se jeta sur son dos. Une fois en selle, elle examina devant elle la piste entre les arbres. Puis elle hocha la tête, tira sur les rênes, la dirigea vers la piste et l'encouragea des talons.

« Allez, ma fille », dit-elle.

Livre III

Contrées vierges

1

« Ils ont vraiment envie de t'avoir à Vancouver, Frank. » Deacon le fixa intensément depuis l'autre côté de la table.

Starlight sirotait son café et contemplait la rue par la fenêtre du snack.

« Tu sais que je ne me sens pas d'y aller.

— Je sais. Mais je pense à ton avenir. Ta carrière.

— C'est la ferme, ma carrière.

— Mais tu es un artiste. Un artiste singulier et les gens veulent t'entendre en parler, te voir.

— Tu m'as toujours dit que mon âme était dans mes photos. Si c'est le cas, alors ils n'ont pas vraiment besoin de moi, c'est ce que je me dis. En plus, les villes et moi, on ne fait pas affaire. »

Deacon posa sa tasse sur la table et la fit doucement tournoyer. Quand il leva de nouveau les yeux sur Starlight, son visage était résolu et grave, Starlight croisa son regard et ils restèrent assis, silencieux, tandis que les bruits du matin de cette bourgade naissaient autour d'eux. Starlight fit la moue, but un peu de café et se cala sur le siège du box.

«Je connais tes sentiments sur la question, Frank. Mais c'est une grande exposition dans une galerie de premier plan, et ta présence aurait un tel impact sur la reconnaissance de ton nom, sans parler des ventes.

—Je n'ai jamais fait ça pour les ventes.

—Je le sais également. Mais c'est ton travail qui a dicté ce changement. Je pense que tu te dois bien cela, te montrer à ce vernissage. Ça n'a pas besoin d'être régulier. Une apparition de temps à autre. Ça ne bouleverserait pas ton style de vie, ni la tranquillité de ton esprit.

—J'ai l'impression que c'est déjà le cas.

— Tous les grands artistes font des concessions au succès.

— Faire deux bonnes récoltes de foin par an, c'est un succès qui me suffit. Quand on a commencé ce truc ensemble, tu m'as dit que tu t'occuperais de toutes les histoires commerciales. C'était notre accord.

—Je sais, répliqua Deacon. Mais c'était avant que les choses décollent. Avant que les gens commencent à tomber amoureux de tes clichés. Tu es un artiste, à présent, Frank. Tu ne peux pas revenir en arrière, ni changer le cours des événements.»

Starlight prit sa tasse, but le reste du café, la reposa et tapota la table du bout des doigts. Deacon voyait bien combien l'idée de cette aventure le contrariait. Il attendit que le colosse parle.

« Il faut que j'en discute avec Roth, finit-il par répondre. Je fais rien sans Eugene, compte tenu que chacune de mes décisions a aussi des répercussions sur lui. Si je pars, il doit partir avec moi.

— Je suis sûr que ce ne sera pas un problème, assura Deacon.

— Et Emmy et Winnie. Elles méritent bien de voir autre chose. De s'éloigner de la puanteur des vaches et du fumier pendant quelques jours. J'y songerai si tu t'arranges pour que tout ça se fasse.

— Tu peux compter dessus, Frank.

— Pas de promesses. Ça dépend de Roth. Il faut que je parte maintenant. J'ai des bardeaux à remplacer sur l'un des murs de la grange.

— D'accord. Tu sais que dans le pays, il n'y a pas un autre photographe autochtone qui a ton succès. Tu es spécial. Unique. Les gens veulent te voir.

— Que je sois Indien n'a rien à voir avec ça. Je fais ce que je fais parce que j'aime ça. Le vieil homme aurait dit que l'amour n'a ni couleur ni race. Je partage bien cette opinion. »

Deacon hocha solennellement la tête.

« Il n'empêche qu'il y en aura qui te colleront cette étiquette. Autochtone. Photographe. Je veux juste que tu le saches.

— Si t'enlèves l'étiquette d'une conserve de haricots, tu auras toujours une boîte de haricots. À mon avis, l'étiquette n'a pas tant d'importance que ça. Ce qui compte, c'est ce qui est à l'intérieur. C'est une autre chose qu'une fois le vieil homme m'avait dite. »

Deacon sourit.

« C'était un sage. »

Starlight se glissa hors du box, enfila sa veste en jean et regarda Deacon. Il hocha la tête.

« Oui, c'était un sage. J'me dis que je lui dois sans doute ce déplacement, si on y réfléchit. »

Deacon le regarda sortir du snack, traverser la rue pour aller à la vieille camionnette. Il remplissait naturellement l'espace. Deacon laissa une poignée de billets sur la table, se leva, puis se dirigea vers son studio, encore une fois fasciné par cet homme qu'il avait le privilège d'appeler « ami ».

Les bardeaux qu'ils avaient entrepris de remplacer étaient situés en hauteur sur le côté sud de la grange, si bien que s'activer sur des échelles, avec des cordes et des poulies, le dos exposé à la rude chaleur du soleil, était épuisant. Malgré tout, ils le supportaient. Starlight tirait sur la corde pour hisser chaque bardeau de façon qu'ils puissent l'un et l'autre attraper un bord, et le mettre en place. Roth portait une ceinture de charpentier et quand le bardeau était en place, il en clouait l'extrémité supérieure à la volige qui courait sur toute la longueur de cette façade. Puis ils descendaient de quelques barreaux. Starlight maintenait fermement le bardeau contre le liteau pendant que Roth le clouait de nouveau. Il fallait beaucoup de temps pour remplacer chaque longueur de bois. Quand ils eurent terminé, ils quittèrent leurs échelles pour se déplacer à l'ombre, sur la façade nord de la grange, où ils s'assirent, jambes allongées, adossés au soubassement froid en béton ; ils burent de l'eau à leur thermos, s'essuyèrent le visage avec leurs foulards, puis se roulèrent des cigarettes et, sans parler, ils en tirèrent de longues bouffées. Starlight inclina la tête en arrière, l'appuya sur le soubassement frais et dur, et ferma les yeux. Il aimait la sensation de l'effort et la satisfaction du travail bien fait. Il entendit Roth expirer, se tourna vers l'homme maigrelet qu'il regarda en plissant les yeux, Roth lui sourit en hochant la tête.

Il se cambra, plaqua l'arrière de ses épaules contre le béton et soupira.

« Bon, dit-il, tu ferais aussi bien de dire maintenant ce que t'as à dire avant qu'on attaque la peinture des planches.

— Qu'est-ce qui te fait penser que j'ai quelque chose à dire ? demanda Starlight.

— Écoute, Frank. Ça fait suffisamment longtemps que j'te connais pour savoir quand t'as quelque chose sur l'estomac qui doit sortir. »

Starlight hocha la tête d'un air grave.

« Ouais. C'est vrai. J'ai parlé à Deacon en ville ce matin. Il pense que je devrais aller à Vancouver pour cette exposition très chic de mes photos. Il dit que je dois aux gens ma présence là-bas.

— Comment tu vois les choses ? demanda Roth.

— Je voulais un peu avoir ton opinion avant de décider.

— À moi ? Je suis un employé de ferme. Qu'est-ce que j'y connais à l'art ?

— Et si je te demandais ce que ça te ferait de m'accompagner ?

— Si tu veux que j'y aille, j'y vais, mon vieux. Mais il faut que j'te demande comment tu sens les choses ? C'est ce qui compte ici, pas mon avis sur tout ça.

— Tu sais ce que je pense des villes.

— Qu'il faut les arracher comme les tiques, sinon elles te vident de ton sang. Là-dessus, je suis comme toi. Les villes et moi, on a rompu y a un bon nombre d'années et depuis je m'en porte beaucoup mieux. Mais là, c'est pas simplement le fait d'aller à Vancouver, hein ?

— Non, répondit Starlight. J'crois que c'est pas vraiment ça.

— C'est quoi alors ? Ça doit pas être rien, parce que c'est pas ton genre d'avoir l'air tout chiffonné pour une petite histoire. C'est de la crispation pure et simple à force de te prendre la tête et de tout porter tout seul. Dans ces cas-là, certains boivent. D'autres agissent de toutes sortes de façons bizarres. Toi ? Tu te ratatines plus que les mamelles d'une génisse après qu'elle a vêlé pour la première fois. »

Starlight rit.

« Tu peins un sacré tableau, dis donc ?

— Aussi loin que je me souvienne, j'ai toujours agi en fascinant frondeur avec les mots. Je tranche dans le lard et le cartilage jusqu'aux os, ça a toujours été ma méthode. Ça te serait bien utile de parler comme ça plus souvent. Tu serais moins fripé. Alors c'est quoi ? »

Starlight tapa les embouts métalliques de ses bottes de travail l'un contre l'autre et fixa l'herbe. Roth attendit qu'il eût terminé.

« C'est une affaire de changement, je crois. Un homme s'habitue à la tournure des événements, la routine. Du moins, c'est mon cas. Je n'ai jamais commencé toute cette histoire de prendre des photos pour changer quelque chose. C'était juste la manière dont j'avais toujours voulu voir les animaux et la nature. J'aime bien les arrêter dans le temps pour qu'eux non plus ne changent jamais. J'ai jamais imaginé aucune de ces âneries de galeries et de parler à des gens de ce qui a toujours été un truc personnel pour moi. Jamais imaginé de gagner de l'argent non plus.

— Ça te dépasse un peu, non ? demanda Roth.

— Ouais. Et j'te garantis que je ne sais pas pourquoi.

— Parce que la plupart des gens n'ont qu'une seule paire d'yeux et qu'une seule façon de voir. Ton appareil et toi, vous leur offrez un tout autre monde que celui qu'ils croient connaître. En somme, je présume que c'est comme ça que t'en es arrivé là, Frank.

— Pour être les globes oculaires de quelqu'un d'autre ?

— Pas tant que leur montrer ce que les leurs ratent. Je sais que tu as changé ma façon de regarder les choses maintenant.

— Tu parles comme si ce que je fais était de la magie.

— C'est le cas, mon gars. Oui. Toi, la nature et ces bêtes sauvages, vous êtes parfaits. Tu vas là-bas et tu rapportes de la magie que Deacon encadre et paf, tu changes les gens, tu les modifies de sorte qu'ils arrivent à comprendre quelque chose de plus à ce monde et à cette vie, qu'ils n'avaient jamais imaginé avant. C'est ce que fait un artiste, je suppose. Et un magicien.

— Alors je devrais aller parler de magie ? »

Ce fut au tour de Roth de rire.

« Non, répliqua-t-il, à ta place j'irais leur parler de moi-même. De ce que ça fait d'être proche des animaux sauvages, de la nature, de ce foutu univers. Les photos parleront toujours d'elles-mêmes.

— Tu vas venir avec moi alors ?

— Il a jamais été question que je vienne pas. Sans compter que la dernière fois que je t'ai laissé aller seul pas plus loin qu'Endako, t'es revenu à la maison avec une femme et une enfant. Dieu sait ce que tu rapporterais ici avec toute une fichue ville autour de toi. Et ça ne me dérangerait pas trop de voir un peu de changement. T'as provoqué un sacré bouleversement ce jour-là. Et ça, c'est l'autre chose dont on ferait bien de discuter aussi puisqu'on y est.

— Qu'est-ce que tu racontes? demanda Starlight.

— Du fait que tu veuilles emmener Emmy et la petite avec toi.

— Comment tu sais que j'y pensais?

— J'te l'ai dit. Ton visage devient tout chiffonné. T'éprouves des sentiments que tu trimballes en toi depuis un bout de temps et t'es complètement paumé parce que tu sais pas quoi en faire.

— De quels sentiments tu parles, Eugene?

— Des sentiments entre un homme et une femme. Tous les deux, vous êtes comme des chats en chaleur en train de se tourner autour, la queue en l'air, en attendant que l'autre fasse le premier pas. C'est à cette façon que vous avez de vous regarder, quand vous pensez que je ne vois pas. Les seules choses qui manquent c'est les poils qui se hérissent et les miaulements au clair de lune.

— Les miaulements au clair de lune?

Qu'est-ce qui te fait penser qu'elle éprouve quoi que ce soit pour moi sinon de la gratitude ?

— La gratitude, ça fait longtemps que c'est fini, Frank. Tu lui as donné accès à la nature. Tu as réveillé des choses qu'elle avait toujours ignoré avoir en elle. Tu lui as montré que les hommes ne sont pas tous comme ce à quoi elle s'était habituée. Tu lui as appris que la vie pouvait être différente. Meilleure. Tu lui as montré comment accéder au possible et tu l'as fait avec la même douceur qu'avec un poulain pas encore débourré. Ouais, la gratitude, elle est partie bien loin à présent, mon vieux. Et tu portes en toi ce même désir et tu ne sais pas quoi en faire non plus.

— Je n'ai jamais eu de femme. Tu le sais, dit Starlight.

— Je sais. Ça ne veut pas dire que tu n'as jamais éprouvé de désir pour une femme.

— Avec elle, je me sens maladroit, ça c'est sûr. Parfois, il y a des choses que je veux dire, mais quand arrive le moment de les exprimer, c'est comme si je n'avais jamais appris à parler. J'ai la même impression qu'étant enfant, je gratouillais la terre avec un bâton car je n'avais pas encore les mots.

— Bon, si tu veux lui demander de venir à Vancouver, tu ferais bien de te débarrasser de ton bâton et de lui parler. Je crois que tu découvriras qu'elle éprouve la même chose pour toi.

— Comment peux-tu en être certain ?

— Parce que, mon vieux, s'agissant de femmes, je suis une encyclopédie vivante et ambulante. »

Starlight gloussa.

« Alors, comment se fait-il que pendant tout ce temps je ne t'ai jamais vu avec une femme ?

— Tu veux la vérité ?

— Ouais, la vérité.

— C'est purement et simplement que je ne voulais pas être responsable de l'effet causé par la libération de toute cette masculinité à l'état brut sur une femme sans méfiance. »

Starlight secoua la tête, se leva et s'étira.

« Alors, donc, Mister Masculinité, peut-être vaudrait-il mieux en évacuer un peu en peignant les bardeaux avant que le soleil se couche et qu'Emmy ait fini de préparer le dîner. »

Roth se remit sur ses pieds, ils ramassèrent les pots de peinture, les pinceaux et allèrent jusqu'aux échelles ; ils montèrent et furent bientôt pris par le travail, se souriant de temps à autre. Roth sifflotait une vieille chanson guillerette tandis que le soleil sombrait progressivement derrière le ciselage dentelé des arbres au bout du champ ; Starlight pensait à la vieille grange et à tout ce qu'elle représentait pour lui, ainsi qu'à la manière qu'a parfois la vie d'être un bardeau neuf qu'on ajoute à une chose inestimable, à laquelle on tient, et qui vaut la peine d'être gardée pour toujours.

Elle le trouva debout dans la labyrinthique lueur orange de la lanterne de l'écurie, un pied sur la traverse inférieure de la cloison, en train d'observer les chevaux s'installer pour la nuit. Elle se tenait à côté de lui, le menton posé sur ses avant-bras croisés, et elle admirait le calme gracieux des animaux. Starlight lui jeta un coup d'œil et, lorsqu'il capta son attention, il sourit et hocha la tête. Emmy lui renvoya un petit sourire et ils restèrent ainsi à s'imprégner du doux clip-clop des sabots dans les stalles, des hennissements des chevaux, de la légère puanteur du crottin mêlée à la paille propre et sèche, ainsi que de l'odeur de noisette de l'avoine fraîche dans l'auge. La lanterne projetait des ombres vacillantes sur les murs et les fenêtres couvertes de toiles d'araignées; Starlight se mit à scruter les poutres et les chevrons pendant qu'Emmy tournait la tête pour le scruter, lui.

« Que se passe-t-il, Frank? Où êtes-vous? demanda-t-elle.

— J'aime venir ici à la fin de la journée, répondit-il. Cette vieille écurie représente beaucoup pour moi et je crois que quand je suis troublé, je me sens mieux ici que n'importe où ailleurs, sauf dans la nature, peut-être.

— Je la trouve charmante, dit Emmy.

— Qu'est-ce que vous voulez dire?

— Que vous n'avez jamais rien changé.

Vous l'avez laissée telle quelle au fil du temps, hormis les réparations et les peintures nécessaires. Mais quand je viens ici, je sens presque les années.

— J'ai longtemps gardé le vieil homme ici après sa mort. Ses cendres, je veux dire. J'ai gardé son urne sur une étagère de la sellerie parce que je ne savais pas où il aurait voulu que je les répande. Il m'a fallu environ deux ans pour le déterminer. Mais parfois, c'est comme si je le sentais ici auprès de moi. Rassurant. Vous saisissez ?

— Pas vraiment. Mais je peux l'imaginer. Je n'ai jamais eu d'endroit privilégié de toute ma vie. Pas jusqu'à ce que je vienne ici en tout cas. »

Starlight se tourna face à elle et s'appuya d'un bras sur la séparation.

« Ce qu'il y a de drôle, c'est que l'endroit sur lequel j'ai arrêté mon choix n'était même pas ici, ni nulle part sur la propriété.

— C'était où alors ?

— Un lieu où le vieil homme n'avait seulement jamais été. À deux jours de cheval d'ici. Dans le pays d'en haut, où personne ne va jamais. Pas même les quads et les motos. Des terres à chevaux, uniquement. Je l'ai trouvé un jour et il m'a paru évident que c'était l'emplacement où il reposerait en paix.

— Qu'est-ce qui vous a fait penser cela ?

— Jamais une empreinte de pas, sauf les miennes, les chevaux et la nature sauvage.

Aucune trace, aucune cicatrice laissée par l'homme, nulle part, dit Starlight. De tels endroits sont de plus en plus rares année après année, mais on les trouve quand même si on cherche bien et qu'on a vraiment envie de les découvrir.

» Alors je l'ai emmené là-bas. Je me suis assis sur une crête, face à l'ouest, et quand le soleil a envahi le ciel de nuances de rouge et d'orange que je n'avais jamais vues avant, j'ai répandu ses cendres dans la brise et je les ai laissées se poser sur toute cette beauté. J'avais l'impression de le sentir juste à côté de moi quand j'ai fait ça, et je savais que c'était le bon choix.

» Une contrée vierge. C'était là qu'il allait afin de se retrouver quand il était encore assez alerte pour monter à cheval. Il m'a appris à l'aimer. Je vais sur cette crête de temps à autre et je reviens toujours plus apaisé, rasséréné et fortifié. Je suppose que c'est pour cette raison qu'il s'est avéré, au bout du compte, que je devais vivre ici. »

Le visage d'Emmy était doux dans le vacillement de la lanterne.

« C'est beau. Une contrée vierge. Je ne crois pas en avoir déjà vu une. Ou si ça m'est arrivé, je ne l'ai pas reconnue comme telle.

— Je présume qu'elle vit dans une partie tendre du cœur, dit Starlight et il se retourna pour de nouveau faire face aux chevaux.

— Il y a tellement en vous, Frank. Tant de

couches. Je suis toujours heureuse quand vous les partagez avec moi.

— Les gens aussi sont des contrées vierges, dit-il.

— Que voulez-vous dire ?

— Je veux dire que quand on parvient à l'un de ces endroits pour la première fois, on est un peu angoissé, effrayé, pas trop sûr de ce qu'on va y trouver ou si on va pouvoir retrouver le chemin pour en partir une fois qu'on y est. Comme arriver à connaître quelqu'un. Se perdre dans ce qu'on trouve. »

Elle se redressa et pivota pour lui faire bien face. Quand il le remarqua, il se retourna également. Ils restèrent à se regarder, les chevaux hennirent tranquillement et on entendit une chouette dans les chevrons du haut, puis un battement assourdi d'ailes, et la grange retomba dans le silence.

« J'ai l'impression d'être dans une contrée vierge ici, Frank, dit Emmy. Je ne voulais pas en parler. Effrayée, je présume que si je disais quelque chose, je perdrais ce que j'avais trouvé.

— Et c'est quoi, ce que vous avez trouvé ? demanda Starlight.

— Quelque chose que je n'avais jamais eu auparavant. Quelque chose que Winnie n'avait jamais eu non plus. Un lieu où nous nous sentons en sécurité, en confiance. Où je n'ai pas besoin de laisser une bougie allumée dans le noir pour pouvoir dormir. Un chez-soi, je suppose. Mais ça tient aussi à vous. Je vous ai trouvé et je ne veux pas perdre cela.

» Ma vie n'est pas parfaite. Ne l'a jamais été. Il y a eu beaucoup d'hommes. Beaucoup de souffrance et de luttes. Toutes sortes d'espoirs et de rêves ruinés, fracassés, brisés. Toutes sortes de secondes chances qui n'ont jamais abouti, et je suis sortie de tout cela avec l'impression et la conviction que je ne méritais pas autre chose. Que ma vie était censée être à jamais une plaie à vif.

» Ici, avec vous, c'est différent. Comme si le temps évoluait différemment. Comme si moi-même j'évoluais différemment. Comme si quelque chose me poussait à m'enfoncer dans cette contrée que je ne reconnaissais pas. »

Starlight ouvrit grand les bras et Emmy s'approcha de lui, timidement. Il la tira à lui, contre sa poitrine et, du bout des doigts, il lui dégagea doucement les cheveux de la tempe.

« Vous connaissez la plus petite jument ? Celle que monte Winnie ? lui demanda-t-il.

— Ouais. Elle adore cette jument.

— Eh bien, elle vient d'un refuge pour animaux. Le type qui l'avait ne s'occupait pas d'elle, ni d'aucune autre de ses bêtes. Elles étaient toutes malades, déshydratées, sous-alimentées, battues, horriblement nerveuses. C'était la pire de toutes. Pendant très longtemps, elle n'a même pas supporté que je l'approche. Il a fallu que je la laisse toute seule dans une stalle parce qu'elle avait peur des autres chevaux.

— Pourtant elle est si douce maintenant. Si calme et stable, dit Emmy.

— Je venais ici, enveloppé dans une couverture et je dormais la nuit avec elle. Je n'ai jamais fait un mouvement brusque, ni essayé de m'approcher d'elle. Il a fallu des semaines, mais elle a fini par me faire confiance, et bientôt je pouvais lui donner de l'avoine dans ma main. Elle me laissait la brosser et je la faisais marcher autour du pâturage en la tenant par le licol parce que tout ce qu'elle avait enduré lui avait fait oublier ce que c'était qu'être un cheval. Tous les jours je la sortais. Puis je l'ai fait trotter, puis courir à toute vitesse, et bientôt, une fois sa force retrouvée, j'ai pu la laisser en liberté dans ce champ où elle galopait et jouait comme le cheval qu'elle était censée être. Je n'ai absolument pas cherché à la transformer. Je l'ai simplement laissée se retrouver dans l'amour que je lui donnais.

» Alors, je suppose que l'amour est aussi une contrée vierge. Cette petite jument et moi, nous y sommes allés ensemble, et elle est devenue un vraiment bon cheval. Ça n'a pas fait entièrement disparaître toutes les douleurs qu'elle avait éprouvées. Ça n'a rien changé de ce qui s'était produit avant. Ça lui a juste permis de l'oublier et de vivre différemment. À la manière dont elle était censée vivre.

» Votre présence ici, c'est comme ça pour moi, dit Starlight. Vous m'avez fait oublier comment je vivais jusque-là. Et si ça peut aider d'une quelconque façon, moi aussi j'ai peur. Peur d'en parler, de tout gâcher, de le transformer en autre chose, de le perdre. C'est Roth qui m'a donné assez de cran pour vous faire savoir où j'en étais. »

Emmy s'éloigna de lui d'un demi-pas.

« Alors, bravo Eugene », dit-elle.

Elle se mit sur la pointe des pieds, tendit le bras, tira la tête de Starlight vers elle et l'embrassa délicatement. La douce chaleur surprit Starlight et il l'embrassa à son tour, en prenant soin d'être tendre, calme, de ne pas se laisser emporter par les battements de son cœur. Il s'inclina vers elle afin qu'elle puisse reposer ses pieds à plat. Elle ouvrit la bouche et le contact de sa langue sur la sienne lui fit l'effet d'une élégante frénésie ; il l'attira à lui, en prenant garde de ne pas interrompre leur étreinte. Il laissa sa langue se déplacer en harmonie avec la sienne et l'effet fut vertigineux, il voulait geindre, mais resta silencieux et laissa le baiser prendre son propre rythme. Il éprouva des émois étranges et inconnus qui le troublèrent, il leur donna libre cours et quand elle finit par interrompre le baiser et reculer pour le regarder, il sourit, intimidé.

« Pourquoi avez-vous fait cela ? demanda-t-il.

— Pour la contrée vierge », répondit-elle.

Puis elle l'embrassa de nouveau.

2

Ils poursuivirent leur route et s'attardèrent pendant des jours à Field, Trail et Castlegar, les petites villes de montagne où vivaient et travaillaient les bûcherons, mais cheminer au milieu de cette infinie beauté n'apporta rien à Cadotte qu'une poussée de rage encore plus dure, plus pesante. Il ne trouvait aucun réconfort dans l'alcool, les femmes, la camaraderie factice, ni dans les amitiés éphémères que faisaient naître l'argent facile, la sueur, les vies débridées et frénétiques. Par contre, la bagarre devint son déversoir. Il découvrit qu'il pouvait s'oublier dans la sauvagerie. Cet épais nœud de vengeance qui occupait ses tripes pouvait se défaire et se manifester sous forme de coups de poings, de pieds, de marteau sur les têtes, dans les ventres, ainsi qu'en fêlant et en cassant des dents, des côtes et d'autres os. Si bien qu'il trouvait une effroyable satisfaction à inciter les hommes à se battre. Au cours de ces nuits de picole dans des villes ouvrières, de telles compétitions de détermination et de rage étaient faciles à amorcer et il laissait la fougue de son ego disloqué déverser son châtiment sur des hommes seuls ou par deux ou trois. Le regarder était palpitant. Pour quelqu'un d'aussi corpulent, il marchait avec légèreté et avait la vélocité d'un lézard. Il punissait les hommes. Il savait précisément avec quelle violence et quelle fréquence attaquer et frapper, et il jouait avec eux, mettant leurs visages en sang, défonçant leurs genoux, leurs hanches et leurs épaules de sorte qu'au bout du compte, ses adversaires devenaient des loques humaines estropiées qui finissaient par s'effondrer à ses pieds. Alors il levait les poings et le visage vers le plafond des cieux et hurlait, avec une voix de basse pénétrée de toute la haine qu'il portait en lui, un lamento funèbre destiné à la femme qu'il pourchassait sans relâche. Elle serait son ultime triomphe. Battre des hommes n'était que l'exutoire à son vitriol, qu'il cherchait et trouvait partout.

Anderson observait et considérait, aussi profondément qu'il en était capable, la fureur que Cadotte pouvait déverser. Il frictionnait ses propres cicatrices et ressentait l'étreinte du ressentiment et de la colère, mais ce n'était rien en comparaison. En Cadotte couvait un copieux venin. Il y avait chez Anderson une part de lui-même qui comprenait et craignait cette noirceur. Il ne pourrait pas faire de mal à une enfant. Il le savait. Après tous ces mois sur la route, il n'était même pas certain de pouvoir maltraiter Emmy. La traque acharnée à travers les bars et les bas quartiers l'avait fatigué, il était presque triste du destin que tant de gens devaient affronter, alors il réfléchit à sa maigre éducation et à la vie de famille éclatée que la picole, les drogues et la pauvreté chronique avaient entraînée, et il souhaitait secrètement trouver un moyen de tout simplement abandonner la traque de Cadotte. Ils ne les trouveraient peut-être même pas. C'était un grand pays et Emmy était assez maligne pour savoir où se poser afin d'être en sécurité et anonyme. Maintenant, il le savait. Donc pendant que Cadotte enrageait, Anderson ruminait et guettait sa chance de changer de cap.

Mais Cadotte était un trou noir qui absorbait et détruisait tout, et le faisait disparaître dans un tourbillon dont la seule gravité était la douleur. Néanmoins, Anderson se demandait s'il existait un moyen d'échapper à la forte attraction de toute cette sombre énergie.

Il était au volant alors qu'ils suivaient les éprouvants virages de la route qui plongeait, abrupte, depuis les hauteurs de la cordillère canadienne jusqu'à la plaine semi-aride de Grand Forks et Osoyoos. C'était un territoire magnifique, mais Anderson était trop chargé d'angoisse pour l'apprécier. Il n'avait pas peur de Cadotte, mais toute parole qui allait à l'encontre de son dessein était susceptible de le mettre dans une fureur que seuls les poings et les bottes pouvaient résoudre. Anderson n'avait nul besoin de sentir le goût de son propre sang dans sa bouche, donc il donnait son opinion avec prudence désormais.

« Tu m'inquiètes, Jeff, dit-il.

— T'inquiète comment exactement ? » reprit Cadotte. Il s'affala sur son siège, une casquette John Deere sale et déchirée enfoncée jusqu'aux yeux.

« Tu es violent, et de plus en plus.

— Quoi ? J'me défoule un peu, c'est tout.

— Non. T'as dépassé ce stade il y a trois villes. À présent, tu es une vraie brute.

— J'ai jamais été du genre bien élevé.

— Je sais. Mais le type d'hier soir ? Lui avoir cassé le nez aurait pu te suffire. N'empêche que tu l'as relevé et que tu lui as explosé les dents. Après ça, tu l'as viré dehors et balancé par-dessus la rambarde dans le parking.

— Ce salopard m'avait mordu, dit Cadotte qui brandit son poing droit. La marque de la morsure était évidente.

— À ce moment-là, il ne pouvait rien faire d'autre. Tu le tenais. Tu l'avais achevé, mais t'as juste pas arrêté de le cogner. T'as de la chance que le patron n'ait pas appelé les flics.

— Ouais, bon, je présume que Dieu donne à certains suffisamment de bon sens pour continuer à vivre, non ?

— N'empêche qu'il aurait pu. Et alors,

dans quel état est-ce qu'on serait? Ça ne me dit rien de me faire coffrer. J'suis bien trop vieux pour cette merde.

— Au moins, j'me défends. Je ne me souviens pas de t'avoir vu te précipiter quand leurs copains venaient en renfort.

— T'as pas besoin de mon aide. T'es un dingue.

— Je l'ai matée, Emmy.

— On dirait pas. J'me demande si t'arriveras à être assez prudent pour pas laisser de traces, même si on la trouve.

— Oh oui, on va la trouver. Et je suis pas assez débile pour laisser quoi que ce soit qui permette de nous repérer. Crois-moi.

— N'empêche que ça m'inquiète.

— Laisse donc. J'm'en tape.

— Ça aussi, ça m'inquiète.

— Pourquoi?

— Parce que ça veut dire lourdes charges et peine maximale si on laisse quoi que ce soit mener à nous. T'es pas en quête de justice, Jeff. T'es en quête de vengeance. Et tu n'y vas pas de main morte.

— Donc tu crois que j'suis pas capable? Que j'suis taré? Dingo?

— Non, c'est pas ce que je dis. Ce que je dis, c'est que je pense qu'il faut que tu lâches un peu de pression, c'est tout.

— Calme-toi le pompon. Je sais c'que je fais.

— Alors raconte-moi, que je sache aussi.

— J'ouvre les vannes pour lâcher de la vapeur, comme ça j'aurai les idées plus claires quand viendra le moment.

— Dis donc, t'en trimballes un paquet de vapeur, alors. »

Cadotte se redressa, repoussa la casquette en arrière et se tourna pour faire face à Anderson qui lui jeta un coup d'œil rapide, puis se concentra de nouveau sur la route.

« T'en avais autant que moi en toi quand on a débuté notre virée. Ça m'amène moi aussi à me poser des questions à ton sujet maintenant.

— J'suis toujours là, non ?

— Ah ouais ? Vraiment ? Ou tu gagnes juste du temps histoire de sauver les apparences pour que je te défonce pas, toi non plus ? »

Anderson tourna de nouveau la tête, lançant des regards furieux à Cadotte.

« Je t'ai dit, Jeff. Tu me fais pas peur. Tu peux semer la merde autant que tu veux pourvu que tu la reprennes quand on t'en sert. »

Cadotte eut un rire moqueur.

« Si jamais ce jour devait arriver, Anderson, tu ne manquerais pas de supplier que ta maman soit là pour te protéger. Fais-moi confiance.

— J'essaie de te faire confiance, Jeff. Mais tu rends les choses difficiles à cause de ton comportement. Et t'inquiète pas pour moi. J'suis toujours dans la course.

— Tant mieux parce la course continue jusqu'au bout de la route. Et retrouver Emmy ? Mes tripes me guident et je peux te dire qu'on se rapproche. Rien ne pourra nous arrêter à présent sauf si quelqu'un fait marche arrière, et il y a peu de chances que ce soit moi.

— Moi non plus. Juste pour que tu saches.

— Très bien. Encore des inquiétudes dont tu veux parler ou t'as fini de gémir ?

— Non, je gémis pas. J'avais juste choisi de dire ce que j'avais sur la conscience. Histoire de tirer les choses au clair entre nous, tu vois ? »

Cadotte ne dit rien.

« Pas question de tirer les choses au clair tant qu'Emmy n'aura pas eu ce qu'elle mérite. De toi et moi ? Quand on se regarde dans ce maudit miroir tous les jours, on voit les cicatrices qu'elle a laissées, on se souvient de ce que ça faisait de ramper pour sortir du brasier qu'était la carcasse de la cabane et de ces maudites douleurs. Souvienstoi qu'elle a essayé de nous tuer. T'es toujours partant ? »

Ils sortirent d'un long virage en lacet pour aboutir sur un petit plateau ; ils voyaient le paysage s'étaler devant eux, chatoyer dans la chaleur, au loin, en dessous d'eux. Anderson se surprit à souhaiter découvrir un lieu comme celui-ci à l'écart des routes et des pensées de vengeance, et se demanda s'il y parviendrait jamais, se libérer de l'emprise de Cadotte sur lui et partir, errer seul pour trouver l'asile d'une autre cabane dans une plaine verdoyante, au bord d'une rivière, fumer une pipe sur une galerie et vieillir paisiblement, sans soucis, sans la pression de la colère, du ressentiment et de la crainte inexprimée qui oppressent l'intérieur de ses côtes. Il jeta un coup d'œil vers Cadotte qui, lui aussi, regardait par le pare-brise. Il se demanda où ses pensées l'emportaient. Mais il ne perçut rien d'autre qu'un effroyable nuage de ténèbres autour de l'homme et il se sentit anxieux et abattu.

«Je suis toujours partant», finit-il par dire, et il poursuivit sa route dans cette plaine chatoyante qu'une rivière traversait en se demandant si son rêve avait un sens.

3

Starlight décrocha le hackamore en corde de son clou dans la sellerie, le mit à la vieille jument qu'il monta à cru et gravit le coteau au fond du champ dans les premières lueurs voilées du matin. Ils étaient prêts à partir dans une voiture de location plus tard dans la journée, et il voulait passer un peu de temps seul dans la nature pour raffermir ses racines avant le tumulte de la ville. La jument était heureuse de sortir : elle hennit et balança la tête, Starlight sourit de cette gaieté familière et du léger ballottement de son pas. Ils atteignirent le sommet au moment où le soleil inondait la vallée sous ses yeux d'une lueur écarlate, virant à l'orange ; il descendit de cheval et marcha jusqu'à un gros rocher où il s'assit pendant que la jument se régalait d'une touffe d'herbe. Il aimait le subtil écho du claquement de ses sabots qui lui revenait depuis les profondeurs de l'espace verdoyant en dessous. Il se roula une cigarette et resta ainsi, les yeux fixés sur l'horizon, en direction du sud-ouest. Depuis la ferme, le paysage commençait à doucement descendre, d'abord en pente graduelle, plus raide ensuite jusqu'à la côte et au détroit, puis à la mer qu'il n'avait vue qu'une fois auparavant. La route qu'il avait choisi d'emprunter donnerait à Emmy et à la petite une occasion de connaître des points de vue qui les rempliraient de la même joie que celle qu'il avait ressentie en voyant le paysage se dévoiler, se révéler tel qu'il était, et il sourit en pensant à l'impression d'émerveillement qui s'afficherait sur leurs visages lorsqu'ils traverseraient tout cela. Il voulait qu'elles fassent cette expérience. Emmy avait accepté de venir sans hésiter. Ils avaient fait les bagages la veille au soir, Roth et lui avaient chargé les valises et les sacs dans le coffre avant d'aller se mettre au lit. À présent, assis dans la solitude, en train de considérer l'immense étendue de pitons, de plaines et de pics enneigés, l'anxiété l'abandonna et il fut satisfait de l'aventure que lui offriraient la ville et l'exposition à la galerie. Ceci le surprit. Il n'avait pas de temps à perdre avec l'agitation, ni avec la violente palette de couleurs, de lumières et de bruits que proposait la ville, et il faisait tout ce qu'il fallait depuis des années afin de l'éviter. Mais ce baiser dans l'écurie s'attardait sur ses lèvres et il se retrouva à vouloir emmener Emmy et Winnie jusqu'au monde et amener le monde jusqu'à elles, même si lui, à part la ferme, il n'en avait pas trop envie, de ce monde. Il toucha délicatement ses lèvres avec un doigt. Avant elles étaient tout simplement une bouche. Maintenant, celle-ci avait été transformée, tout comme lui-même avait été transformé, par le mystère d'une femme, son toucher, sa chaleur, la promesse secrète de cette étreinte qui l'attirait plus loin, plus profondément dans ses bras.

Il avait essayé de retracer la piste qui avait conduit à cet instant dans l'écurie, mais tous les signes lui échappaient. Au lieu de cela, il se manifestait en lui comme une surprise soudaine, déconcertante, semblable à ce moment où le vacillement de lumière de la lanterne transforme les durs yeux jaunes d'une chouette dans les chevrons en une lueur phosphorescente se projetant tout droit dans les tréfonds d'un être. Il avait aimé cette sensation grisante de se retrouver bêtement et totalement incapable de contrôler la situation. Il pensa à ses petits pieds, à la douceur de sa main sur ses épaules, son dos et sa joue. La carte inexplorée de sa personne acquérait une dimension supplémentaire, alors il sourit et tapa des pieds comme un jeune garçon en train de danser dans un champ de maïs. La jument hennit face à sa réaction, ce qui le ramena à la réalité.

On entendait des oiseaux chanter maintenant, tout comme le beuglement du bétail au pâturage et Starlight savait que c'était la toile de fond de toute sa vie. Il s'abreuva des sons du matin et quand il se sentit repu, il se leva, s'étira et avança à grands pas jusqu'à la jument, se mit en selle et la fit marcher jusqu'au bord de la paroi de la crête. Il parcourut encore une fois tout le paysage des yeux avant de faire demi-tour et de reprendre la piste pour redescendre à la ferme, où la vie, le mystère et les possibilités attendaient qu'il se les approprie. Quand la couverture forestière s'ouvrit et que la ferme se révéla devant lui, il savait ce qu'il dirait aux gens de la galerie. Son chez-soi. Comment un homme peut arriver à le trouver dans la nature, dans les animaux qu'elle porte, dans la sphère céleste qui enveloppe tout cela, et comment ce même homme peut le saisir pour toujours sur une photo, une peinture ou en mots de façon que d'autres, qui n'auront peut-être jamais cette chance, puissent le serrer contre leurs poitrines et s'en imprégner comme lui-même s'imprégnait de la nature. Il sourit, talonna la vieille jument pour la faire passer au trot et se prépara pour le voyage.

Emmy était sur le siège avant à côté de Starlight tandis que Roth et Winnie étaient assis à l'arrière. Ils traversèrent cahin-caha le haut plateau de Cariboo et prirent la direction du sud à Prince George pour passer par Quesnel et Williams Lake; Emmy ressentit un pincement devant le territoire familier de leur fuite. Les fermes et les ranchs étaient charmants. Winnie riait, plaisantait et taquinait Roth. Ni Starlight ni Emmy ne parlaient beaucoup, tous deux ravis d'admirer l'évolution du paysage autour d'eux. Quand ils abordèrent la zone semi-aride près de Cache Creek pour bifurquer vers la gauche en direction de Lillooet, ni l'un ni l'autre ne put parler. Le paysage exerçait son pouvoir hypnotique sur eux alors qu'ils négociaient de larges virages à l'aplomb d'incroyables à-pics béants, au-dessus d'une rivière réduite à un fin tourbillon bleu dans le lointain. Ils gravirent des falaises et des coteaux vertigineux où la paroi rocheuse semblait vouloir les chasser de l'asphalte; le panorama majestueux de ce spectacle était envoûtant. Sur d'inattendus espaces dégagés poussaient d'énormes buissons de sauge. Des mouflons relevaient la tête à leur passage. Ici et là, ils apercevaient ce qui auraient pu être des mustangs chargeant dans des clairières, donnant l'impression d'un temps décalé et la sensation d'être les témoins de ce qu'étaient ces lieux avant que l'arrivée de l'homme et les implantations humaines les transforment à jamais.

Starlight prit son temps pour traverser ce territoire. Il s'arrêta souvent afin qu'ils puissent profiter de l'énergie de ce pays rocheux et desséché. Il avait son appareil avec lui et prit des photos d'Emmy et Winnie sur une plateforme d'observation en surplomb d'un canyon abrupt, avec, dans le lointain, le versant d'une montagne et l'azur infini du ciel, si bien qu'on aurait dit qu'elles étaient clouées à ce paysage, les montagnes entourant leurs personnes d'un cadre déchiqueté. Winnie ramassa un petit bouquet de sauge que Roth ficela pour le tenir. Elle le porta à son nez, inspira son odeur forte, puis courut l'offrir à Emmy, qui fit de même, et quand elle releva les yeux vers Starlight, ils débordaient d'émotion. Alors, ils se retournèrent tous et s'émerveillèrent de l'intensité de cet espace impeccable, irréprochable. Emmy se glissa plus près de Starlight, posa une paume dans son dos, il lui offrit un sourire timide qu'elle lui rendit. Quand ils en eurent assez, ils remontèrent en voiture. Les ravins, les goulets et les promontoires qui semblaient à portée de main les incitaient au silence, et le trajet se transforma en communion muette avec ce qui les entourait ; le matin fut chassé par ce paisible acte cérémoniel et le caractère sanctifié de la sauge que Winnie avait demandé de fixer au rétroviseur.

« C'est comme un rêve », dit doucement Winnie.

Plus tard, ils s'assirent sur la rive d'un lac coincé entre deux imposantes montagnes pour manger le déjeuner qu'Emmy avait préparé. Puis Starlight fit une sieste pendant qu'Emmy, Roth et Winnie exploraient le rivage, ramassaient des pierres qu'ils faisaient ricocher sur la surface immobile du lac. À son réveil, Emmy accepta de conduire et ils continuèrent leur exploration de la contrée qui était plus verdoyante ; la route nationale devint un espace calme et sinueux bordé de taillis de trembles, de peupliers et de chênes. Ils atteignirent Pemberton où ils s'arrêtèrent pour observer des chevaux qui couraient dans de vastes pâturages et admirer la luxuriante vallée qui s'étirait là. La route changea encore une fois : reliefs, collines et montagnes tellement immenses qu'ils furent de nouveau sans voix lorsqu'ils traversèrent Whistler et Squamish où la nationale longeait le détroit – ils se perdirent dans les scintillements de l'onde diamantée et les ancestrales effluves saumâtres qui montaient de l'eau pour entrer par les vitres entrouvertes de la voiture.

Vancouver, quand ils y entrèrent, était une étincelante ville de bord de mer. Le soleil de fin d'après-midi faisait chatoyer tous les bâtiments blancs, beiges et rose pâle, et les gratte-ciels du centre renvoyaient l'image fragmentée des montagnes environnantes ainsi que le miroitement du détroit derrière le long et vaste port. La circulation s'intensifia, devenant dense et rapide, si bien que sa vitesse décontenança Emmy.

« Garez-vous ici, dit Roth. Il y a pas une route où j'arriverai pas à me débrouiller. Le stock-car, pied au plancher, c'est mon style à moi, quand il s'agit de conduire. »

Ils suivirent les panneaux qui leur firent traverser un long pont suspendu et arriver dans l'affluence du centre-ville. Roth était détendu au volant, Starlight lui indiquait le chemin, et ils trouvèrent aisément l'hôtel. Il était impressionnant. Ils s'engagèrent sur une allée couverte circulaire, éclairée de centaines d'ampoules électriques ambrées, et des voituriers en uniforme se chargèrent d'aller garer la voiture, de déposer leurs bagages sur un chariot et de les accompagner à l'accueil où Starlight se présenta. Les clefs étaient prêtes et il y avait une enveloppe pour lui de la part de Deacon ; ils suivirent le porteur jusqu'à l'ascenseur. Winnie regardait ébahie autour d'elle, tendant les bras pour toucher les meubles, le papier peint et les épaisses moquettes.

« C'est comme si on était dans *Cendrillon* », dit-elle.

Leurs chambres étaient contiguës, Starlight et Roth entendirent des cris excités tandis qu'ils se tenaient à la fenêtre de leur chambre, pour observer les protubérances anguleuses de la ville. Dans l'enveloppe, il y avait une lettre fournissant les indications pour se rendre à la galerie, des informations sur les restaurants préférés de Deacon et les choses à faire pour occuper leur soirée. Starlight et Roth se relayèrent à la douche, et quand ils eurent terminé, Starlight appela Deacon pendant que Roth faisait un somme sur l'un des deux lits king size. On frappa à la porte mitoyenne, Starlight l'ouvrit, Winnie entra en courant et regarda par la fenêtre. Emmy entra discrètement, posa une main sur la poitrine de Starlight qui la regarda et sourit. Quand Roth se réveilla, ils décidèrent d'aller chercher un endroit où dîner.

Les rues étaient un brouhaha de monde, et le bruit agressait rudement leurs oreilles. Pourtant tout fascinait Winnie, qui tenait la main de Roth en le tirant de vitrine en vitrine. Emmy prit celle de Starlight qui marcha d'abord gauchement, puis en découvrit le charme et ils se promenèrent lentement derrière Roth et Winnie.

« Merci », dit Emmy.

Starlight ne put trouver de réponse, il se contenta donc de sourire en lui pressant la main, puis il lui montra les choses qui attiraient son attention. Ils marchèrent jusqu'à Stanley Park, où Winnie donna aux oiseaux des popcorns que Starlight lui avait achetés et quand la faim finit par se faire sentir, ils se dirigèrent vers un restaurant que Deacon avait recommandé. Il se trouvait dans un espace dégagé, entouré d'arbres et couvert d'un luxuriant tapis de pelouse, qui offrait une vue sur le détroit. La nourriture était fabuleuse et quand ils eurent terminé, la soirée était bien avancée ; ils marchèrent dans les rues jusqu'à ce que la fatigue les frappe, et ils rentrèrent alors à l'hôtel. Roth et Winnie s'allongèrent sur l'un des lits en face de la télévision, passant de chaîne en chaîne. Emmy et Starlight se mirent à la fenêtre pour admirer la multitude de lumières.

« On a passé une journée extraordinaire, Frank. Winnie était tellement ravie. Je ne t'en remercierai jamais assez.

— Je ne te remercierai jamais assez d'avoir fait ce voyage avec nous, dit Starlight.

— Je ne l'aurais raté pour rien au monde.

— Moi non plus, maintenant que je suis ici. Il a fallu que je m'y fasse.

— Ça en valait la peine.

— Je n'en suis toujours pas vraiment fan. De la ville, je veux dire.

— On n'a pas besoin de l'être. On peut simplement en profiter tant qu'on est ici.

— Je peux faire ça.

— Je le sais. Est-ce que tu es nerveux par rapport à demain ?

— Non, pas trop. M'asseoir ce matin sur la crête m'a mis dans de bonnes dispositions pour ça.

— Tu vas être super. Allez, regarde-moi et raconte-moi ce que tu veux dire.

— J'aime cette idée. »

Elle sourit.

« J'aime que tu aimes cette idée. »

Il rit.

Ils se retournèrent pour regarder Roth et Winnie. La fillette était blottie contre le maigrichon et dormait profondément, la tête appuyée sur ses côtes. Il l'entourait d'un bras protecteur. Quand il croisa leurs regards, il sourit et hocha la tête; Emmy posa une main sur sa gorge et ravala un sanglot.

« Vous êtes vraiment des hommes exceptionnels, dit-elle.

— Ben, Winnie et vous, vous êtes sacrément exceptionnelles aussi.

— On devrait la mettre dans son lit. »

Starlight traversa la chambre jusqu'à Roth, tendit les bras, prit la fillette qu'il dégagea de son étreinte. Roth se leva, tendit les mains pour reprendre Winnie et alla jusqu'à la porte mitoyenne, puis se retourna et leur fit un clin d'œil.

« Je vais la border, dit-il. Vous deux, ça va vous laisser le temps de vous dire bonne nuit. »

Il disparut dans la chambre voisine.

Emmy et Starlight se retrouvèrent là, sans trop savoir quoi faire ni quoi dire. Finalement, Emmy s'approcha, l'entoura de ses bras et le serra fort. Starlight posa son menton sur le dessus de sa tête.

« Frank, ce fut tout ce qu'elle trouva à dire.

— Emmy », dit Starlight.

Il avait l'impression de comprendre ce que cela signifiait pour lui.

4

La galerie occupait l'angle de deux rues animées, visiblement occupées par des magasins tenus par des artistes, des artisans et des créateurs, entre lesquels s'intercalaient des boutiques de luxe, des marchands de meubles haut de gamme, des bijoutiers et des commerces pour touristes. Les passants avaient l'air de respirer l'argent et le bon goût, alors Starlight sentit monter en lui l'angoisse à l'idée de se retrouver en face d'une foule de nantis embourgeoisés. Emmy avait insisté pour qu'il achète une chemise blanche ; il fut abasourdi du prix des choses et le contact de la riche texture du coton de cette chemise le mettait mal à l'aise. La devanture de la galerie était en verre du sol au plafond et elle était éclairée par des rampes de spots qui projetaient partout une dure lumière blanche effaçant entièrement toute trace d'ombre. Il se sentit mis à nu sous cet éclairage. Ses photos étaient disposées sur les murs et sur des présentoirs pyramidaux placés stratégiquement autour de la pièce principale afin favoriser leur observation de près. Il n'en avait jamais vu une telle quantité exposée à la fois et il fut surpris de constater qu'il avait capté autant de choses. La salle vibrait de toutes les conversations, et son entrée fit pivoter les têtes vers lui. Il ressentit l'effet produit par son corps massif, baissa la tête et avança timidement jusqu'à la rangée de chaises installées devant un pupitre en chêne équipé de deux micros braqués vers son centre. Il ôta sa veste, la posa sur le dossier d'une des chaises du premier rang, Roth, Emmy et Winnie firent de même. Ensuite Emmy le prit par la main et l'accompagna à un petit bar où un barman en chemise blanche impeccable et en gilet noir leur servit de l'eau glacée que Starlight avala en trois énormes gorgées. Il fixa le verre vide dans lequel il fit lentement tourner les glaçons d'un mouvement de la main. Emmy resta auprès de lui pendant que Roth et Winnie admiraient la collection de photos.

« Elles sont merveilleuses, Frank, dit Emmy.

— Je ne les ai jamais vues toutes ensemble à la fois. Ça fait un peu bizarre de savoir où et quand chacune a été prise. C'est comme un tour d'horizon de ma vie. »

Il entendit quelqu'un appeler son nom, se retourna et vit Deacon se frayer un chemin dans la pièce pour venir jusqu'à lui.

« C'est un gros succès, Frank, dit Deacon. On a plus de cent vingt personnes, des critiques d'art des trois plus grands journaux et quelques acheteurs et collectionneurs de premier plan. Ils ont tous hâte de t'entendre.

— Je ne savais même pas que j'en avais fait autant, dit Starlight.

— En vérité, c'est que tes travaux du début se sont vendus avant que je capte que tu deviendrais vraiment un très important photographe. Il y en a beaucoup chez des particuliers qui ne sont pas ici. J'ai les négatifs, mais je n'en ai pas fait de tirages pour cette exposition.

— C'est comme ça que ça s'appelle ? Une exposition ?

— Oui. C'est ce à quoi aspire chaque artiste.

— Mon seul souhait, c'est d'avoir mon seau pour la traite et ma galerie de derrière. »

Deacon rit et posa une main sur l'épaule du colosse.

« Tu vas très bien t'en sortir. Ils t'aiment déjà.

— Ils ne me connaissent même pas.

— Ils ont l'impression de te connaître à travers ton travail. C'est pour cela qu'il y a autant de monde ici. Ils veulent être près de l'homme qui a gravé pour l'éternité des instants aussi intimes.

— J'espère pouvoir leur rendre justice.

— Tu le feras, bien sûr, dit Deacon. Je vais

attendre quelques minutes, puis je vais te présenter et c'est parti. »

Starlight hocha la tête, Emmy et lui passèrent lentement entre les photographies, s'arrêtant pour serrer des mains et échanger des plaisanteries avec des gens qui le saluaient. Il se sentait moins embarrassé avec Emmy à ses côtés. Elle s'était offert une robe et des chaussures de qualité, et s'était maquillée avec grand soin, de sorte qu'elle était resplendissante, et Starlight était fier d'être avec elle dans l'agitation et le brouhaha de cette pièce. Quand ils entendirent la voix de Deacon dans le micro, ils rejoignirent leurs sièges et Winnie le serra fort dans ses bras. Roth sourit et l'encouragea de la tête.

La présentation de Deacon fut brève et quand il se leva pour avancer vers le pupitre, Starlight fut surpris du niveau d'applaudissements lorsque son nom fut mentionné. Il se tint à l'écart du pupitre, inspira un grand coup, but une gorgée d'eau dans le verre posé sur une petite table à côté du pupitre. Puis il s'y installa et regarda la foule. Ils avaient des visages raffinés et rayonnants et ils étaient tous tournés vers lui. Il n'en voyait aucun qu'il aurait pu classer comme Indien. Ces gens semblaient venir de divers milieux et partager deux choses : réussite et richesse. Il frotta les cuisses de son jean, puis plaça ses mains de chaque côté du pupitre et s'éclaircit la voix. Il regarda Emmy dans les yeux ; elle lui adressa un petit sourire et hocha la tête. Il prit une dernière inspiration, commença à parler et le temps disparut.

«Je ne suis pas de ceux qui savent ce que vous voulez entendre à propos de ce que je fais. Je suis rudement surpris que vous soyez si nombreux à être venus voir toutes ces choses et ce qui me surprend encore plus, c'est que vous soyez prêts à donner de l'argent pour en emporter chez vous. Je n'ai jamais décidé de prendre des photos avec quoi que ce soit de ce genre en tête. J'ai plutôt commencé avec l'idée de remplir un grand pan de solitude intérieure que j'ai perçue au fond de moi il y a quelques années. Je me suis soudain retrouvé seul dans une ferme dans les montagnes, où je vivais depuis mon enfance, et je me suis dit que j'allais commencer à emporter un appareil photo avec moi lors de mes longues balades dans la nature.

»J'ai fait ça toute ma vie. Je prends un cheval et quelques trucs dont j'ai besoin pour installer un camp et je m'en vais seul dans ces vastes contrées. Bon, certaines personnes parleraient de solitude, mais je n'ai jamais rencontré cela là-bas. Au contraire, dès mon plus jeune âge, je sentais cet espace me combler. Je n'ai jamais éprouvé le besoin d'avoir autre chose pour m'en sortir, pour y faire face, pour trouver ma voie au milieu de tout ça. Le vieil homme qui m'a élevé et dont la mort a engendré cette énorme solitude est responsable de toutes ces photos qui ont été faites; il m'a emmené à cheval dans cette nature depuis aussi longtemps que je me souvienne. Ce fut d'abord mon aire de jeu, puis ce fut mon école et pour finir c'est devenu mon chez-moi grâce à l'amour de ce vieil homme. Cette vaste contrée est tellement immense qu'on peut s'y sentir perdu et abandonné ou bien on peut s'évertuer à se l'approprier, comme si on en constituait une partie et qu'elle était une partie de nous-mêmes. Comme si une partie de vous-même était un rocher, une pierre, un cours d'eau et tout ce vaste ciel. Alors, vous dépassez la solitude et c'est ainsi que je me sentais après la mort du vieil homme. Je suppose que je me suis mis à prendre des photos parce que ces bêtes sauvages représentent toute ma famille et que moi-même je suis également un membre de leur famille. De nos jours, les gens se déplacent avec des photos de famille dans leurs portefeuilles. Les miennes, je voulais les accrocher aux murs. On a tous besoin d'une famille autour de soi. Ce grand pan de solitude s'est écroulé avec le premier cliché que j'ai réalisé, et c'est Deacon, ici présent, qui a développé mes premiers rouleaux et qui m'a dit qu'ils avaient quelque chose de spécial.

»Je ne l'ai jamais compris. Je n'ai jamais su quoi faire des mots. Voyez, un homme ne peut pas traquer un animal sans que lui-même arrive à savoir quelque chose de cet animal. Les choses se passent de telle façon dans les vastes contrées que lorsqu'on arrive à comprendre les comportements d'un ours, par exemple, on arrive ensuite à comprendre quelque chose de la terre entière et donc quelque chose de soi-même. On apprend davantage sur les habitudes d'un ours, et la traque est rendue facile parce que c'est soi-même qu'on poursuit surtout. C'est ainsi que j'en suis arrivé à être si proche d'eux. Il n'y a aucune menace en moi. Aucune peur. Je me laisse vivre dans cette immense contrée et cette immense contrée vient vivre en moi. Les bêtes sauvages le sentent. Un jour, le vieil homme m'a dit: "Frank, n'oublie jamais que nous aussi, nous sommes des animaux." Je ne l'ai jamais oublié. C'est en me comportant comme un animal, comme une bête sauvage, que je peux les approcher d'aussi près parce qu'ils me reconnaissent comme l'un des leurs.

» Certaines personnes disent que je peux faire ce que je fais parce que je suis Indien. Mais je n'ai pas été élevé comme un Indien. Je ne sais pas si j'ai été élevé selon des règles quelconques. Le vieil homme refusait d'avoir affaire aux églises ou aux religions d'aucune sorte. Il n'avait pratiquement pas d'éducation scolaire. Il n'a toujours jamais eu que la nature et c'est ce qu'il m'a donné. Je présume que je peux faire ce que je fais parce que la nature est mon chez-moi. Cette nature est mon souhait le plus cher, le plus fou, la seule prière et le seul temple dont j'aie jamais eu besoin.

» Il y a beaucoup d'amour là-bas. Je sais qu'il est meilleur que bien d'autres, parce que c'est la nature qui fut toute ma vie ma mère et qui le restera pour toujours. Ça peut vous faire penser à des paroles d'Indien. Je ne sais pas. Tout ce que je sais, c'est que ce sont les miennes. Ma vérité. Ce que je porte tout au fond de mon être à présent au lieu de la solitude. Depuis peu, j'ai découvert un peu plus d'amour et je me suis dit que ce n'était pas un grand mystère du tout, car quand on en explore les profondeurs, on s'aperçoit qu'aimer quelque chose ou quelqu'un, c'est lui permettre de vous ramener vers qui vous êtes vraiment.

» Ces bêtes sauvages sentent que je sais cela et elles me laissent faire ces prises de vue d'elles telles qu'elles sont. Ce n'est pas un grand secret. Comme toute autre chose dans cette vie, tout revient à l'amour. Je ne leur demande pas le moins du monde de poser, ni de se faire belles, ni de se transformer pour me plaire. Juste de me laisser saisir un tout petit peu de ce qu'elles sont vraiment. Et la récompense, ce ne sont pas des grandes expositions comme celle-ci. La récompense, c'est de savoir qu'en même temps, je saisis un petit peu de ce que je suis moi-même.

» L'amour est une contrée vierge. Chaque pas qui nous en rapproche nous transforme. Nous grandit. Change la géographie de qui nous sommes. Et si on est assez courageux pour y pénétrer seul et y trouver sa place, on ne connaîtra plus jamais la solitude parce qu'on est arrivé à vivre dans tout ce que l'amour touche. J'espère seulement que chaque photo que je prends montre que je crois encore en cela. »

Il retourna à sa place sous un tonnerre d'applaudissements. Emmy se leva et le prit dans ses bras, les yeux ruisselants de larmes. Roth aussi se leva pour lui serrer la main de tout cœur et quand il s'assit, Winnie vint s'asseoir sur ses genoux, passa les bras autour de son cou et le serra fort. Il posa les mains sur son petit dos et sentit sa chaleur se diffuser dans ses paumes. Deacon le remercia et annonça que Starlight allait dédicacer les achats à une table installée contre le mur derrière le pupitre. Les gens se levèrent pour retourner dans la salle d'exposition ; alors, discussions et commentaires autour des œuvres exposées causèrent un grand brouhaha. Starlight eut l'impression que la file d'attente pour les dédicaces ne se terminerait jamais et il chercha Emmy, Roth et la fillette des yeux. Quand la foule finit par s'éclaircir et que la galerie commença à se vider, il s'installa au bar avec Deacon, ce dernier sirotait du vin et lui but encore de l'eau à cause de sa gorge desséchée. Il eut une brève conversation avec le journaliste dont Deacon lui avait parlé et quand le reporter partit, Starlight rejoignit Emmy et ils se préparèrent à s'en aller.

« Tu as été fantastique, Frank, s'exclama Deacon. Pour quelqu'un affolé à l'idée de parler en public, tu n'as rien laissé transparaître de ça.

— Ouais, disons que le pupitre les empêchait de voir mes genoux trembler, répliqua Starlight.

— C'était un discours magnifique, Frank, dit Emmy.

— Tu avais l'air plus grand là-bas, dit Winnie.

— Bon dieu, si ce loustic doit encore prendre du volume, il va falloir agrandir la maison. »

Ils rirent tous, Deacon serra la main de Starlight et ils se préparèrent à retourner à pied à l'hôtel.

« Cette histoire sera dans le journal de demain, Frank. Je t'en apporterai un exemplaire. Et encore une fois, merci d'avoir accepté. Je sais combien ça t'a demandé de le faire, ajouta Deacon.

— Je ne sais pas d'où sont venus tous ces mots, mais ça a eu l'air de leur plaire.

— Ils étaient pendus à chacune de tes paroles, mon ami. Tu t'en es bien sorti. »

Ils se serrèrent de nouveau la main, ils sortirent tous quatre dans la rue où il y avait encore pas mal de passants ; Starlight fut étonné d'en voir autant, tous auréolés de néon et des éclairages des vitrines.

« Je vais ramener cette petite demoiselle dans sa chambre et au lit, dit Roth. Puis je vais m'allonger et voir si je peux trouver un film sur l'une de la centaine de chaînes à la télé. Vous deux, prenez le temps de rentrer. C'est bon.

— Merci, Eugene, dit Emmy en le prenant dans ses bras.

— Eh ben ça, c'est des gages de babysitting de premier ordre. Avec plaisir, ajouta-t-il, je vous retrouve plus tard. »

Ils regardèrent Roth et Winnie prendre la direction de l'hôtel. Starlight inspira profondément l'air du soir et quand il fut prêt, il hocha la tête et ils suivirent tous deux la rue en silence. Emmy prit sa main, mais il passa son bras autour de ses épaules et ils avancèrent ensemble au milieu du grand tohu-bohu de la nuit urbaine. Ils traversèrent à un carrefour et Starlight s'arrêta pour regarder une vitrine de sculptures en bois ; Emmy leva un bras pour lui toucher doucement la joue, il tourna le visage vers elle et elle se mit sur la pointe des pieds pour l'embrasser. Le baiser dura longtemps, tandis que les gens les dépassaient et les croisaient ; à la fin, il ouvrit les yeux et la dévisagea sans trouver de mots, alors il décida de poser une main sur sa taille et ils partirent ensemble vers l'hôtel.

Ni l'un ni l'autre ne vit les deux brutes qui les suivaient lentement.

5

« Je t'avais dit qu'on la retrouverait », commenta Cadotte.

Ils étaient assis dans un bar miteux, avec en bruit de fond, de la musique country triste et le raffut des gens qui cherchent à se perdre dans la picole, la nuit et peut-être la compagnie d'un étranger de passage.

Note de l'éditeur

En 2016, les éditions Zoé publient le premier roman en français de Richard Wagamese. Les lecteurs découvrent alors *Les Étoiles s'éteignent à l'aube* (*Medicine Walk*), qui raconte la réconciliation d'un fils et de son père à l'agonie, durant un voyage initiatique au cœur du Canada. Peu après, nous entamons la traduction du roman qui avait consacré l'auteur ojibwé parmi les grands écrivains canadiens: *Jeu blanc* (*Indian Horse*). Richard Wagamese décède le 10 mars 2017, quelques mois avant la parution française. À la tristesse de cette perte s'ajoute la fin brutale d'une aventure éditoriale aussi intense que singulière. Et pourtant: début 2018, nous recevons le manuscrit de *Starlight,* roman posthume de Richard Wagamese.

Nous avons retenu notre souffle en commençant à lire cet ultime texte. Et l'avons relâché, heureux, embarqués encore une fois dans l'immense et sauvage Colombie-Britannique, animée par ce conteur hors norme. Si la magie opère, le lecteur peut ressentir parfois la nature inachevée de *Starlight*, le manque, ici ou là, de cette finition opérée à la relecture finale d'un texte. Un aspect brut que McClelland & Stewart, l'éditeur canadien, a décidé d'à peine retoucher, sinon pour des questions de pure correction classique (ponctuation, syntaxe, contradictions). C'est la langue de *Medicine Walk* qui a servi de base aux éditeurs pour garantir une cohérence maximale ; les lecteurs de Wagamese auront en effet reconnu en Starlight Frank, le héros adolescent des *Étoiles s'éteignent à l'aube*, désormais adulte.

Quant au dénouement de *Starlight*, que Wagamese n'a pas eu le temps d'achever, son agent et ses proches ont réuni et recoupé des témoignages d'amis intimes avec lesquels l'auteur a régulièrement échangé sur la dernière partie du roman. Ont été évoquées une scène d'amour entre Frank et Emmy ; une confrontation finale avec Cadotte et Anderson, tombés dans un piège tendu par Frank et/ou Emmy, avant une résolution sous le signe du pardon et de la guérison.

En 2007, Richard Wagamese a écrit trois novellas, restées inédites. Les deux premières ont été ensuite développées pour devenir *Indian Horse* et *Medicine Walk*. La troisième, intitulée *To Fight No More Forever* (« Cesser à jamais de se battre »), a inspiré *Starlight.* On retrouve dans ces deux textes-là plusieurs scènes communes se déroulant dans l'arrière-pays et aux alentours de la ferme de Frank ; on sait aussi que Richard souhaitait adapter les derniers mots de la novella pour en faire ceux du roman, qui aurait dû se terminer ainsi : « Puis ils commencèrent à courir » (*and then they began to run*). En guise d'épilogue à *Starlight,* voici la scène finale de cette novella.

Épilogue

Ils couraient avec aisance entre les arbres. Ils étaient sept et ils traversèrent la prairie alpine qui s'ouvrait devant eux en longues foulées; quelques-uns mordillaient malicieusement les pattes arrière de ceux qui les précédaient. Quand ils atteignirent les arbres de l'autre côté, ils changèrent de rythme et se baissèrent plus près du sol, plus déterminés et plus discrets. Il n'y avait pas d'espièglerie. Par contre, les loups rôdaient en quête d'une proie, les museaux au ras du sol, et le loup alpha les guidait sans interruption, ne modifiant sa direction que pour éviter un fourré ou des blocs de rochers. Ils couraient sans relâche. Au sommet d'un coteau, ils se mirent à galoper et sur la ligne d'horizon, ils formaient un défilé d'ombres, effleurant cette ligne de démarcation entre le ciel et la terre, une immense onde sauvage et fluctuante, tout en bonds et rebonds, tandis que l'homme et la femme filaient à grandes enjambées derrière eux, les suivant entre les arbres dans la pente de l'autre versant. Les loups serpentaient le long de la paroi et quand ils atteignirent le fond de la vallée où coulait une rivière, ils s'arrêtèrent et se rassemblèrent sur les énormes rochers épars auprès du rivage. L'homme et la femme sortirent des arbres en trottant et traversèrent le cours d'eau à une centaine de mètres de la meute ; ils suivirent l'autre rive jusqu'à se trouver pile en face d'eux. Le loup alpha les observa et quand ils s'accroupirent sur les rochers, le loup s'allongea, haleta, puis posa son museau sur ses pattes avant.

La femme se releva. Elle avança à quatre pattes, se glissant sur les rochers jusqu'à ce qu'elle ait grimpé au sommet d'une grande pierre plate où elle s'agenouilla en gardant les yeux sur le mâle alpha. Ils se dévisagèrent, seulement séparés par le court espace de la rivière. Le grand loup s'assit. Les autres l'imitèrent. À la lumière de la lune, d'un violet argenté, ils se rassemblèrent autour du mâle alpha et fixèrent la femme en face d'eux. Elle fit glisser l'appareil de son dos, le souleva et le dirigea vers la meute assise comme des ombres triangulaires chez lesquelles seule la lueur des yeux était visible. Elle opta pour un plan serré, les loups semblaient parfaitement fixer l'objectif, résolus et sauvages, perchés à quelques mètres à peine, face à la femme et à l'appareil. Quand l'obturateur se fit entendre, ils se levèrent tous d'un coup et après avoir regardé par-dessus son épaule, le leader quitta le rocher, bondit au milieu des arbres devant lui et elle les vit se fondre, les uns après les autres, dans l'ombre des arbres et disparaître. Alors seulement, elle reprit son souffle. Elle descendit tant bien que mal du rocher, l'homme était debout, l'attendant au bord de la rivière. Il se pencha pour se mettre à genoux, remplit sa paume d'eau qu'il but, elle fit de même. Il se releva et désigna les arbres du menton. La femme refit glisser l'appareil dans son dos. Elle le regarda. Il lui sourit au clair de lune. Puis elle marcha jusqu'aux arbres avant de se mettre à courir, ramassée sur elle-même, tandis que l'homme la regardait disparaître en silence dans l'ombre. Il sourit une nouvelle fois. Puis il fila derrière elle.

TABLE

Collection Écrits d'ailleurs
choix de titres

Bessie Head, *Marou*, Zoé Poche n° 72
Wole Soyinka, *Le Maléfice des jacinthes*
Leila Aboulela, *Le Musée*
Hannah Pool, *La Fille aux deux pères*
Ama Ata Aidoo, *Désordre amoureux*
Ivan Vladislavić, *Clés pour Johannesbourg*
Olive Senior, *Zigzag*
Brian Chikwava, *Harare Nord*
Olive Senior, *Éclairs de chaleur et autres nouvelles*
Helene Cooper, *La Maison de Sugar Beach*
Lorna Goodison, *Sous l'emprise de l'amour*
Ivan Vladislavić, *Folie*
Ivan Vladislavić, *Double négatif*
Imraan Coovadia, *Flux et reflux*
Tendai Huchu, *Le meilleur coiffeur de Harare*, Zoé Poche n° 89
Henrietta Rose-Innes, *Ninive*
Chinelo Okparanta, *Le Bonheur, comme l'eau*
Ru Freeman, *Les Enfants de Sal Mal Lane*
Gabriel Gbadamosi, *Vauxhall*
Richard Wagamese, *Les Étoiles s'éteignent à l'aube*
Henrietta Rose-Innes, *L'Homme au lion*
Mahesh Rao, *1,2 milliard*
Richard Wagamese, *Jeu blanc*
Helene Cooper, *Madame la Présidente*
David Chariandy, *33 tours*
Teju Cole, *Chaque jour appartient au voleur*
Yewande Omotoso, *La Voisine*
Richard Wagamese, *Starlight*
Bronwyn Law-Viljoen, *Le Graveur*
David Chariandy, *Il est temps que je te dise*
Elisabeth Walcott-Hackshaw, *La Saison des cerfs-volants*
Ivan Vladislavić, *Distance*

Achevé d'imprimer
en mai deux mille vingt et un
sur les presses de CORLET,
à Condé-sur-Noireau, France,
pour le compte des Éditions Zoé
Composition Joseph Maye, Genève